Raylan

Du même auteur
chez le même éditeur

ZigZag Movie
Maximum Bob
Punch Créole
Pronto
Beyrouth-Miami
Les Chasseurs de primes
Loin des yeux
Le Zoulou de l'Ouest
Viva Cuba Libre!
Dieu reconnaîtra les siens
La Loi à Rondado
L'Évasion de Five Shadows
Hombre
Be Cool!
Duel à Sonora
Valdez arrive!
Quand les femmes sortent pour danser
Retour à Saber River
Tishomingo Blues
La Brava
Killshot
M. Paradise
La Loi de la cité
Bandits
Les Fantômes de Detroit
Le Kid de l'Oklahoma
Médecine apache
3 heures 10 pour Yuma
Glitz
Hitler's Day
L'Homme au bras de fer
Gold Coast
Paiement cash
Road Dogs
La Guerre du whisky
Cat Chaser
Connivence avec l'ennemi
Djibouti
Stick
Permis de chasse
Cinglés!

Elmore Leonard

Raylan

Traduit de l'anglais (États-Unis)
par Pierre Bondil

Collection dirigée
par François Guérif

Rivages/noir

Retrouvez l'ensemble des parutions
des Éditions Payot & Rivages sur

payot-rivages.fr

Titre original : *Raylan*

106, boulevard Saint-Germain – 75006 Paris

À Graham et Tim.

* Raylan Givens
* Angel Arenas
* Rachel Brooks
Israel Fendi
* Tim Gutterson
* Art Mullen - Marshal
° Crowes - drug dealers

1

Raylan Givens était porteur d'un mandat fédéral contre un trafiquant de marijuana connu sous le nom d'Angel Arenas, quarante-sept ans, né aux États-Unis mais cent pour cent hispanique.

« Je l'ai rencontré la fois où j'étais en mission au tribunal, il passait en jugement pour vente de khat. Cette plante arabe, t'en mâches et tu planes.

– Pas bien haut », dit Rachel Brooks, assise sur le siège du passager dans le 4×4 conduit par Raylan alors que le soleil du petit matin pointait derrière eux. « Le khat commence à se répandre, on le cultive en Californie. Il est très prisé à San Diego, parmi les vrais Africains.

– Quand t'en achètes, faut demander s'il a été cueilli du matin. Tu planes toute la journée et voilà.

– J'ai des amis qui aiment en mâcher de temps en temps. Ils ne font jamais d'idioties à cause de ça, ils passent un bon moment. On dirait que ça les détend, c'est tout.

– Ils partent dans leurs rêves, dit Raylan.

– Combien il a pris, Angel ?

– Il a purgé trois ans, quatre de moins que la peine initiale, et il s'est remis à vendre de l'herbe. Il a pas respecté les termes de sa conditionnelle. On le soupçonne d'être passé par ce Rasta qu'était à la tête de la congrégation, tu sais de quoi je parle?

– Le Temple de Jésus-Christ en sa Beauté et sa Béatitude, compléta Rachel. Israel Fendi, le type aux dreadlocks, l'Éthiopien qui est passé par la Jamaïque. Angel a trempé là-dedans?

– Ni de près, ni de loin. Quelqu'un lui a collé ça sur le dos, un camé qui voulait négocier avec la justice. Il jure qu'Angel est allé prendre livraison la nuit dernière. Je doute qu'en arrivant chez lui on le trouve assis sur la marchandise.»

Ils entendirent Tim Gutterson, sur le siège arrière, qui disait: «Cette fois, c'est vingt ans qu'il risque.» Il feuilletait un dossier de photos représentant Angel Arenas et s'arrêta sur un cliché anthropométrique.

«Regardez ce sourire. Il n'a rien d'un type armé et dangereux.

– Il a jamais de pistolet sur lui, dit Raylan, pas à ma connaissance en tout cas. Pas non plus de gorilles armés à proximité.»

Le 4×4 traversait des terres alluviales de l'est du Kentucky, roulait lentement derrière les voitures radio des gardes nationaux, longeait un lac qui ressemblait plus à une rivière décrivant des méandres avant de franchir la frontière avec le Tennessee. Quelques minutes avant 6 heures du matin, ils se garèrent devant le Cumberland Inn.

Les policiers de l'État, au nombre de quatre, regardèrent Raylan et son équipe enfiler un gilet pare-balles sous leur uniforme de marshal et vérifier l'arme qu'ils portaient sur la hanche. Raylan dit aux policiers qu'il ne s'attendait pas à rencontrer de résistance de la part d'Angel, mais qu'on ne pouvait jamais être sûr. « Si vous entendez des coups de feu, vous rappliquez, d'accord ?

– Si vous voulez, on peut vous défoncer la porte, dit l'un d'eux.

– Vous en mourez d'envie. Je me suis dit que j'allais passer à la réception pour me procurer la clé. »

Ce marshal qui avait été mineur dans le comté de Harlan amusait beaucoup les policiers, mais il parlait et se comportait comme un représentant de la loi. Ce matin-là, ils le regardèrent entrer dans la chambre de motel d'un criminel en fuite sans sortir son pistolet de l'étui.

Il n'y avait aucun bruit à l'exception du ronronnement de la climatisation. Le soleil qui entrait par les fenêtres tombait sur le vaste lit à deux places non fait, sur la literie jetée en vrac en travers du sommier, le couvre-pieds rabattu dessus, et les oreillers. Raylan se tourna vers Rachel et désigna le lit de la tête. Il s'approcha ensuite de la salle de bains, dont la porte n'était pas complètement fermée, tendit l'oreille puis poussa le battant brusquement.

La tête d'Angel Arenas reposait contre la partie incurvée de la baignoire, cheveux flottant dans l'eau qui lui montait au-dessus du menton, yeux clos, corps étendu, nu, dans la baignoire remplie presque jusqu'au bord de morceaux de glace dans une eau qui virait au rose.

Raylan appela : « Angel… ? » N'obtenant pas de réponse, il s'agenouilla à côté de la baignoire pour poser les doigts sur sa gorge à la recherche du pouls. « Il est en train de crever de froid, mais il respire encore. »

Dans son dos, il entendit Rachel : « Raylan, le lit est plein de sang. Comme s'il avait tué des poulets dessus. » Puis, quand elle vit Angel, il l'entendit dire : « Oh, mon Dieu », en retenant sa respiration.

Il tourna la commande de la bonde pour laisser la baignoire se vider, le niveau baisser autour d'Angel dont le ventre, dans l'eau glacée, devint une île où le sang était visible en deux endroits.

« On lui a fait quelque chose, dit-il. Il a comme des agrafes qui referment ce qui ressemble à des blessures. À moins qu'il ait subi une opération ?

– On lui a tiré dessus, déclara Tim.

– Je ne crois pas. » Raylan étudiait les deux entailles fermées par les agrafes.

« C'est comme ça qu'on a opéré ma mère l'an dernier, à UK Medical, dit Rachel. Ils ont pratiqué une incision sous les côtes et l'autre sous le nombril. Je leur ai demandé pourquoi à cet endroit-là et pas derrière, dans le dos.

– Tu vas nous dire de quelle opération il s'agissait ? demanda Tim.

– On lui a retiré les reins, les deux, et on lui en a greffé deux autres presque neufs le même jour, ceux d'un enfant qui s'était noyé. »

Ils enveloppèrent Angel dans une couverture, le portèrent dans la chambre et l'étendirent sur le couvre-lit. Il continuait de frissonner, essayait de respirer. Les yeux fermés, il s'adressa à Raylan qui le scrutait du regard : « Qu'est-ce qui m'est arrivé ?

– T'étais venu payer la marchandise ? »

Angel hésita. « Deux types que je connais. Des récoltants. On a bu un verre…

– Et tu te retrouves dans la baignoire. Combien tu leur as donné ?

– Ça vous regarde pas.

– Ils ont laissé l'herbe ?
– Ce que vous voyez.
– Il y en a pas ici. »

Les yeux d'Angel s'ouvrirent. « J'en ai acheté cent livres, vingt-deux mille dollars. Je l'ai vue, je l'ai testée.

– Tu t'es fait avoir. Ils t'ont assommé et, après, ils sont partis avec le magot et l'herbe. »

Il referma les yeux. « Bon sang, j'ai mal. » Ses mains, sous la couverture, tâtaient son estomac. « Qu'est-ce qu'ils m'ont prélevé ? »

*

Raylan chercha à nouveau son pouls. « Il s'accroche. Coriace, ce petit... il est quoi, Riquain des îles ? Je comprends qu'ils le dépouillent, ces récoltants, mais pourquoi ils lui ont piqué ses reins ?

– C'est comme la vieille histoire du type qui se réveille avec un rein en moins, dit Tim. Il a aucune idée de qui lui a piqué. De temps en temps ça revient, mais personne a jamais prouvé que c'était vraiment arrivé.

– Là, c'est arrivé.

– On peut pas vivre sans reins, dit Tim.

– Ça serait dur, dit Raylan. À moins d'être placé sous dialyse drôlement vite. Ce que je comprends pas, c'est ce que des gens qui cultivent de l'herbe fabriquent à prélever des reins. Ils gagnent pas assez en la vendant ? J'ai entendu parler d'un cadavre entier, les morceaux, ils étaient vendus les uns après les autres. Ça peut aller chercher dans les cent mille dollars. Mais tu te fais plus si tu vends assez d'herbe, et tu te salis pas autant les mains qu'avec des reins. Ce que je me demande… » Il se tut pour réfléchir.

« Ouais… ? l'encouragea Tim.

– Qui a pratiqué l'opération ? »

*

Vers midi, Art Mullen, le marshal responsable de l'antenne de Harlan, arriva au motel où il trouva Raylan toujours occupé à inspecter la chambre.

« Tu sais ce que tu cherches ? lui demanda-t-il.

– Les techniciens ont procédé aux relevés, ils ont embarqué les vêtements d'Angel, des pansements ensanglantés, des agrafes chirurgicales, un paquet de tabac Mail Pouch vide, mais pas de reins. Comment il va, Angel ?

– Il est en soins intensifs, état stationnaire.

– Il va s'en sortir ?

– Je crois que ce qui le maintient en vie, c'est qu'il est à moitié dans les vapes mais fou furieux contre ces trafiquants d'herbe qui l'ont dépouillé. Ils ont empoché ce qu'il leur a payé pour la came, si on en croit ce qu'il raconte, et ils l'ont laissé crever sur place.

– Il a pas mentionné qu'ils lui ont piqué ses reins ?

– Je n'ai pas arrêté d'y revenir. "Dis-moi qui c'est, ces types, et on va te les récupérer." Sa respiration est devenue laborieuse et l'infirmière m'a fichu à la porte. Non, mais ses reins, ils ont été prélevés par quelqu'un qui savait ce qu'il faisait.

– On lui a retiré par-devant.

– On les retire toujours par le ventre. Mais là, on a utilisé le mode opératoire le plus récent. On pratique une incision plus petite, sans trancher aucun muscle.

– Je voudrais le voir, Angel, sauf si tu veux pas. Je le connais depuis la fois où il est passé en jugement parce qu'il vendait du khat. Quand j'étais en mission au tribunal, à Miami. Angel et moi, on s'était bien entendus. Il pense que je lui ai sauvé la vie, je crois.

– C'est probablement le cas.

– Alors il devrait être disposé à me parler.

– Il est à l'hôpital régional de Cumberland. Ils te laisseront peut-être le voir, mais ce n'est pas sûr. Où ils sont, les autres ?

– Il n'y avait rien d'urgent, je leur ai dit de rentrer à Harlan.

– Ils ont pris le 4×4… comment tu vas te déplacer ?

– On a la BMW d'Angel, non ? »

*

Angel était allongé sur le dos, les yeux fermés. Raylan se pencha tout près, il lui écarta les cheveux du visage, capta son haleine qui sentait l'hôpital et murmura : « C'est Raylan Givens qu'est là, ton vieux copain du tribunal de Miami. » Les yeux d'Angel s'ouvrirent. « La fois où t'as été condamné pour vente de khat. »

Angel donnait maintenant l'impression de vouloir sourire.

« Tu sais que je t'ai sauvé la vie, ce matin ? reprit Raylan. Cinq minutes de plus dans cette eau glaciale, tu serais mort de froid. Remercie le Seigneur que je sois arrivé au bon moment.

– Pour faire quoi, pour m'arrêter ?

– T'es vivant, mon vieux, c'est le principal. Peut-être un peu pâle, c'est tout. »

« *Pâle* » : il donnait l'impression d'être mort.

« On m'a relié le bras à une machine, dit Angel, elle retire les impuretés que j'ai dans le sang et elle me maintient en vie aussi longtemps que je suis dans l'attente d'un rein. À moins que j'aie un proche, comme un frère, par exemple, qu'accepte de m'en donner un.

– T'en as un, de frère ?

– J'ai mieux. »

Cette fois, il souriait. Il souriait vraiment, et Raylan lui dit : « Tu sais bien que je le dirai pas d'où tu le tiens, ce rein, si tu veux pas que je le dise.

– Tout le monde le sait, dans l'hôpital. Y m'ont envoyé un fax. T'y crois, toi ? L'infirmière entre et elle me le lit. Tanya, c'est comme ça qu'elle s'appelle. Elle est superbe, sa peau, tu sais d'avance qu'elle sera douce. Tanya, mon vieux. J'ai demandé si ça lui plairait de m'accompagner à Lexington quand j'irai mieux. Les infirmières, tu sais, j'ai toujours aimé ça. Pas besoin de trop les baratiner.

– Le fax. Pour combien tu peux les ravoir, tes reins ?

– Cent mille dollars, c'est ce qu'ils proposent. T'imagines le culot qu'ils ont, ces bouseux ? Hier soir, ils se pointent avec un chirurgien pour me piquer mes putains de reins et me dépouiller deux fois, si tu comptes ce qu'ils m'ont volé. Ils disent que si j'en veux qu'un seul, de rein, c'est quand même cent mille dollars.

– Ils le savent, à l'hôpital, ce qui se passe?

– Je te l'ai dit, tout le monde le sait, les médecins, les infirmières, Tanya. Ils ont envoyé le fax, et après y en a un qu'a appelé l'hôpital et qu'a tout organisé. Personne l'a vu, qui les a rapportés.

– Ils savent que c'est les tiens, à l'hôpital?

– Pourquoi t'arrives pas à te le rentrer dans le crâne?

– Et ils marchent?

– Ils font quoi, autrement? Ils me laissent crever? C'est pas eux qui les payent, les reins.

– Quand est-ce que tu dois verser l'argent?

– Ils ont dit qu'ils me laissaient un délai, une semaine à peu près.

– Tu les connais: dis-moi qui c'est.

– Ils me tueront. Ils sont pas pressés, ils ont tout leur temps.

– Et ils reprendront tes reins. Je crois que j'ai jamais entendu parler d'un truc pareil. Tu sais que l'hôpital a appelé la police.

– Ils sont déjà venus me parler. Je leur ai dit que je les connaissais pas, ces types. Que je les avais jamais vus.

– Et tu sais pas non plus de qui ils reçoivent les ordres?» demanda Raylan.

Angel le dévisagea. «Je vois pas où tu veux en venir.

– Tu crois que c'est eux qu'ont inventé cette nouvelle manière de se remplir les poches? Ils peuvent enlever n'importe qui dans la rue pendant que leur médecin se désinfecte les mains avant l'opération. Pourquoi ils feraient les difficiles, pourquoi ils attendraient une livraison de drogue pour agir?» Raylan se tut un instant avant de reprendre : « Si tu veux, je t'aiderai à t'en sortir.

– J'ai pas d'ennuis. T'as trouvé de la marchandise, dans la chambre du motel ? Mec, je suis victime d'un crime et toi, tu veux me foutre en prison ? »

Finalement, ils en arrivèrent au point où Angel était sur un brancard, en route pour la salle d'opération, avec Raylan qui l'accompagnait en disant : « Donne-moi un nom. Je te jure sur mon étoile que t'auras pas à payer, ni pour un truc ni pour l'autre. »

Il regarda Angel faire non de la tête et dire : « Tu les connais pas, ces types.

– Je les connaîtrai si tu me dis qui c'est.

– Faut aller dans les bois, pour les trouver.

– Mon gars, c'est mon métier, ça. » Ils approchaient des doubles portes battantes qui s'ouvraient. « J'appelle Lexington, je leur donne les noms et ils m'envoient leur casier par courrier électronique. Peut-être même que je les connais, moi.

– Ils font pousser de l'herbe d'ici jusqu'à l'ouest de la Virginie. »

Aussitôt, Raylan dit : « C'est les Crowe, hein ? »

2

Au sud de Barbourville, Raylan abandonna la quatre-voies pour couper vers l'est en empruntant les routes secondaires goudronnées et celles, gravillonnées, qui n'avaient ni nom ni numéro, à travers les montagnes érodées du comté de Knox dont les sommets étaient scalpés là où on exploitait le charbon à ciel ouvert en laissant des crassiers et des cours d'eau, au fond des vallées, teintés d'acides miniers. Il suivit Stinking Creek[1] jusqu'à ce qu'elle se jette dans la Buckeye et vit alors, après le cimetière, le magasin d'alimentation de Crowe avec son nom inscrit sur un panneau Coca-Cola, au-dessus de la porte : *Épicerie et alimentation animale de Crowe.*

Sur sa lancée, la BMW d'Angel dépassa la porte moustiquaire avant de s'arrêter. Raylan l'avait fait laver à Somerset, avait enfilé un costume sombre et une cravate pour cette visite car il voulait que Mr Crowe ait une bonne opinion de lui. Dans son article sur Stinking Creek, *Newsweek* présentait Pervis "Speed" Crowe comme le principal récoltant de marijuana de l'est du Kentucky. Dans l'interview, Crowe avait déclaré : « Prouvez-le. Je tiens un magasin pour

1. La rivière qui pue. (*Toutes les notes sont du traducteur.*)

que les pauvres qu'habitent dans les terres basses viennent avec leurs bons alimentaires. Quand c'est, que quelqu'un m'a vu cultiver de l'herbe ?»

Il se tenait derrière le comptoir, à côté d'une bascule à l'ancienne sur laquelle il pesait les pommes de terre, le lard salé, et, derrière lui sur les étagères, on voyait des sacs de farine de blé et de maïs. Les œufs coûtaient dix cents pièce, un dollar la douzaine.

Aux yeux de Raylan, ces magasins se ressemblaient tous, c'étaient les mêmes gens qui venaient s'y fournir en denrées de première nécessité avant de passer un temps infini à dépenser quatre-vingt-dix-neuf cents pour un gâteau meringué à la vanille, quelques bonbons et du Kool-Aid[1] pour leurs gosses qui attendaient sans dire un mot.

Une adolescente en short qui commençait à prendre des formes était assise sur des sacs de fourrage et buvait du R.C. Cola. Raylan avait acheté du Beechnut scrap[2] dans des magasins comme celui-là quand il était jeune, qu'il avait hâte d'être assez grand pour devenir agent fédéral, ceux qui se lancent à la poursuite des criminels armés.

La fille assise sur les sacs de fourrage ne cessait de le regarder comme si elle s'interrogeait sur son compte, réfléchissait profondément à quelque chose qu'elle pourrait lui dire, jusqu'à ce qu'elle adopte une voix douce pour demander : «Monsieur, penserez-vous que je suis effrontée si je m'enquiers de ce que vous faites comme métier ?»

---

1. Boisson en poudre, aromatisée.
2. Bonbons (ou crème) aux faines de hêtres. Tabac à chiquer également.

Il sourit. « C'est quoi, la question ? Ce que je pense ou ce que je fais ? »

Pervis Crowe, que le magazine surnommait "Speed", intervint : « Loretta, t'es pas capable de reconnaître un agent des narcotiques quand tu vois un gars en costume ? Ils se pointent le nez en l'air.

– Vous vous méprenez, dit Raylan. J'appartiens au service des marshals. Ce sont les fleurs que nous reniflons jusqu'à ce qu'on nous lance à la poursuite de criminels recherchés. J'ai cru comprendre, monsieur Crowe, que vous avez deux fils qui se livrent à des trafics interdits par la loi.

– Vous avez des mandats contre eux ?

– Si c'était le cas, ils seraient plus dans le coin. Vous les verriez plus pendant près de vingt ans.

– Vous sortez d'où ? lui demanda Pervis. Je connais pas un seul juge qui prononce des condamnations allant au-delà de quelques années.

– Moi, ça m'est égal. Je me demandais si vous aviez un lien de famille avec les Crowe de Floride.

– Lointain. Comment ils se débrouillent ?

– Soit ils sont en taule, soit ils sont morts. J'en ai expédié un à la prison de Starke pendant que je travaillais là-bas, dans le Sud. Ce que je me demandais vraiment, c'est si le dénommé Dewey Crowe est de la famille ? Celui qu'a un collier de dents d'alligator et qu'est affilié à un club Heil Hitler ? On m'a dit qu'il était de Belle Glade.

– C'est possible que j'en aie entendu parler, mais il éveille pas du tout mon intérêt.

– Il veut qu'on sache qu'il est dangereux, mais il sait pas encore comment s'y prendre. J'aimerais rencontrer vos fils.

– C’est pas du tout le même genre. Ils changent de vêtements tous les jours et roulent en Chevrolet.

– Des pick-up Chevrolet, précisa Raylan. Avec un 30-30 sur le râtelier devant la vitre arrière. Autrement, ils roulent en Cadillac. Je refuserais pas d’avoir une discussion avec eux, même si c’est pas pour ça que je suis venu. Je me suis dit que j’allais acheter une bonbonne de gnôle à emporter sur la route aux souvenirs. Je vais à Evarts, et après à Eastover où j’ai extrait du charbon quand j’étais jeune.

– Vous avez réussi à en sortir avant de prendre des mauvaises habitudes.

– J’ai eu de la chance. Ça m’embêtait pas d’aller à l’école, j’ai découvert que j’aimais lire des histoires.

– Autrement, vous seriez recherché pour vol avec effraction dans les drugstores. Vous les auriez dévalisés de leurs analgésiques pour les revendre aux gens qui veulent rester dans le cirage, pas être obligés de penser.

– Vous en avez dans votre clientèle, des comme ça ?

– Ceux qui font pousser de la marijuana dans leur jardin de derrière, je leur fais crédit. Ils vendent leur récolte et ils règlent leurs dettes au magasin avec des billets de cent dollars.

– Je peux vous demander pourquoi on vous surnomme “Speed” ? »

Il était très maigre et voûté, avait plus de soixante-dix ans, portait une perruque qui n’était pas si moche que ça même si Raylan voyait bien qu’il s’en coiffait tous les matins. Elle présentait une raie impeccable qu’elle conserverait toujours.

Pervis laissa son visage se creuser de profondes rides. Il n'avait pas souri depuis que Raylan était entré dans le magasin.

«Je vendais du whisky à 45 degrés qu'était clair comme de l'eau de roche, sans la moindre trace de charbon de bois. Je le vendais en le trimballant dans une Ford, ça donnait l'impression que la marchandise, elle sortait de mon magasin. J'arrêtais jamais d'écumer ces collines et j'ai acquis ce surnom de "Speed". Vous comprenez bien que c'était y a cinquante ans. J'ai participé à des courses sur des circuits de terre de quatre cents mètres et j'ai tenté ma chance en stock-cars. Je me suis mesuré à Junior Johnson et j'ai vu mon avenir de pilote s'en aller sur une remorque.

– Maintenant vous vendez des articles d'épicerie et vos garçons s'occupent de l'autre commerce.

– Ah, nous y voilà, hein?

– Je travaille pas pour l'agence antidrogue. Aussi longtemps qu'eux, ils ont rien contre vous, moi non plus. Mais on m'a raconté que vous aviez des champs de marijuana, cinq cents bons hectares entre ici et l'ouest de la Virginie.

– Qu'est-ce qu'y a de bon à ça? Vous en plantez un tiers pour les représentants de la loi, un tiers pour les voleurs, vous vendez le reste aux trafiquants et c'est eux qu'en tirent profit. Je vous confie ça pour qu'on perde pas notre temps à se mentir. Je connaissais pas votre père, mais votre grand-père oui, et ça me suffit pour vous faire confiance. Pendant six ans je suis venu à Harlan, j'ai vendu tout l'alcool qu'il distillait et on a fait mieux que se débrouiller.

– On m'a dit qu'il prêchait la bonne parole.

– La semaine, il distillait, et il prêchait le dimanche. Bon sang, vous connaissez même pas votre propre famille.

– Je connaissais votre fils Coover, à l'école, jusqu'à ce qu'il laisse tomber pour parcourir le monde en faisant ce qu'il avait envie. Et Richard… ?

– Tout mioche déjà on l'appelait Dickie.

– Ce qui se passe, c'est ça : on me dit que vos fils ont encaissé du fric pour de l'herbe qu'ils ont jamais livrée.

– Vous travaillez pour Better Business[1], vous enquêtez sur les plaintes des consommateurs ? J'en ai peut-être entendu parler, de ce que vous dites. Le type de la DEA[2] débarque ici avec ses chaussures de ville et il paye une marchandise avant qu'on lui ait rien donné. Il angoisse, il est pressé de régler l'affaire. On croirait qu'il a lâché un pet en croyant que c'était que des gaz et qu'il s'est chié dessus. Faut que je vous croie sur parole que mes gosses l'ont volé, ce type ? »

Le visage impassible, Raylan déclara : « Je sais que vous les aimez, vos gosses. De loin en loin vous vous apercevez qu'ils grandissent et ils en arrivent à ce qu'ils sont aujourd'hui. Mais on vous a mal raconté. C'est pas un agent fédéral qu'a conclu l'affaire, c'est un criminel en fuite. Sa chambre de motel, j'y suis allé avec un mandat d'amener. »

Il laissa à Pervis le temps de rebondir en disant quelque chose, mais il n'en fit rien.

1. Réseau d'agences non gouvernementales créé en 1912 pour moraliser les relations commerciales.

2. Drug Enforcement Agency.

« J'ai découvert Angel Arenas dans la chambre, il avait plus de reins. »

Il attendit à nouveau pendant que Pervis le regardait fixement.

« Nu comme un ver dans un bain d'eau glacée.

– Ce gars, il avait plus ses reins ? demanda Pervis.

– Après, à l'hôpital, ils lui ont proposé de les récupérer contre cent mille dollars. »

Une fois encore il attendit avant d'ajouter : « Mais il va pas être obligé de payer pour les avoir. »

Pervis ne lui demanda pas pourquoi, il ne prononça pas un mot.

« On est sur l'affaire, maintenant, nous, les marshals. On va mettre un terme à ce nouveau trafic avant qu'il se développe.

– Vous venez me dire en face que mes fils ont ouvert ce type et qu'ils lui ont volé ses reins ?

– Je crois qu'ils avaient quelqu'un, avec eux, qui sait comment faire. Je sais pas qui, mais je vais le découvrir. »

Cette fois, Pervis sortit un paquet de Camel de sa poche de chemise, en alluma une et souffla un jet de fumée comme pour se calmer. « Bon, je sais que c'était pas mes fils. Qui c'est, qui vous l'a dit ?

– L'homme qui attend de récupérer ses reins.

– Il a nommé mes garçons ?

– Pas tout de suite, mais oui.

– Il a menti pour ce qu'est du marché qu'a pas été tenu. Mes fils cultivent de l'herbe, ils charcutent pas le corps des gens pour prélever leurs organes. Même s'ils savaient faire.

– Ils tuent des cerfs, fit remarquer Raylan, ils savent les vider. »

Il était à la limite avec ce vieil homme qui avait été trafiquant d'alcool, pilote de course sur des pistes de terre, et qui pinçait sa cigarette entre ses doigts en le dévisageant. Il lui dit: «Monsieur Crowe, je respecte vos sentiments, mais va falloir que je parle à vos fils, en votre présence si vous voulez. Faites-les venir ici demain ou le jour d'après, autrement faudra que j'aille les débusquer.

– J'ai toujours pensé qu'on a vingt bonnes années de retard, à vivre ici en gagnant notre croûte comme on le fait. Mais c'est cette vie-là que j'aime. Maintenant vous venez me dire qu'on rattrape le mouvement, qu'on se met à ce nouveau trafic, qu'on vend des organes humains.

– C'est vous qui vous êtes mis à la page en vendant la marijuana en gros. La DEA considère vos fils comme des gars du Sud à la pointe de la technologie, qui roulent en Cadillac et communiquent par téléphones portables.

– Si jamais vous en arrivez à accuser mes fils en face, dit Pervis en sortant de sous le comptoir une bonbonne de whisky clair dans lequel flottait une pêche, ça vous aidera à atténuer la douleur.»

*

Pervis se coiffa du feutre souple gris qu'il avait porté presque toute sa vie et grimpa les soixante mètres de marches en rondins qui menaient chez lui: une maison en bois sur deux niveaux qu'il avait fait repeindre car elle accusait son âge. Il entra dans la salle d'eau pour pisser un coup, fit tomber la dernière goutte en secouant son zob et, bon Dieu, recommença à pisser.

Rita était sur le canapé du séjour, elle regardait *Des jours et des vies*[1]. Il s'approcha suffisamment pour constater qu'elle dormait dans son uniforme de soubrette, ses jambes nues dépassant de la jupe qui couvrait ses hanches mais pas davantage.

Rita était noire, d'un noir d'ébène, nom de nom, la reine africaine que Pervis avait trouvée alors qu'elle faisait la queue pour trouver du travail. Il lui avait dit : « T'es en fuite, hein ? Tu sais la récolter, la came ? On s'en fiche. Tu sais cuisiner ?

– Qu'est-ce que vous avez dans l'idée ? » lui avait-elle demandé.

Elle était devenue sa servante et cuisinait bien, surtout la bouffe mexicaine. Pervis la payait cent dollars par jour, tous les soirs au dîner. Le moment était venu où il lui avait demandé : « Combien t'as, dans ta valise ? Celle qu'est dans ton placard ? » Il avait réfléchi et ajouté : « Bon Dieu, tu dois bien avoir cent mille, facile.

– Cent mille cinq. Mais c'est pas dans la valise.

– Tu me quittes ?

– Faut que j'investisse, que je mette la totalité dans l'herbe que tu me laisses avoir pour pas cher parce qu'on s'aime tous les deux. Au moins une fois par semaine, tu sens ta bite qu'a des envies, et qui c'est, qui dit que c'est l'heure d'aller au dodo ? »

Pervis avait demandé : « Tu veux vendre de l'herbe ? » Comme s'il n'en croyait pas ses oreilles. « C'est tout ? Tu veux être installée ? Dis-moi ce que tu veux. »

---

1. Série américaine diffusée depuis 1965.

Il s'était senti mieux, soulagé. Il l'aiderait à démarrer, si elle restait ici, dans la maison. Ils en parleraient. Dans l'immédiat, il fallait qu'il voie Bob Valdez. Il s'assit à côté du téléphone pour composer son numéro, laissa sonner à plusieurs reprises, raccrocha, attendit une minute et recomposa le numéro.

Cette fois, il entendit : « Bob Valdez, à votre service.

– Bob, faut que t'aies ton portable sur toi. Je te l'ai pas déjà dit ? Je crois que si. » Sans lui laisser le temps de placer un mot, il ajouta : « Reste où t'es, j'arrive. » Et il raccrocha.

Bob Valdez, le nom dont il se servait actuellement, avait été prêté à Pervis par la mafia mexicaine, l'appellation qu'elle se donnait elle-même, pour garantir la sécurité, surveiller les plantations et s'assurer qu'elle touchait sa part. Pervis était prêt à supporter sa présence pour un temps. Pendant les grèves, ce Bob Valdez avait joué les porte-flingues pour des propriétaires de mines. Il avait son lopin personnel et conduisait une Mercedes noire quatre portes. Il possédait aussi un quad au moteur gonflé, ce petit véhicule tout-terrain qui escalade les versants des montagnes. Bob était américain de naissance, mais il préférait se comporter comme un Mexicain. Pervis voulait lui parler de ce marshal qui l'embêtait.

*

Ils prirent leur petit déjeuner à la Huddle House de Harlan, et Art remarqua la façon dont Raylan s'attaquait à une tranche de bacon cuite dans son gruau de maïs, avec une noix de beurre qui fondait dessus, et y ajoutait du sel. Il lui demanda s'il avait goûté au bocal que Pervis lui avait donné.

« Il était bon. La pêche gâtait rien. J'ai bu deux ou trois gorgées et j'en ai fait cadeau à un vieux bonhomme dans la rue. Il en a eu les larmes aux yeux.

– Tu sais que la marijuana est devenue la récolte qui rapporte le plus dans tout l'État ?

– De quoi être fiers, répondit Raylan. On est juste derrière la Californie et, je suppose, Maui Waui[1]. Ça prouve qu'on a de la ressource. Soixante-dix mille mineurs de charbon au chômage, dont un certain nombre sont devenus planteurs. Hier soir, à la télé, le présentateur des infos, celui qu'a beaucoup de cheveux, a dit que la marijuana échappait à tout contrôle. Il a dit que si les téléspectateurs tombaient par hasard sur une parcelle, ils devaient la signaler à la police. Incroyable, non ? Les seuls qui s'insurgent contre la marijuana, c'est ceux qu'en ont jamais pris.

– Tu n'as pas vu les fils de Pervis.

– Pas encore.

– Tu sais qu'il les a appelés, depuis. Ta BMW, tu peux faire une croix dessus, ils vont savoir que tu la conduis. La DEA a une Mercedes qu'ils te laisseront peut-être utiliser. »

Raylan appréciait la façon dont ce petit déjeuner se déroulait.

Il dit : « Celui que je veux, c'est le médecin, et le seul moyen que j'aie d'arriver jusqu'à lui, c'est de

1. Une des îles hawaïennes d'où proviennent des graines de cannabis médicinal.

passer par les Crowe, qu'ils me parlent de lui. Est-ce qu'il a travaillé en prélevant sa part, si j'ose dire ? Ou est-ce qu'ils en ont chopé un dans la rue ? Celui de l'hôpital a affirmé que c'était un travail de pro. Le gars a utilisé les dernières méthodes pour l'ablation des reins, les bons endroits au niveau du ventre, mais il a pas refermé après. Ça, il l'a laissé faire à celui qu'a posé les agrafes. Un des Crowe ? Je voudrais leur poser la question dans un lieu public, pour pas me faire tabasser ou descendre.

– Ou alors, dit Art, on demande aux policiers de l'État de faire pression sur eux jusqu'à ce qu'ils dénoncent le médecin.

– Je sais pas, je commence à penser que c'est peut-être lui qui tire les ficelles. Il appelle les Crowe quand il a besoin de gros bras. »

*

Au volant de sa Ford V8 équipée d'un condensateur qui dépassait du capot, Pervis se rendit au camp et il observa Bob Valdez qui arrivait de la grange. C'était là qu'habitaient les ouvriers agricoles qui venaient planter avant de s'en revenir quatre-vingt-dix jours plus tard pour tailler et élaguer sa marijuana, ses cultures dans cette partie du comté de Knox.

Le jour où Pervis l'avait engagé, il lui avait dit : « Bob, tu gardes le produit de ta parcelle. Si t'en prends un à faire pousser de l'herbe sur la sienne sans mon accord, tu lui colles un piège à rongeurs autour de la cheville et tu le fous à la porte. »

Sous le soleil de l'après-midi, Bob Valdez rabattit son chapeau de cow-boy en raphia sur ses yeux. Il portait un revolver calibre 44 dans un étui, sur la hanche, et aimait se camper dans la cour, les pouces glissés sous la ceinture, à adresser des remarques aux filles qui travaillaient. La jeune Noire sensuelle, servante de Pervis, elle lui plaisait bien, et il se présentait chez lui quand il savait que Pervis était au magasin. Rita lui disait : « Le patron est pas là. » Elle le lui disait chaque fois que dans un bruit d'enfer il rappliquait sur son quad. Quelques jours plus tôt, elle lui avait dit : « Bob, t'as envie de me baiser, hein ? Si le patron apprend que tu viens traîner par ici, il peut te faire expulser du pays.

– Qu'est-ce que tu racontes, bon Dieu ? Je suis aussi américain que Daniel Boone, je suis né ici, dans le Kaintuck.

– Tu vas y mourir, s'il découvre que tu tournes autour de sa servante.

– Tu rigoles ou quoi ? Le patron, il a pas essayé de m'engueuler une seule fois. Il est pas assez bête pour ça.

– Il élève jamais la voix contre personne parce qu'il a pas besoin de le faire. »

*

Cette fois, Pervis était venu dire à Bob : « Je veux que tu me rendes un service.

– Je suis votre homme.

– Un marshal des États-Unis est passé me voir, il s'appelle Raylan Givens. Tu vois lequel c'est ?

– J'en suis quasiment sûr. Ouais, on me l'a signalé, il a un beau chapeau.

– Je veux que tu l'empêches d'approcher de mes fils.

– Oh ?» fit Bob. Puis : « C'est un pervers, ce type ?» S'efforçant de garder son sérieux, il ajouta : « Vous voulez que je joue les bonnes d'enfants pour Coover et Dickie ?»

Pervis le regardait fixement.

Il dit : « Dans cette région des États-Unis d'Amérique, j'ai le bras très long. Beaucoup plus long que ta mafia *fajita*. J'ai des juges qui me rendent des services et des policiers de l'État parmi mes meilleurs amis. Si je les appelle pour leur parler de toi, moins d'une heure après t'es derrière les barreaux. Bob, si tu fais à nouveau le malin avec moi, c'est ça qui se passera.

– Hé là, dit Bob en parvenant à afficher un grand sourire. C'était pour plaisanter.

– Empêche ce marshal d'approcher de mes fils ou j'engagerai quelqu'un qui saura s'y prendre.»

Il remonta dans sa Ford V8 surgonflée et démarra dans un rugissement de moteur.

3

En sortant de la Huddle House, Art dit : « Les facultés de médecine utilisent dix mille cadavres par an. Dans le monde entier il y a pénurie d'organes humains.

– Dans ce cas, pourquoi ces types lui ont seulement pris ses reins, à Angel ? Après, ils font machine arrière et ils lui revendent le même jour. C'est peut-être une nouvelle manière de pratiquer ce trafic. Ils ont pas besoin de conserver le corps dans l'attente d'acheteurs.

– Choisir ses victimes, ça exige beaucoup de préparation. Je ne vois pas ces types qui ne tiennent pas en place avoir assez de patience pour ça. Angel est d'accord pour payer, il va réunir l'argent. Toi, tu arrives et tu lui dis qu'il n'a pas besoin de le faire.

– Qu'est-ce que tu veux que je lui promette d'autre ? Mais ils y connaissent quoi, ces abrutis, à la vente de reins humains ?

– C'est dans les journaux. Le type du New Jersey, il a vendu des organes qui provenaient de mille cadavres.

– J'imagine pas les Crowe lire le journal à moins qu'ils soient dedans, dit Raylan.

– Cent livres de marijuana devraient rapporter trois cent mille dollars, une fois plantée, cultivée et livrée sur le marché. Un corps humain, avec tous ses organes vendus séparément, les reins, le cœur, et tous les autres, le foie, les yeux… les os, les tendons, la peau vendue au centimètre carré, ça peut se monter à un quart de million.

– Tu parles du type du New Jersey qui travaillait au crématorium.

– L'entrepreneur de pompes funèbres. Il boucle la cérémonie et il appelle ses charcutiers. Une heure plus tard, ils avaient récolté tous les organes du défunt qui méritaient de l'être et bazardé le reste dans l'incinérateur.

– C'est différent de ce à quoi on a affaire, là. Nous, ça ressemble plus à du petit commerce. Mais sacré bon sang, ils vont en gagner, du fric.

– Imaginons qu'un médecin perde le droit d'exercer et qu'il négocie en douce des prescriptions pour de la drogue. Il connaît les Crowe du temps où ils avaient l'âge de la rougeole et de la coqueluche.

– Une fois ou deux, il leur a prescrit la dose quand ils ont atteint la puberté. Ils vivent dans le fond de différentes vallées et se partagent les filles. La DEA prétend que si les filles y vont, là-bas, elles rappliquent à la maison en hurlant.

– Ce médecin drogue Angel, mais il a besoin de quelqu'un pour le flanquer dans la baignoire.

– Et avant que quiconque ait eu le temps de s'en rendre compte, les Crowe font du trafic d'organes. Ça se tient, à ton avis ?

– Pour moi, oui. Je voulais te dire que j'ai rappelé Rachel pour qu'elle te protège. »

*

Raylan conduisait une Audi Quattro que la DEA de Harlan avait sortie de son parc de véhicules pour la lui prêter. Il dit à Rachel Brooks, assise à côté de lui : « Je l'ai déjà eue une fois, cette voiture. Elle m'a bien plu sauf qu'à 230 km/h le capot vibrait.

– Sur ces routes ? demanda Rachel, qui avait l'air de douter.

– De zéro à 100 km/h en 5 secondes si tu la pousses.

– Où on va ?

– On monte à un cimetière d'où on domine le magasin de Pervis. Comme il veut pas organiser de réunion avec ses fils, on va devoir attendre qu'ils viennent voir leur vieux père. »

Ils abandonnèrent la route de Stinking Creek au confluent avec la Buckeye, et grimpèrent une petite côte jusqu'au cimetière, un champ de pierres tombales qui portaient les noms de Mills et de Messer.

« Y en a qui sont là depuis plus de cent cinquante ans, dit Raylan. John Mills, là, "A rejoint le royaume du repos éternel". Qu'est-ce que tu voudrais qu'on y grave, sur la tienne ?

– Je ne sais pas. Je peux avoir plusieurs années pour y réfléchir ?

– Sur celle de Gobel Messer, y a "Rendez-vous au paradis". Sûr de son fait, quand l'heure a sonné pour lui. » Raylan démarra et traversa lentement le cimetière jusqu'à l'extrémité opposée. « Maintenant, regarde droit devant toi. C'est le magasin de Pervis, là-bas, à travers les arbres. À soixante mètres, je dirais. »

Elle sortit ses jumelles, les porta à ses yeux. «Je vois à l'intérieur, personne ne fait de courses, ce matin. Ah, voilà un type, sur le seuil, il allume une cigarette.

– Une Camel. C'est Pervis. Ses fils devraient pas tarder. Il faut qu'ils apportent son pourcentage à leur vieux père.

– Son pourcentage de quoi?

– De l'argent qu'ils ont pris à Angel.

– Comment on le sait, ça?» demanda-t-elle en surveillant le magasin.

«La DEA affirme que c'est Pervis qui tire les ficelles, c'est lui le patriarche. Ses fils glandent, ils se cament et courent les filles jusqu'à ce que leur père leur dise ce qu'il veut qu'ils fassent. Il a des Mexicains qui veillent sur les travaux des champs. Il dirige tout depuis ce magasin minable. C'est le roi de la marijuana dans l'est du Kentucky, mais la DEA arrive pas à lui mettre sur le dos une accusation qui tienne la route.

– Le père Crowe fait dans le trafic d'organes, maintenant?

– Non, et il refuse de croire que ses fils le font. Il a pas apprécié ce que je lui ai dit, à propos des reins. Il a pas arrêté de secouer la tête. Jamais ses garçons iraient charcuter un corps humain, ni regarder quelqu'un d'autre le faire.

– Tu le crois?

– Ouais, parce qu'il est incapable de s'imaginer en train de faire ça. Je lui ai dit: "Ils savent bien vider un cerf, pas vrai? L'éviscérer?" S'il avait eu un flingue, il m'aurait abattu. C'était idiot de lui dire ça.»

Rachel observait dans les jumelles.

« Voilà enfin quelqu'un. On dirait un frère qui conduit la Cadillac. Tout seul dans la voiture. »

Elle tendit les jumelles à Raylan.

Il les porta à ses yeux en disant : « La DEA dit que ce gars-là, il est avec les frères Crowe que depuis deux semaines à peu près. C'est lui qui les conduit, Coover et Dickie. Il s'appelle Cuba je sais pas quoi. C'est dans mes notes, avec un cliché anthropométrique. »

Elle ouvrit le dossier et lut : « Cuba Franks, Afro-Américain de quarante-cinq ans... Allons, il en a plus de soixante. Il n'y a qu'à voir ses rides, les vieilles cicatrices sur son visage. Cinq arrestations, deux condamnations. Élancé, l'allure désinvolte. » Elle l'observa pendant qu'il descendait de voiture et se dirigeait vers le coffre arrière.

« Observe bien ses cheveux, dit Raylan en lui rendant les jumelles. T'en as déjà vu d'aussi raides, sur la tête d'un frère ?

– Pas par chez nous.

– Il a des gènes de Blanc, mais pas assez pour tromper son monde.

– Ou peut-être que si, mais ça ne lui convenait pas, dit Rachel.

– Il a perdu son sens du rythme, mais il reste cool.

– Il fait tout pour, le foulard qu'il a sur la tête, il est assorti à sa chemise. Tu as remarqué, le pli du pantalon ? Il faut qu'il fasse gaffe en l'enfilant, sans ça il va se couper.

– Qu'est-ce qu'il fabrique avec les fils Crowe, à ton avis ?

– Tu veux dire, à part les conduire où ils veulent ?

– Il se pointe et, tout de suite après, ils volent des reins. »

Elle prit son temps. «Tu veux savoir qui travaille pour qui.

– Je ne veux rien rater», dit Raylan.

Il reprit les jumelles et regarda l'homme au drôle de nom sortir une caisse de Budweiser pour la laisser pendre le long de sa jambe avec les doigts d'une seule main tandis qu'il refermait le coffre avec l'autre. Quand il s'avança vers le magasin, il prit à nouveau la caisse à deux mains avant d'expédier un coup de pied dans le bas de la porte moustiquaire pour que Pervis vienne lui ouvrir.

Raylan abaissa les jumelles.

«Qu'est-ce qu'y a, dans la caisse de bière?

– À la façon dont il la tenait, ça m'étonnerait que ce soit de la Bud.

– Je crois que c'est la part du vieux, dit Raylan. On va filer d'ici et faire en sorte que Cuba nous trouve en travers de sa route.»

*

Ils roulèrent donc jusqu'au confluent de la Buckeye où ils attendirent sur la chaussée étroite.

«Les Crowe conduisent leurs propres voitures depuis l'âge de douze ans, dit Rachel. Ils aiment rouler vite.

– Absolument.

– Alors pourquoi est-ce qu'ils s'asseyent à l'arrière en disant à leur chauffeur où ils veulent aller?

– Ou c'est lui qui leur dit des choses, ils en ont jamais entendu parler avant?

– Sur les organes humains? C'est ça que tu veux dire?

– Le voilà», dit Raylan en observant la poussière qui s'élevait entre les arbres, puis la Cadillac qui arrivait droit sur eux avant de freiner et de s'immobiliser à une dizaine de mètres du pare-chocs avant de l'Audi.

«Il veut qu'on s'approche à pied, dit Raylan. Pour bien voir qui on est.

– Moi, je viens de m'approcher, dit Rachel en relevant les jumelles. Il a sorti son portable et il appelle quelqu'un.

– Qui, à ton avis?

– Les frères. Pas ses frères de race. Coover et Dickie.»

Ils restèrent assis à attendre. Cuba finit par descendre de voiture et venir vers eux sans se presser.

«Il maîtrise la démarche, dit Rachel.

– Ça se sent que c'est un frère.

– Moi, il ne me déplairait pas s'il ne piquait pas des bagnoles.

– Enclenche ton petit magnétophone, lui dit Raylan. Il va venir de ton côté.»

Cuba s'approcha en adressant un beau sourire à Rachel quand il passa la tête dans la voiture, les mains posées sur l'encadrement de la vitre.

«Comment va? Vous avez un problème de bagnole?

– Monsieur Franks, dit Rachel, nous aimerions vous poser quelques questions et voir votre permis de conduire.» Elle lui présenta son étoile, qu'elle portait autour du cou.

Cuba vit l'insigne au moment où il se redressait pour lever les yeux au ciel avant de reprendre place à la fenêtre.

« Qu'est-ce que j'ai fait ? Vous, les flics, vous arrêtez pas d'être sur mon dos depuis que j'ai trouvé du travail.

– Nous appartenons au service des marshals, dit Rachel. C'est la DEA qui vous harcèle.

– Ça empêche pas que j'ai rien fait. Je travaille comme chauffeur. »

Raylan se pencha sur le volant pour le regarder. « Vous avez votre permis ?

– Je vous le sors.

– Vous conduisez les frères qui font pousser la marijuana ?

– J'en sais rien, ce qu'ils font, répondit Cuba. Si j'apprends qu'ils sont dans la marijuana, je me tire. »

Il tendit son permis à Rachel.

Elle le regarda et dit : « Comment ça se fait que vous travailliez ici et que vous habitiez à Memphis ?

– C'est chez moi. Quand j'ai un moment de libre, j'y retourne voir ma m'man.

– Moi, à Memphis, c'est pour les côtelettes que j'irais, dit Raylan.

– Enfin vous dites quelque chose de sensé. Le meilleur barbecue au monde, c'est le restaurant de viande de porc de Germantown.

– Le Germantown Commissary, dit Raylan. Corky, c'est rudement bon.

– J'adore Corky, dit Rachel. Ils ont de l'épaule de porc cuite à feu doux. La meilleure qu'on puisse trouver.

– T'es de Memphis ? lui demanda Raylan.

– De Tupelo, Mississippi. J'habitais en face de la maison d'Elvis, de l'autre côté des voies.

– Tu le voyais? demanda Raylan avec un large sourire.

– Il n'était plus de ce monde quand je suis née. J'ai commencé à faire des ménages et une dame qui était blanche m'a dit qu'il fallait que j'aille à l'université, elle m'a payé mes quatre années d'études à Ole Miss[1].

– À Ole Miss, dit Raylan, je crois qu'ils ont les plus belles filles de toutes les universités du pays. Vanderbilt y compris. À Ole Miss, une fille qui porte des robes taille 38 ou plus, elle a pas besoin de passer les examens d'entrée.

– Excusez-moi, dit Cuba. Si vous avez des trucs à discuter entre vous, autant que je vous laisse.

– Cuba, dit Raylan, pourquoi vous monteriez pas dans la voiture, qu'on puisse causer.

– C'est *Coo*ba, mon nom. Mais j'ai rien fait. J'ai rien à me reprocher. J'ai purgé ma peine.

– Cooba? Ouvrez la portière et montez.»

Il s'exécuta. Raylan ajusta le rétroviseur.

«Qu'est-ce que vous fabriquez avec les Crowe?

– Je les conduis. J'ai fait de la course automobile, comme leur p'pa. Sur les pistes de terre de quatre cents mètres, bon sang, avec les dérapages dans les virages. Les Crowe croyaient savoir conduire... ils ont un pick-up qu'est gonflé, vous savez? Je leur ai fichu une trouille d'enfer en leur montrant c'que ça voulait vraiment dire, de conduire. Tu passes la marche arrière, t'écrases l'accélérateur, tu mets le frein à main et tu pars en toupie.

– Hé, Cooba? Tous les gars du comté de Harlan savent exécuter un demi-tour sur place. C'est leur

1. Université du Mississippi à Oxford, Mississippi.

grand-père qui leur apprend. Alors pourquoi ils vous ont embauché, les Crowe?

– J'imagine que c'est pour pouvoir se la couler douce.

– C'est eux, qui vous ont embauché, ou c'est vous qui les avez embauchés? demanda Raylan en regardant dans le rétroviseur. Une paire d'andouilles pour faire les travaux de force à votre place.

– Ouais, c'est moi le chef. Je reste là à attendre dans la bagnole pendant qu'ils prennent du bon temps, j'écoute Loretta Lynn[1].

– Ils s'adressent à vous en disant «boy»?

– S'ils le font, je me tire.

– C'est une bonne couverture, de travailler pour eux comme chauffeur. Si on les arrête pas, vous non plus. Je parie que vous leur faites croire qu'ils sont vos associés. Mais ça vous empêche pas de leur dire ce qu'ils doivent faire.»

Cuba le regardait fixement dans le miroir, sans prononcer une parole.

«À combien elle s'est montée, leur part, pour vous avoir donné un coup de main, avec Angel? Pour l'avoir mis dans l'eau glacée? Après que le médecin lui a prélevé ses reins?»

Il fronçait les sourcils, maintenant.

«Comme si vous saviez pas de quoi je parle, poursuivit Raylan. Vous étiez pas obligé d'y être. À moins que vous ayez conduit le médecin au motel. C'est comme ça que ça s'est passé? Moi, je pense que c'est le médecin qui vous a engagé. Il vous a

1. Auteure et interprète de chansons de musique *country*, née dans le Kentucky.

surpris alors que vous lui voliez sa voiture et il vous a embauché. C'est vous qui vous êtes mis en quête de Blancs stupides et qu'avez embauché les Crowe ?

– Vous me dites que je suis en cheville avec des gens qui volent des reins pour les revendre ?

– Moi, je vous vois bien servir d'intermédiaire entre le médecin et les Crowe.

– Vous voulez leur parler, à Coover et Dickie ? Leur demander s'ils volent des reins ? J'ai hâte de voir ça. »

4

À quarante ans passés, Coover et Dickie Crowe étaient toujours des ados. Quand ils ne sillonnaient pas le comté en quête de founes, ils restaient à traîner dans la maison de Dickie, de l'autre côté de la montagne, à regarder du porno. La maison de Coover était toujours sale et elle sentait mauvais. Celle de Dickie était envahie par sa collection de souvenirs d'Elvis Presley :

Cinquante-sept photos d'Elvis dans le séjour, plus des affiches d'Elvis dans le couloir et la cuisine ; des figurines en résine représentant Elvis avec une tête démesurée ; un bong à l'effigie d'Elvis ; un bocal rempli de terre du jardin de Graceland ; une photo d'un nuage en formation qui ressemblait à Elvis et que Dickie avait payée cent dollars ; et une paire de serviettes de toilette qu'Elvis utilisait pour s'essuyer le visage sur scène et qui servaient maintenant de napperons sur les dossiers des grands fauteuils inclinables.

« Je croyais que tu voulais t'en débarrasser, de toutes ces merdes d'Elvis, que t'en avais marre de les voir, dit Coover.

– Quand j'aurai décidé de le faire.

– Donne tout au Nègre, il saura les vendre.

– J'ai dit, quand j'aurai décidé de le faire.»

Dickie avait des cheveux clairsemés qu'il peignait en arrière pour leur donner la forme d'une vague avant de l'arroser de laque afin qu'elle reste bien en place. Il portait des chemises blanches amidonnées au col hollywoodien qui montait jusqu'aux lobes de ses oreilles, il en avait acheté une douzaine à Las Vegas, un dollar pièce.

Coover avait les cheveux hirsutes, il ne les peignait jamais. Les filles lui disaient, putain, ça te ferait pas de mal de prendre un bain de temps en temps, de faire le ménage, d'utiliser au moins un peu de produit à vaisselle pour cette pile d'assiettes. Elles lui disaient qu'il allait avoir des rats à demeure dans sa cuisine. Coover répondait: «Y en a déjà qu'ont fait leur nid.» Il portait des T-shirts Ed Hardy et le blouson à capuche «Death and Glory», avec la tête de mort et la dague.

*

On ne les aurait jamais pris pour des frères. Dickie faisait le difficile, il aimait froncer les sourcils tandis que son visage osseux dépassait de ses cols hollywoodiens. Camé la plupart du temps, Coover faisait exactement ce dont il avait envie. Dickie disait: «C'est la dernière fois que je te le dis, lave-toi ou je te tire une balle dans le cul pendant ton sommeil.» Coover répondait: «T'auras jamais assez de couilles pour le faire.» Ils se parlaient tout le temps sur ce ton.

«T'as causé à p'pa? avait demandé Dickie.

– Il a commencé à me faire chier avec les reins. Moi, j'ai répondu: "Qu'est-ce tu dis que j'ai fait? T'es dingue ou quoi?"

– Moi, je lui ai lancé mon regard blessé. "Tu crois que moi et Coove on ferait un truc pareil?"

– J'ai demandé s'il s'était remis à boire.

– Il veut pas entendre dire qu'on charcute des corps, avait dit Dicky, mais ça le choque pas qu'on vende les reins. Il m'a dit: "Tu te rends compte qu'y a des centaines de gens qu'ont besoin de reins?" Et y m'a demandé si je savais combien ils étaient prêts à payer pour en avoir. P'pa dit des milliers de dollars. Tu sais ce que ça veut dire, hein?

– Ça le dérange pas qu'on fasse du trafic d'organes du moment qu'il touche sa part.»

Dickie continuait de grimacer un sourire.

«On peut pas s'empêcher de l'aimer, notre bon vieux p'pa, hein?»

*

Coover avait laissé Cuba Franks prendre sa voiture pour porter dix mille dollars à Pervis, la part qui lui revenait sur la somme qu'ils avaient escroquée à Angel. Ça signifiait que Dickie avait dû se rendre chez Coover ce matin-là, s'asseoir dans sa maison qui empestait pour discuter de ce dans quoi ils avaient mis les pieds, comme ce trafic de reins. Dickie n'était pas sûr d'aimer faire ça.

Coover passa de la cuisine dans le séjour et dit: «Ces saloperies de rats recommencent à lécher les assiettes sales.» Il ouvrit le tiroir du haut d'une vieille armoire.

«Qu'est-ce que tu cherches?

– Mon Smith, bordel.

– Je voulais te demander un truc: est-ce que ça t'a embêté de mettre Angel dans la baignoire?

– Est-ce que ça m'a *embêté*?

– Qu'y ait tout ce sang.

– C'était pas le nôtre, si?» Coover sortit un Smith & Wesson chromé calibre 44 du tiroir. Il dit: «Il a fallu que je lui referme ses blessures et je l'ai fait. Je veux plus en entendre parler.

– On a rien fait assez vite, dit Dickie. Même lui enlever ses vêtements.

– Qu'est-ce que j'ai dit? "Si tu veux qu'y soit nu, pourquoi t'as pas apporté un sécateur?" Mais tu sais ce que je pense? On regarde bien plusieurs fois, et putain, on saura en prélever un, de rein. Toi et moi, on se partagera les cent mille dollars.

– Et si le type nous crève entre les mains?

– La première fois, ouais, p't'être qu'on coupera un truc qu'on devrait pas, mais on aura quand même les reins. C'qu'on veut, c'est garder cet enfoiré en vie et lui revendre sa camelote.

– Moi, bon Dieu, je préférerais pas avoir à me précipiter autant que ça.

– T'as qu'à considérer ça comme l'apprentissage d'un métier», répondit Coover en faisant tourner le barillet du revolver afin de vérifier qu'il était chargé.

Dickie alla ouvrir la porte pour laisser entrer un peu d'air dans la maison. Il regarda dehors et dit: «Cuba est de retour», en regardant la Cadillac qui tournait devant la maison dans un nuage de poussière. «Hé, y a une autre voiture qu'arrive derrière.»

Coover pénétrait dans la cuisine, le Smith à la main, et il ne tourna pas la tête.

*

Ils étaient maintenant sortis des arbres et s'engageaient sur l'espace qui entourait la maison, Raylan au ralenti derrière la Cadillac, lorsque plusieurs coups de feu (deux détonations, sèches, violentes, suivies de deux autres) l'incitèrent à dépasser brusquement Cuba tandis que Rachel criait: «Où il est?», puis à freiner et à s'immobiliser devant les marches.

«C'est pas sur nous qu'il tirait», dit Raylan.

Cuba Franks rangea la Cadillac le long de l'Audi et mit pied à terre en disant la même chose. «C'est Coover qui fait le ménage avec son six-coups, c'est tout.»

Raylan était déjà en haut des marches et Rachel, à côté de la voiture, surveillait ses arrières. Elle vit Cuba Franks grimper sur la véranda de sa démarche tranquille, mais il était nerveux, elle le voyait bien. Les yeux sur Raylan, elle vit Dickie sortir de la maison avec sa chemise hollywoodienne, il ressemblait aux photos. Elle l'entendit dire à Raylan:

«J'aurais juré que vous rouliez en BM.»

Rachel vit la manière dont ses longs doigts reposaient sur ses cuisses avant de s'insérer dans les poches de son Levis.

Coover sortit à son tour, tenant le long de sa jambe, dans une main, un revolver en métal brillant, et dans l'autre, par la queue, un rat mort.

« Autant de coups de feu rien que pour ça ? » lui demanda Dickie.

Les yeux de Coover se portèrent sur Raylan à qui il adressa son regard mauvais. « Il en reste un dans la cuisine, de ces salopards, dit-il. Vous voulez essayer de l'avoir ?

– Les rats, je leur tirais dessus quand j'étais gosse. Je les chassais des chiottes. Là, tout ce qu'y a à faire, c'est aller dans la cuisine, pas vrai ? »

Coover l'étudiait en plissant les yeux. « Où je vous ai vu ?

– C'est des marshals, lui et la Négresse », dit Dickie.

Coover se tourna vers Cuba. « Apporte-nous les chaises longues, elles sont quelque part, qu'on puisse s'installer pour discuter. » Il s'adressa à Raylan : « Vous pouvez me demander si je fais pousser de l'herbe, je vous répondrai non. Mais avant, bon sang, moi, je vous demande tout ce que j'ai envie. Qu'est-ce que vous en dites ?

– J'ai une seule question à te poser. Comment vous vous êtes retrouvés dans le trafic de reins, toi et ton frère ? »

*

Rachel se tenait à côté de l'Audi et regardait Raylan faire son numéro. Elle le regardait face à Coover, qui tenait le long de sa jambe le revolver en métal brillant. Elle vit Coover faire osciller le rat par la queue avant de le lâcher, vit l'animal arriver sur elle et atterrir sur le capot de l'Audi. Elle ne fit pas un geste. Raylan non plus, il ne tourna même pas les yeux.

Mais il dit: «Coover, t'as lancé un rat mort sur ma voiture. Qu'est-ce que t'essayes de me dire?»

Rachel libéra le rabat de l'étui qu'elle portait sur la hanche.

«Prenez ça comme vous voudrez, du moment que vous savez que je plaisante pas.

– Ce que tu me dis, c'est que t'es mauvais comme la gale, lui déclara Raylan bien en face. Tu sais combien y a de criminels en fuite qui m'ont regardé comme ça? Si je te dis mille, je sais que je suis en dessous de la vérité. Il y en a qui deviennent fous furieux quand je referme les menottes; ils sont trop lents. Il y en a d'autres, je te jure, ils essayent même de dégainer leur arme. Tout ce que je te demande, c'est comment t'en es arrivé à lui voler ses reins, à Angel?»

Dickie se tourna vers Cuba, et Raylan dit: «Je lui ai posé la même question. Il m'a répondu que j'avais qu'à vous en parler.

– Vous voyez ce qu'il fait? intervint Cuba. J'ai dit qu'à part pour les manger, les rognons, j'ai rien à voir avec.»

Coover le regardait maintenant, les yeux plissés. «Je veux savoir ce que t'as dit.

– Écoute-toi parler, répondit Cuba. C'est toi qui me demandes ça? Rentre-toi bien une chose dans le crâne, même s'il est dur comme la pierre, j'ai rien à lui dire, moi.»

Raylan entendait un nouveau Cuba Franks, un Cuba Franks qu'il ne connaissait pas.

«Cuba, dit-il, je dispose d'un enregistrement où votre voix me dit d'aller parler aux Crowe.

– C'est vous qui me l'avez dit, que vous vouliez

leur parler. Je vous ai dit que vous aviez qu'à le faire, que je vous en empêchais pas.

– Je sais que vous étiez au motel, poursuivit Raylan, mais vous vous êtes pas montré à Angel, contrairement à ces crétins. Tout ce que je veux, c'est le nom du médecin. Coover peut retourner tirer sur les rats, vous pouvez faire ce que vous voulez, jusqu'à demain.

– Vous entrez chez les gens alors que vous avez même pas de mandat et vous parlez comme ça ? dit Dickie.

– Je vous fais une fleur, répondit Raylan. Si vous voulez, je vous colle devant un jury de mise en accusation. Vous nous donnez le médecin ou vous allez en taule.

– Coove, tu l'entends ? Il nous menace.

– Il a un flingue sous sa veste, répondit Coover.

– Et toi, t'en as un dans ta *main*, bon Dieu », dit Dickie.

Raylan se tourna assez pour regarder Rachel.

« Tu les entends, ces types ?

– Ça, je les entends.

– Si Coover lève son flingue, tu le descends.

– Si tu veux bien t'écarter d'un pas, d'un côté ou de l'autre », répondit-elle.

Il le fit et ajouta : « Moi, je m'occupe de Dickie.

– Hé, arrêtez, dit Dickie en levant les mains. Je suis même pas armé.

– Voilà ce que je vous propose, dit Raylan. Vous me donnez le médecin ou je reviens demain avec les mandats que vous réclamez. Quand le tribunal aura vu à quel point vous êtes idiots, toi et ton frère, vous pourrez peut-être vous en tirer avec quelque chose comme trois ans et quatre mois. Cuba a déjà fait de la prison, mais il continue à tremper dans des mauvais coups. Lui, c'est seize ans et huit mois qui l'attendent en plus de vos trois ans et quatre mois à vous.

– Vous voulez me dire ce que j'ai fait ? demanda Cuba.

– Ça sera marqué sur le mandat, répondit Raylan qui se tourna alors vers Coover. Qu'est-ce qu'il veut faire, le tueur de rats ? Je parie que l'herbe te donne des idées, hein ? Si tu peux lui faire confiance, à l'herbe. » Il se tourna à nouveau vers Dickie. « Alors on vous revoit tous demain ? »

Rachel tenait son Glock à deux mains, elle couvrait tous les protagonistes.

Raylan revenait vers l'Audi, les yeux fixés sur la jeune femme. Elle le laissa monter et lancer le moteur avant d'ouvrir sa portière.

« Tu as tout essayé pour que ça lui monte au cerveau, dit-elle, à part le coup de pied dans le bas-ventre.

– Il avait pas assez de cran. Il était défoncé, c'est ça qu'il dira à son frère.

– Et s'il avait levé son flingue ?

– Tu l'aurais abattu. »

*

Ils s'éloignèrent et Raylan dit : « Ils vont détaler et se planquer. » Il se tut un instant. « Ou alors ils vont contacter le médecin. Les Crowe… Coover est camé en permanence. Dickie…

– Il ne veut pas se salir les mains.

*

Cuba sortit sur la véranda en disant : « Bon sang, cette cuisine, c'est le paradis des rats, ils y bouffent à leur faim. Tu les entends, non ?

– La plupart du temps, ils font pas plus de bruit qu'une petite souris, dit Coover. Je te donne cent dollars si tu t'en fais cuire un et que tu le bouffes.

– Dans le ghetto, répondit Cuba à cet imbécile, on les cuisait à point, ça leur grillait tous les poils du cul. J'ai jamais tellement aimé ça, bouffer du rat. T'en manges un qu'est malade, tu te retrouves au lit avec la peste bubonique.

– Ils ont pratiquement pas de viande sur le corps, dit Coover. Tu peux ronger leurs petits os minuscules. Putain, tu peux les bouffer en entier si t'enlèves la peau, c'est elle qui craint.

– Faut qu'ils soient croustillants », ajouta Cuba en pensant : ces bouseux vont tout faire foirer. Il leur dit : « Je viens de parler à Miss.

– J'arrête pas d'oublier son nom, dit Coover. Lila ?

– Leela, corrigea Dicky. Comme dans la chanson. »

Ils se trompaient tous les deux, ces imbéciles. Cuba ne les reprit pas. Il leur dit : « Elle veut que le prochain qui nous donnera ses reins, y ait pas de problème, pas d'histoire de marijuana, pas quelqu'un qu'on connaît. » Il leur dit : « Écoutez-moi bien. » Il ne plaisantait pas. « Les prochaines fois, ça va se passer autrement. On laisse le type dans la baignoire et on appelle l'hôpital. Mais après, attention, on vend les reins à un négociant d'organes humains et lui, il prend la meilleure offre qu'il reçoit, il vend à des gens qui sont à l'hôpital. Si le malade peut pas aligner la somme qu'il veut, le vendeur raye son nom.

– Leela, faudra qu'elle lui vende moins cher, au négociant, qu'elle pourrait vendre au malade», fit remarquer Dickie.

Comme s'il venait d'y penser. Cuba lui rétorqua, à cette tête-de-nœud: «Le négociant, tu passes par lui pour pas t'exposer toi en vendant directement. Tu vois? Mais tu peux t'en faire un par nuit, si tu veux.

– Elle a jamais parlé de se faire une femme? demanda Coover. De la foutre à poil dans la baignoire? Une qu'aurait des gros nénés.

– On les verrait flotter dans l'eau glacée, dit Dickie, les tétons dressés à la verticale.

– Je lui ai dit que les marshals sont venus. Qu'ils seront de retour demain avec des mandats.

– On part se planquer? demanda Dickie.

– Elle a dit qu'on laisse passer l'orage.

– Laisser l'orage[1], fit Dickie. Son nom c'est pas Leela, hein, c'est Laylo? Pareil que la chanson.»

Cuba sortit sur la terre sèche et dure, devant la maison, pour appeler Layla sur son portable, les yeux levés vers les arbres, vers les nuages perchés au-dessus de la ligne de crête.

«Comment va? Prête pour le prochain boulot?»

Sa voix lui parvint: «Je ne veux plus travailler avec ces types, ils sont plus lourds qu'utiles.

– Tu veux les lâcher dans la nature?

---

1. *To lay low*, faire profil bas, faire le dos rond, laisser l'orage passer. La chanson d'Eric Clapton s'appelle *Layla*.

– Ils savent qui je suis.

– Ils ont pas encore compris comment c'est, ton vrai nom.

– Et si tu trouvais un moyen de te débarrasser d'eux ? dit Layla. D'accord ? »

6

Des mois plus tôt, avant de se mettre en cheville avec les Crowe, Cuba avait posé les yeux pour la première fois sur Layla la Femme Dragon.

C'était dans la salle Blue Grass à Keeneland, l'hippodrome de Lexington. Mr Harry Burgoyne, son patron, lui avait dit: «Va attendre au bar, je te ferai signe de venir.»

Ce qui signifiait qu'ils allaient se livrer à leur numéro du Boss et de l'Africain ahuri. Cuba avait regardé Mr Harry qui allait s'adresser à plusieurs tables d'amateurs de pur-sang. Ils l'applaudissaient car, moins d'une heure auparavant, il avait remporté les trois cent mille dollars du Maker's Mark Mile[1].

Weezie, la fille qui était assise au bar près de Cuba, et dont le père était un des entraîneurs, avait achevé de vider son Collins et elle avait dit: «Ça te fout pas la rage que le cheval s'appelle Black Boy?

– Ils étaient obligés de l'appeler Black Boy. Comment tu voulais qu'ils appellent un étalon qu'a toutes les juments qui viennent lui agiter leur queue sous le nez.»

1. Maker's Mark est une marque de bourbon.

Avec un grand sourire, elle était partie répéter ce qu'il venait de dire, et Cuba avait regardé, à environ un mètre de lui, Layla, la Femme Dragon, avec ses lunettes de soleil et son imperméable noir brillant.

« Je vous demande pardon, pourriez-vous me dire l'heure qu'il est ? » lui avait-il demandé en donnant à ses mots cette inflexion africaine aux syllabes bien détachées qu'il tenait des chauffeurs de taxi d'Atlanta.

Il l'avait vue retirer ses lunettes, par cet après-midi couvert d'avril, pour révéler ses yeux marron braqués sur lui comme des balles de pistolet. Elle avait souri et ses yeux s'étaient adoucis.

« C'était drôle, ce que vous avez répondu à Weezie. »

Cuba avait remarqué son joli nez et sa jolie bouche, le genre de lèvre inférieure qu'ont certaines femmes et qu'il aimait mordre.

« Mais vous avez oublié de prendre votre accent africain. »

C'était vrai, quand il avait parlé de ce fichu étalon de Black Boy tout en essayant d'avoir l'air cool. Il aurait pu demander comment elle avait reconnu l'accent, mais il s'était abstenu. Il avait observé un instant de silence avant de demander, en renvoyant la balle à cette femme qui avait envie de jouer avec lui : « Afrique de l'Est ou Afrique de l'Ouest ?

– De l'Ouest, du Nigeria. J'ai passé une année entière à Lagos, avec une équipe de transplantation. Je suis revenue à ma base habituelle, UK Medical.

– J'y ai conduit Mr Burgoyne, une fois, il avait des douleurs aux reins.

– Ses reins fonctionnent encore. C'est son foie qui a besoin de repos.

– Il aime boire. Après plusieurs verres, il devient un être humain. Alors comme ça, vous êtes infirmière, hein?

– Pourquoi pas docteur en médecine?

– Vous seriez pas là à me parler.»

Elle lui avait dit qu'elle était assistante en chirurgie et Cuba avait répondu: «Vous aimez tripatouiller les organes des gens?

– Quand je peux. Ça dépend de qui pratique l'intervention. Je suis assistante depuis aussi longtemps que certains des chirurgiens les plus âgés ont commencé à transplanter des organes, ça fait presque onze ans. J'ai assisté à suffisamment de transplantations rénales pour pouvoir en effectuer une moi-même et refermer les incisions. Un des jeunes chirurgiens, tout ce qu'il veut que je fasse, c'est lui mettre les instruments dans la main et coucher avec lui.»

Elle attendit.

«Vous préférez les hommes plus âgés, hein? lui demanda Cuba.

– Ce n'est pas ça qui est important. Ce jeune chirurgien, il sort de la salle d'op en se prenant pour Dieu, il vient de sauver la vie d'un patient et il s'attend à ce que je le récompense.

– Ouais…?

– Je lui réponds que je suis épuisée. Ça fait douze heures que je travaille, en pré- et postopératoire, en plus de la chirurgie elle-même, et je suis crevée. Il n'arrive pas à comprendre que je lui dise non. On a bu un café ensemble à plusieurs reprises, il me dit que je peux l'appeler Howie si je veux. Il me dit: "Venez, j'ai une chambre libre qui m'attend. Un petit coup rapide ou une pipe."

– Vous vous soumettez à ses désirs?

– Vous voulez bien écouter? Je suis capable de pratiquer les mêmes opérations que le Dr Lapipe qui touche pas loin d'un million de dollars par an alors que moi, j'en gagne quatre-vingt-sept mille cinq cents. C'est pour ça que je devrais lui en tailler une?»

Cuba était obligé de se concentrer, d'arrêter de penser à cette lèvre qu'il avait envie de mordre. Comme elle avait l'air furieuse, elle ne devait pas lui donner ce qu'il voulait, au bandeur fou de la chirurgie. Elle s'intéressa alors à Cuba, lui demanda ce qu'il faisait dans sa vie antérieure, avant de devenir le boy de Mr Harry. Il lui répondit qu'il pilotait, des bolides sur des pistes en terre, qu'il vendait de l'alcool en fraude, donnait un peu dans le trafic d'herbe.

«Combien vous avez purgé, derrière les barreaux?»

Il avait vu la question venir et répondit: «Ça m'a coûté plusieurs années.» Il ajouta: «Vous voulez mon casier judiciaire? Je vais voir si je peux vous en fournir une copie. C'est pour les bagnoles, que j'ai été en taule, les bagnoles de luxe.» Avec la quasi-certitude qu'il lui disait ce qu'elle voulait entendre, cette Femme Dragon.

C'était à un personnage de bandes dessinées qu'elle lui faisait penser, la Femme Dragon dans *Terry et les pirates*[1]. Terry, le jeune Blanc aux mèches toujours impeccablement ondulées. S'il la baisait pas, la Femme Dragon, c'est qu'il devait avoir d'autres penchants.

Layla semblait calmée, elle le dévisageait avec ses balles de pistolet marron qu'elle adoucit pendant qu'il la regardait.

---

1. Bande dessinée de Milton Caniff, de 1934 à 1946.

« Cuba ?

– Ouais… ?

– Je suis fatiguée des hôpitaux. Dis-moi de quoi tu es fatigué, toi. »

Cuba vit Mr Harry qui lui faisait signe et répondit : « Vous allez voir ça dans une minute. »

*

L'heure du numéro : Mr Harry, un verre à la main, faisait signe à Cuba de venir aux tables des amateurs de canassons. Bon, il était prêt à exposer à ses amis l'idée qu'il se faisait de quelqu'un d'honnête. Il regardait Cuba s'approcher du devant de la salle et commençait à froncer les sourcils. Cela faisait partie du numéro, d'apercevoir Cuba avec son costume noir et sa chemise noire, sa cravate lavande éclatante qui tranchait sur sa tenue sombre.

Mr Harry : « Qui t'a autorisé à porter mes couleurs avec ton uniforme de chauffeur ? »

Cuba se souvint qu'il devait prendre l'accent africain. Si un véritable Africain assistait un jour à ce sketch, il était fichu.

Cuba : « C'est vot' dame, patron. » Il laissa passer deux temps avant d'ajouter. « C'est vot' dame elle m'habille. »

La réplique déclencha des éclats de rire à la ronde.

Mr Harry : « *Mme* Harry t'a dit de porter les couleurs de mon écurie ? »

Cuba : « Quand on s'en va, toujours foncer vers des toilettes, alors je porte vos couleurs. »

Mr Harry: « Quand est-ce que je t'ai dit de le faire ? »

Cuba: « Jamais, patron, mais c'est ça vous pensez, je crois. »

Mr Harry, à la cantonade: « J'ai expliqué à Cuba que si j'ai appelé mon vainqueur d'aujourd'hui Black Boy, jamais et en aucun cas il ne s'est agi d'une injure raciale. »

Cuba: « Oui, patron. »

Mr Harry: « Dis à mes amis ce que tu penses de ce nom, Black Boy. »

Cuba: « Je suis fier, le cheval il a mon nom et il gagne toutes ses putains de courses. »

Éclats de rire.

Mr Harry: « Cuba, les mots africains n'ont pas cours ici, dans la bonne société. »

Rires à nouveau, mais pas aussi nourris.

*

Layla observait depuis le bar. Elle avait dit à Cuba qu'elle était fatiguée des hôpitaux ; à son tour, il lui montrait ce dont il était fatigué, de jouer le Nègre reconnaissant, le sourire fendu jusqu'aux oreilles, avec le bras de ce connard sur les épaules pendant qu'il récitait son texte au moment voulu.

Mr Harry expliquait aux gens réunis dans la salle Blue Grass combien il regrettait que Old Tom soit tombé malade et l'ait quitté pour l'éternité. Old Tom, Dieu le bénisse, s'était pris à redouter la circulation, il conduisait toujours le pied sur le frein. « Quand on n'est pas patient, poursuivit Mr Harry, ça avait de quoi irriter.» Il marqua un temps de silence pour que ses auditeurs de la salle Blue Grass partent d'un petit rire compréhensif. «Mais Cuba, lui, il mettrait le pied sur le champignon et il l'y laisserait. Une fois, je lui ai demandé: "Cuba, tu n'aurais jamais volé de voitures, par hasard?" Et qu'est-ce que tu m'as répondu?

– J'ai dit non, je crois, patron. C'est une chose, le diable, il m'a jamais obligé à la faire.»

Mr Harry appliqua une tape sur l'épaule de Cuba et lui dit: «Ben voyons.» Les turfistes rirent et Mr Harry s'assit à l'une des meilleures tables où on lui faisait de la place.

*

Cuba retourna au bar en levant la main à l'intention des gens qui applaudissaient. Il saluait de la tête, le sourire aux lèvres, jusqu'au moment où il arriva au comptoir et où Layla posa devant lui le verre qu'elle buvait. Il le prit et finit la vodka sans un regard autour de lui.

«Vous savez combien de fois j'ai joué au Nègre reconnaissant?

– Tout le monde a marché.

– Ce qu'il a raconté sur Old Tom, c'est des conneries. Il m'a embauché et le vieux Tom, il l'a fichu à la porte, c'est pour ça qu'il est tombé malade et qu'il est mort.

– Pendant que je regardais ta parodie, je n'ai pas pu m'empêcher de penser qu'un jour, tu vas te retourner, tu vas le saisir à la gorge et l'étrangler devant ses amis. Ils croiront que ça fait partie du numéro.

– En conduisant la Rolls, j'ai envisagé plusieurs fois de foncer dans un virage au sommet d'une pente pour expédier la voiture dans le décor. Moi, je saute en marche et je le regarde casser sa pipe. La voiture s'écrase et explose, comme au cinéma. Dans la vraie vie, ce genre d'explosion, ça arrive pas souvent. Je conduis Mr Harry… et lui il a déjà besoin d'aller pisser. Dans mes phares, je vois une portion de route qu'arrive, avec un à-pic sur le côté… Je dis : "Monsieur Harry, vous pouvez sortir votre bite, on y est presque." »

Layla ne le quittait pas des yeux. Ils devenaient chaleureux. « Je crois que je suis en train de tomber amoureuse de toi.

– Essaie. Tu risques rien. »

Il la regarda sortir un paquet de cigarettes et un briquet de la poche de son imperméable (cher, noir et brillant), attendit qu'elle commence à fumer avant de dire : « Tu sais que c'est pas autorisé, ici.

– S'ils te voient.

– Tu cherches à causer un scandale ?

– S'ils me disent quelque chose, je tire une dernière bouffée et je l'éteins. » Elle se rapprocha de lui. « Une chose que je voulais te dire, à propos des reins de Harry…

– La fois où je l'ai conduit à l'hôpital ?

– Il vient une ou deux fois par an.

– Il a besoin de pisser toutes les vingt ou trente minutes. Tu peux régler ta montre.

– C'est sa prostate. Les reins ne sont pas en trop mauvais état. Il a un nerf coincé dans le bas du dos.

– Le sacro-iliaque qui lui joue des tours. Ça m'est arrivé. J'ai dû garder le lit jusqu'à ce qu'un chiropracteur me le remette en place.

– Harry nous demande d'avoir des donneurs du même groupe sanguin que lui à disposition.

– Je croyais qu'il fallait attendre son tour, quand on a besoin d'un rein.

– Harry donne un million par an à l'hôpital. Dès qu'il se présentera, le donneur empochera cent mille dollars.

– S'il est prêt à ça pour avoir un rein, y a qu'à lui en donner un.

– Ou prélever l'ancien, dit Layla, et le remettre après ?»

Cuba afficha un grand sourire : «Il sera comme neuf, quand il sortira de l'hôpital.»

Il vit Mr Harry se lever de table au moment où Layla disait : «C'est un peu ce que je pensais.»

Cuba l'entendit, mais il surveillait son patron qui serrait les mains des gens assis à la table. Il dit à Layla : «J'espère te revoir très vite, maintenant que nous sommes amants.

– Ce soir ?»

Elle n'avait pas hésité une seconde.

«Il pourrait être tard avant que je finisse de le trimballer ici ou là.

– À l'heure que tu voudras. Si je suis couchée, je laisserai la lumière allumée.

– Dis-moi où c'est.»

Elle posa la main sur une serviette de bar, pliée, la fit glisser dans sa direction. «Tout y est, dit-elle, avec une clé pour que tu puisses entrer.»

Cuba aimait voir la façon dont ses yeux se chargeaient de tendresse en le regardant. Une femme cool animée de mauvaises intentions. Ce qu'on peut trouver de mieux. Il lui dit : «Pourquoi tu prélèves pas les reins du Dr Lapipe ?» Puis : «Non, c'est quelqu'un de trop proche. Mr Harry aussi, je pense.

– J'ai une idée sur la manière de s'y prendre, pour Harry.

– Tu confies tes projets à tes amants ?

– Dès que j'ai entendu à ton accent que t'étais un *Ah*-fricain, j'ai su que tu étais mon homme.»

7

« Tu tombes en panne d'essence, dit Art Mullen. Tu vas à Lexington et tu tombes en panne d'essence. Et ça, juste après avoir alerté les policiers de l'État et les avoir envoyés à la recherche des Crowe. »

Ils étaient à Harlan, dans le bureau du marshal. Art dominait de toute sa taille Raylan qui était assis, coincé sur son siège.

« Qu'est-ce qui t'a fait penser qu'ils allaient à Lexington ?

– Fallait que ça soit où était le médecin.

– Et comment tu le sais, ça ?

– C'est là qu'ils pratiquent les transplantations.

– Mais pourquoi ils foncent voir le médecin ?

– C'est lui qui dirige les opérations, il va leur dire ce qu'ils doivent faire.

– Tu as calculé tout ça dans ta tête et tu as décidé de ne pas te procurer de mandats. Mais tu n'as pas regardé s'il te fallait de l'essence.

– Je croyais qu'il me restait dans les cinq litres.

– Tu sais que Rachel n'était pas d'accord pour aller à Lexington ?

– Je me souviens pas qu'elle m'ait dit pourquoi.

– Parce que tu t'en remets à saint Christophe

pour trouver le médecin à ta place, et il n'y a pas plus de saint Christophe qu'il n'y en a jamais eu. Quelqu'un a inventé son existence.

– T'en es sûr, de ça?

– Je crois. En tout cas je ne lui ai jamais demandé de trouver quelqu'un à ma place. Tu prétends que saint Christophe t'a conseillé d'aller à Lexington?

– C'est moi qu'ai atteint cette conclusion avant d'avoir des informations déterminantes. Tu sais qu'il y a un hôpital célèbre dans le monde entier pour ses transplantations? UK Medical. Ils transplantent des reins à longueur de journée, à une centaine de kilomètres de l'endroit où on a volé ceux d'Angel.

– C'est sur ça que tu te bases?

– J'ai eu une intuition. Ça t'arrive aussi, non?

– Combien d'intuitions s'avèrent justifiées?

– D'accord. On sait que les Crowe sont impliqués. On les arrête, on cause avec eux, on leur propose une réduction de peine s'ils dénoncent le médecin.

– S'il est interne dans cet hôpital, il sera sur place quand on décidera de le chercher. On a autre chose de plus urgent, une réunion publique du comté de Harlan pour une nouvelle autorisation de décapiter le sommet d'une montagne.

– Tu veux dire, déblayer le sommet pour atteindre le charbon. Et toute la poussière se dépose sur les habitants qui vivent en dessous. Si j'étais mineur au chômage, je demanderais à la compagnie: "Vous avez pas assez d'argent? Faut encore que vous dynamitiez nos montagnes?"

– Tu peux leur demander toi-même, si tu veux.

Ils viennent dans à peu près une semaine, quand Ms[1] Carol Conlan sera rentrée des Bahamas.

– Non, une femme ?

– La voix officielle de M-T Mining. Siège social à Lexington.

– Elle va s'attaquer à Harlan ?

– Cette femme, elle peut vouloir n'importe quoi, toi, tu portes les doigts à ton couvre-chef et tu dis : "À vos ordres, *ma'am*."

– En attendant qu'elle arrive, ça t'ennuie si je fiche la trouille aux Crowe ?

– À condition que tu les ramènes au poste. Si tu les descends, tu ne parviendras jamais à trouver le médecin, pas vrai ? »

*

Ils étaient à Corbin, dans la chambre de motel de Layla où elle avait préparé ses valises, prête à retourner à UK Medical au bout de quinze jours de congés ; Cuba était là parce qu'il voulait lui parler de vive voix.

« Tu m'as dit de me débarrasser des frères Crowe. Tu veux dire, les éliminer. »

Ils étaient assis à la table, à siroter du cognac avec le café que Cuba s'était procuré dans le hall.

« La bonne façon de demander, dit-il, ça serait : est-ce que j'ai déjà flingué un type qui donnait

---

1. Ms : prononcée « Miz », cette abréviation récente permet de ne plus marquer la différence entre femme célibataire (Miss) et mariée (Mrs).

l'impression de vouloir voler quelque chose qui m'appartient, ma voiture ou ma vie, par exemple? Tu comprends, c'est pas pareil que de me demander d'aller descendre quelqu'un. Tu vois ce que je veux dire? Quand tu veux entrer dans un gang de jeunes, ils te disent d'aller abattre un gusse qu'appartient à un autre gang. De prouver que t'as les *cojones*. Ces jeunes, ils s'éclatent jusqu'à ce que ce soit leur tour de se faire descendre. J'ai jamais fait partie d'un gang. J'évite toute effusion de sang qu'est pas nécessaire à mon équilibre personnel. La seule fois que je me suis servi d'un pistolet, le Sig 9 mm que j'ai, deux mecs essayaient de me piquer la Mercedes que je venais de voler l'arme au poing. Des jeunes Nègres costauds, défoncés au crack, ils se sont pointés avec des battes de base-ball pour me dire qu'ils allaient exploser la bagnole si je descendais pas. J'aurais dû rester dedans. Ça m'est venu seulement après, qu'ils allaient pas voler une voiture qu'avait les vitres brisées. Mais en même temps, j'ai pensé qu'il valait mieux que je me défende. J'ai sorti mon Sig et je les ai flingués, ces deux enfoirés qu'étaient là à brandir leurs battes. Je les ai laissés par terre dans la rue.

– Je me représente la scène, dit Layla à sa façon tranquille. Tu les as laissés pour morts?

– J'ai jamais entendu dire qu'ils s'en étaient tirés, ni qu'ils étaient morts.»

Elle tendit le bras au-dessus de la table pour poser sa main sur la sienne.

«Mais si tu ne liquides pas les Crowe, ils nous dénonceront. Quand on démarre dans quelque chose de nouveau, il se produit toujours des imprévus.» Elle ajouta: «Si les Crowe se retrouvent derrière les barreaux, ils nous dénonceront. Tu le sais.

– Faut croire. Sauf que je me suis jamais approché d'un type avec qui j'ai été en affaires pour le descendre. Et je me suis jamais lancé dans quelque chose sans être sûr que ça va rapporter.

– C'est comme d'apprendre une nouvelle procédure, dit Layla. Une fois que tu la maîtrises... Pour notre première semaine, on a réussi les deux fois, pas de mauvaises surprises, quatre reins à dix mille dollars pièce. Je suis contente d'avoir trouvé un bon revendeur d'organes. On a le choix entre plusieurs, à l'hôpital, mais quand on travaille en indépendant, il faut trouver les bons. Si on fait juste un coup par semaine pendant un an, l'ablation des deux reins, tu sais combien on gagne? Un million de dollars. Alors que le Dr Lapipe se crève le cul à bosser cinq jours par semaine.

– Ton idée d'utiliser des masques, elle a bien marché. Le type de la chambre du motel ouvre la porte, il est fatigué, il vient d'arriver au volant de sa voiture. Il voit ces visages qui le regardent...

– Il fallait que ce soit les bons.

– Il en croit pas ses yeux. Il commence à sourire quand je lui serre la main. Tu lui plantes la seringue dans le corps, il s'écroule, et moi, je le rattrape.

– On s'est mis à rire. De soulagement, je pense. Tu te souviens?

– C'était *drôle*. On riait sous nos masques en caoutchouc parce que c'était drôle. J'ai toujours eu le sentiment que si on s'amuse pas en ayant une activité criminelle, autant se trouver un emploi.»

Layla lui souriait avant de finir par dire: «Si

j'avais eu la moindre idée qu'Angel connaissait les frères…

– Mais je te l'avais dit, qu'il les connaissait. Toi, tu pensais qu'on allait les lui revendre cent mille dollars le même jour, t'avais l'esprit occupé. Hummm, peut-être que c'est comme ça qu'on va se faire Mr Harry. Il continue à te polluer la tête.

– Tu as raison, dit-elle, je me projetais dans l'avenir. On sait qu'il peut payer tout ce qu'on demandera. Genre, un demi-million les deux ?

– Ça me paraît correct.

– Mais comment on récupère l'argent sans s'exposer ?

– Je me disais qu'on pourrait voler les reins des frères Crowe. »

Il attendit.

« Ce n'est pas une mauvaise idée. Il faut bien qu'ils servent à quelque chose.

– On prélève leurs reins, poursuivit Cuba, et on oublie d'appeler un hôpital.

– Et comme ça, tu es tranquille. Laisser quelqu'un mourir, ce n'est pas la même chose que le tuer. Si ?

– Bien sûr que non, c'est deux choses différentes.

– Moi, ça me va, qu'on fasse l'un ou l'autre. »

*

Raylan dut attendre pendant qu'Art parlait au téléphone, avec Lexington pensait-il, témoignant du respect à son correspondant. « Oui, monsieur, nous suivons ça de près. Je discutais justement de la situation avec Raylan… Raylan Givens… Non, monsieur, il fait son boulot. Entendu, je vais le lui dire.» Art raccrocha et se tourna vers Raylan, assis de l'autre côté du bureau.

«Tu es sur quoi, en ce moment?

– Je cherche les Crowe. Qu'est-ce qu'ils voulaient savoir?

– Si tu avais descendu quelqu'un cette semaine.» Art prit sur son bureau une photo, un tirage couleur, qu'il tendit à Raylan.

«Nous avons un mandat d'amener au nom de Bob Valdez, il assure la sécurité pour Pervis Crowe. Même si en réalité Bob travaille pour la mafia mexicaine.

– Le nom qu'ils se donnent. J'ai entendu Pervis les appeler la mafia *fajita*. Dis-moi pourquoi on les laisse cultiver de la marijuana chez nous, aux États-Unis.

– Je ne sais pas, dit Art. Parce qu'ils savent faire?»

Il observa Raylan qui étudiait la photo en couleurs d'un nommé McCready, un mineur licencié.

«Il faisait pousser une parcelle de marijuana derrière sa maison. Bob Valdez lui a tiré une balle dans la jambe. Il appuie la serviette sur sa cuisse, là. Et l'autre type lui a refermé un piège à rongeur sur son pied nu. Ed l'a enlevé, mais on voit où ça lui a entaillé les chairs.

– Qui c'est qu'a pris ces photos?

– Sa gamine, Loretta, elle a quatorze ans. Elle tient la maison depuis le décès de sa maman, elle avait dix ans à l'époque, et elle va à l'école.» Il tendit d'autres photos à Raylan. «Là, c'est Ed, ils attendent le docteur. Tu vois son pied? Le docteur n'a jamais pu venir, il était retenu par un accouchement. Loretta n'a pas le permis, mais elle sait conduire. Alors elle a emmené son père en ville.

– Je l'ai vue, Loretta, c'était chez Pervis, elle buvait un RC Cola. Elle m'a demandé si je la jugerais effrontée, si elle me demandait ce que je faisais comme métier. Pour elle, ça va pas être facile avec les garçons, d'en trouver un qui soit assez bien pour elle.

– Enfin bon, dis aux policiers d'aller interroger Bob parce qu'il a tiré sur McCready, et ensuite de le ramener au poste pour prendre sa déposition.

– Si Loretta dit qu'il a tiré sur son père et qu'elle a des photos… Pourquoi on l'arrête pas ? On prend la déposition de Loretta, pas celle de Bob. Cette gamine, elle est drôlement spontanée.

– Tu t'en charges. En attendant, deux jeunes hommes, tous deux représentants de commerce, se sont réveillés sans reins à l'hôpital. Un à Lexington, l'autre à Richmond, à deux jours d'écart, et ça, une semaine avant qu'Angel perde les siens.

– Je me souviens d'avoir vu ça aux infos, mais j'ai pas établi le rapport avec ce qu'on a sur la planche… ouais, jusqu'à ce qu'on retrouve Angel dans la baignoire. Je l'ai pas su tout de suite, qu'il avait plus ses reins. C'est toi qui me l'as appris. Non, c'est Rachel, sa mère a eu une transplantation. Après, je me suis demandé si les Crowe étaient impliqués, pour ceux d'avant, les représentants. Les incisions, dans leur cas, elles ont été refermées par un médecin. Pour celles d'Angel, quelqu'un a fait un carnage avec les agrafes. Tout de suite, j'ai pensé aux Crowe, à Coover. Pourquoi le médecin a pas recousu Angel ? Peut-être qu'il en a eu marre, de supporter les frères, et qu'il les a plantés là ?

– Où tu veux en venir ?
– Connaissant ces deux crétins, c'est ce que j'aurais fait. Ce médecin qu'opère dans la hâte, à l'intérieur d'une chambre de motel, il en a plus qu'assez des deux frères, il les laisse refermer les incisions. Mais pourquoi il les a recrutés, pour commencer ?
– Pour porter les corps, dit Art.
– Cuba Franks est là pour ça.
– Il y a une chose dont on est sûrs. Ce n'était pas les Crowe qui portaient les masques en caoutchouc. Les deux témoins ont parlé d'un homme et d'une femme.
– Le président et Mme Obama qu'avaient décidé de sortir s'amuser un peu, dit Raylan. Ils se font dans les vingt mille dollars chaque fois qu'ils enfilent les masques à leur effigie. T'imagines, t'ouvres la porte et, ça alors, les Obama qui viennent te rendre une petite visite ? Ils entrent dans ta chambre de motel en parlant. » Il regarda Art. « Qui est-ce qui tient le rôle de Michelle ?
– Je suppose que le médecin est venu avec… une infirmière ?
– Qui ça… ? Cuba Franks ? »
Art en resta muet. Puis il secoua la tête.
« Qu'est-ce que je raconte… Michelle Obama, c'est elle, le médecin.
– Ça peut être personne d'autre, hein ? On a pas des enregistrements de leurs déclarations ? De ce qu'ils se rappellent, ces deux gars ?
– Si tu es prêt à les croire.
– Moi, ça m'a paru correct. Michelle s'avance et elle embrasse le gars sur la bouche.

– Ils ont tous les deux déclaré à peu près la même chose. Comment elle s'est approchée, vraiment très près…

– Elle soulève le masque sous son menton pour libérer sa bouche et elle la colle sur celle du gars. La dernière chose qu'il se rappelle, c'est qu'il s'est mis à bander. Au moment où ils s'écartent, elle lui plante l'aiguille. Il rêve à la Première Dame qui lui roule un patin et pendant ce temps elle lui retire ses reins.

– Je me demande si elle est noire», dit Art.

Raylan secoua la tête. «Ils ont tous les deux dit qu'elle était blanche.»

*

À deux reprises, Art dit qu'il se demandait si elle ne serait pas médecin. Raylan répondit que lui aussi, il se le demandait, mais qu'il n'arrivait pas à s'imaginer une femme volant des reins dans une chambre de motel. Même une femme à qui on aurait retiré le droit d'exercer et que ça aurait rendu folle furieuse. «Je meurs d'envie de la rencontrer.

– Occupe-toi d'abord de Bob Valdez parce que pour lui, ça vient d'en haut. Après, je veux que les Crowe soient amenés ici pendant que je me procure les mandats d'arrêt.

– Si tu trouves le bon juge.

– J'ai des moyens à faire valoir. "Monsieur le juge, j'espère simplement que pendant que nous attendons les mandats, un représentant de la loi ne va pas être abattu dans l'exercice de ses fonctions par un camé."

– Et on va te coller une amende pour avoir trop ouvert ta gueule.

– Si tu n'arrives pas à repérer où sont les Crowe, va voir Pervis. Ce soir, il n'y aura pas de clients pour le déranger. Si tu veux, tu peux le menacer de brûler ses champs s'il ne nous livre pas ses fils.»

Tout en écoutant Art, Raylan grattait un cal dans la paume de la main qu'il utilisait pour tenir son pistolet. Il cessa de gratter, leva la tête pour observer son chef avec une expression étonnée.

«C'est là qu'ils sont, chez Pervis.

– Dès qu'ils se sentent menacés, ils courent se réfugier chez leur papa, dit Art.

– Je sais pas pourquoi j'y ai pas pensé avant.

– Si tu y avais pensé, tu ne serais pas tombé en panne d'essence.»

8

SANS CHARBON, PAS D'ÉLECTRICITÉ

Raylan voyait ces affiches, la compagnie minière qui enfonçait le clou. Vous voulez du charbon pour chauffer votre maison ? Vous devez accepter l'extraction à ciel ouvert et les dégâts qu'elle entraîne ; la pellicule de poussière de charbon sur votre voiture, garée devant chez vous. Il les suivait sur les granges et les panneaux publicitaires, finit par bifurquer à l'endroit où un autre lui rappelait que *JÉSUS EST NOTRE SAUVEUR* et, quinze cents mètres plus loin, il arriva sur la propriété de McCready.

*

McCready était allongé dans son lit, la tête posée sur un oreiller de façon à pouvoir regarder Raylan, sa blessure par balle nettoyée et cautérisée. D'un geste brusque, il écarta la couverture de flanelle pour montrer sa cuisse entièrement entourée de bandages. « Elle a pénétré dans ma jambe, elle a piqué vers le sud et elle a traversé le plancher de la véranda.

– Vous êtes certain que c'était Bob Valdez.

– Non, dit Loretta, c'était un bouffeur de tacos qu'est arrivé sur son espèce de trottinette et qu'a tiré sur mon père. Évidemment que c'était Bob, qui vous voulez que ça soit ?

– Je me souviens de vous avoir vue au magasin, vous buviez un RC Cola.

– Moi aussi, je me souviens, ne vous en faites pas pour ça. Bob s'approche et il tire sur mon père avec un calibre 44 qui avait un canon de quinze centimètres. Dès que j'aurai trouvé la balle qui est sous le plancher et que je vous aurai donné le piège qu'ils lui ont refermé… » Elle ajouta : « Papa, montre ton pied à Raylan.

– Il le voit, mon pied, il est pas plus loin qu'ici. »

Enflé, écorché, pas beau à voir.

« Bob a tiré sur mon père parce qu'on avait un lopin au milieu des plants de tomates. Il lui a dit : "Si tu recommences à en faire pousser… (Loretta essayait d'imiter son accent.) Je te plonge dans un tonneau rempli de goudron chaud et j'y fous le feu." Il a menacé de le tuer. »

Raylan se tourna vers Ed. « Le piège, il vous l'a refermé sur le pied avant ou après vous avoir tiré dessus ?

– Après. J'étais par terre, je saignais. L'autre bouffeur de tacos m'a arraché ma pantoufle. J'étais assis sur la véranda avec mes pantoufles d'intérieur.

– Avant qu'ils arrivent, dit Loretta, Bob a appelé et il a dit à mon père : "Valdez arrive[1]." Vous avez déjà entendu un truc pareil ?

---

1. Titre d'un roman d'Elmore Leonard, adapté au cinéma par Edwin Sherin.

– Peut-être, dit Raylan. Mais ce qu'y a de certain, c'est que vous avez pris des photos qui mériteraient de gagner un prix.

– Avec mon portable, dit-elle en le sortant de son jean pour le lui montrer. J'en ai d'autres de Bob, quand il est arrivé sur son espèce de trottinette. Il a tiré sur l'encolure de mon T-shirt et il a maté à l'intérieur. Je ne vous répète pas ce qu'il a dit.

– Est-ce qu'il a jamais, vous savez, touché, euh, comment dire, vos parties privées?

– Ce bouffeur de tacos a tiré sur mon père et vous voulez savoir s'il m'a pelotée?

– Je voudrais vous donner un conseil, d'accord?

– De ne pas les appeler des bouffeurs de tacos?

– Je veux dire, quand ça sera sérieux, pour vous, avec les garçons.

– Vous voulez rire? Ça l'est déjà.

– Tout ce que j'espère, c'est que vous essaierez d'être patiente avec eux.»

*

Il observa le camp depuis un point situé en hauteur d'où il avait, à travers les arbres, une vue qui révélait une bande de terre tassée et la grange où les ouvriers agricoles mexicains dormaient dans des hamacs. Certains étaient dehors, assis autour des deux tables de pique-nique, ils avalaient leur repas de midi, Bob Valdez au bout de la table, le plus éloigné du barbecue. Raylan l'observa dans ses jumelles: le chapeau de paille baissé sur les yeux, la main sur la croupe d'une fille qui lui servait ses haricots au riz. Il braqua les jumelles vers les bâtiments annexes peints en blanc, les étables rénovées, un peu à l'écart sur la pâture.

À l'intérieur, les murs de contreplaqué étaient peints en blanc uni. Pervis y avait ses jardins hydroponiques, surveillés avec grand soin afin d'y maintenir l'air à température constante, d'assurer une bonne ventilation, l'apport des substances nutritives dans l'eau, le tout équipé d'un système d'éclairage de 400 watts allumé vingt-quatre heures sur vingt-quatre pendant la germination, puis réduit à des cycles réguliers de douze heures en période de croissance. Une fois récolté, chacun des quelque cent plans de Pervis produisait une once de marijuana de qualité supérieure. Une récolte qui, tous les trois ou quatre mois, lui rapportait environ cinquante mille dollars.

Raylan se demanda si, quand on en fumait, on riait de choses idiotes qu'on trouvait drôles.

Peut-être Bob avait-il abusé sexuellement de Loretta, mais ce n'était pas sûr. En tout cas, il avait bel et bien tiré sur McCready alors qu'il avait ses pantoufles aux pieds, et ce devant sa fille qui, avec son téléphone portable, avait pris des photos qu'il pourrait présenter à Bob si nécessaire. Pas pendant qu'il était là, à déjeuner avec les ouvriers, mais plus loin, du côté des étables. On lui avait dit que Pervis avait planté des panneaux qui disaient : PAR AUTORISATION DE L'ÉTAT. ENTRÉE INTERDITE. La façon qu'avait Pervis de se protéger contre vols et arrestations. LES INTRUS SERONT POURSUIVIS EN JUSTICE OU ABATTUS.

Il allait descendre jusqu'à la maison au volant de l'Audi… Mais est-ce qu'il tenait à affronter Bob assis à table ? À lui fournir l'occasion de la ramener devant tous les ouvriers ? Il l'entendait d'ici : « Qu'est-ce que vous racontez ? J'ai tiré sur un vieillard qui me faisait peur ? » Il dirait ça pour amuser la galerie.

En fait, Raylan descendit à la ferme en suivant les virages en épingle à cheveux jusqu'à ce qu'il soit à découvert, puis il tourna vers la grange et les tables de pique-nique. Alors que les yeux de tous les ouvriers étaient braqués sur lui, il leva la main à l'adresse de Bob Valdez et poursuivit son chemin, contourna la grange et s'éloigna sur la prairie en direction des étables à la blancheur impeccable dressées sous le soleil.

*

Ils sautèrent dans un pick-up pour le suivre. Bob tenait le volant, il se rangea à côté de l'Audi.

Raylan, posté un peu plus loin, avait la prairie derrière lui, il était à une vingtaine de mètres des deux hommes qui descendaient du pick-up, qui s'approchaient maintenant, Bob Valdez avec son 44 qui se balançait sur sa cuisse, et l'autre, un Mexicain aussi, coiffé d'un chapeau de paille, qui portait un fusil de chasse calibre 12 sous le bras comme s'il venait tirer des oiseaux, placide, un pas en retrait. Il avait l'air fatigué. Ou alors il était défoncé.

Parvenu à une douzaine de mètres, Bob s'arrêta et fit un grand sourire à Raylan.

« C'est pas moi. Même si je sais pas ce que vous avez en tête.

– J'ai des photos de toi au moment où tu tires sur Ed McCready. » Le regard de Raylan se porta sur l'autre Mexicain. « Je vous ai en photo au moment où vous refermez le piège à raton laveur sur le pied d'Ed, Loretta les a prises avec son téléphone. C'est incroyable, non ? J'ai assez de preuves contre vous deux pour vous passer les menottes et vous jeter en taule. »

Bob dit : « Ah oui… ? Je vous écoute.

– J'ai du boulot. Un autre truc à régler.

– Oh, fit Bob, plus important que moi, hein ?

– Tout ce que je veux te dire, c'est de replanter le lopin d'Ed, de lui donner cinq cents dollars pour sa blessure à la jambe, son pied blessé, pour qu'il soit pas obligé de vendre Loretta à des réseaux de prostitution. Je t'interdis de poser tes pattes sur elle. Si tu fais tout ça, on est quittes. Autrement, je te coffre pour lui avoir tiré dessus.

– Vous vous fichez de moi ? » Bob avait l'air un peu surpris. « On est deux, là. Vous avez un flingue sur vous, quelque part ?

– Écoute, si je le sors, je te mets une balle dans le cœur avant que t'aies pu dégainer le tien. Ton copain, là, je vais attendre qu'il se réveille. Pourquoi tu l'as amené ? » Il vit Bob jeter un regard à l'autre. « Il est défoncé, reprit Raylan. Dis-moi que tu vas donner l'argent à Ed, comme ça je pourrai me remettre au travail. Je suis sur les traces d'une femme qui vole des reins pour les vendre.

– Ah ouais ? J'en ai entendu parler, de ça, la vente d'organes humains. Combien ça rapporte, un rein ?

– Dans les dix mille dollars, au tarif courant.

– Moi, je pourrais pas, dit Bob en secouant la tête et en replaçant son chapeau sur son crâne. Bon sang, aller charcuter à l'intérieur du corps d'un mec.

– Je pourrais pas non plus, dit Raylan. Quel genre d'homme faut être, pour faire ça ? »

Il regarda Bob hausser les épaules, se disant peut-être qu'il *pourrait* le faire.

Raylan ajouta : « On peut pas tirer sur quelqu'un et lui arracher son carré d'herbe, Bob. Faut bien qu'il gagne sa vie. »

9

Cuba essayait d'imaginer un moyen de se débarrasser des frères Crowe sans que leur père lui tombe dessus. Le seul problème, se disait-il, c'est qu'ils habitaient chez lui maintenant, ils s'étaient installés dans sa maison parce qu'ils étaient sûrs que leur père les protégerait, qu'il empêcherait qu'ils aillent en prison. S'ils n'étaient pas sa chair et son sang, Pervis les aurait fichus à la porte depuis bien longtemps. Quand il aurait liquidé ces deux connards, le vieux devrait le remercier de lui avoir ôté un gros poids. Sauf que Pervis se sentirait obligé de plisser les yeux et de jurer qu'il tuerait celui qui avait fait ça. Cuba s'était dit qu'il pourrait consoler le vieux après coup en lui disant: «Au moins, ils iront pas en prison et ils se feront pas défoncer la pastille tous les jours par des Nègres.»

Attendre.

Ou abattre le père d'abord? Pour plus avoir à s'inquiéter à cause de lui?

*

En montant les marches en rondins qui menaient à la maison de Pervis, Cuba dut s'arrêter trois fois pour reposer ses cuisses. Il avait essayé le magasin, espérant que Pervis y serait encore, mais il était fermé pour la journée. Il avait décidé de liquider les trois Crowe quel que soit l'ordre dans lequel ils se présenteraient. Il espérait que Pervis serait le premier. Après le vieux, peu importait.

Rita, sa servante ? Il ne l'avait jamais vue, mais il avait entendu dire qu'elle était bandante. La liquider aussi ? Il arriva à la maison et sentit l'odeur de la marijuana dès qu'il posa le pied sur la véranda.

Dickie et Coover étaient tous deux assis sur le canapé. Ça faisait bizarre, puisque les autres sièges du séjour étaient inoccupés. Il s'aperçut alors qu'ils partageaient une pipe à eau, qu'ils se la repassaient : ils ajoutaient un peu d'herbe, obturaient le trou avec le doigt et aspiraient. Coover leva les yeux, il aperçut Cuba à la porte moustiquaire et lui fit signe d'entrer.

Les deux Crowe défoncés lui adressaient de grands sourires comme s'ils étaient heureux de le voir. La pièce sentait l'odeur douceâtre de l'herbe.

« Ben dites donc, vous vous amusez bien, hein ? Où il est, votre père, dans la maison ou ailleurs ?

– En haut, il prend un bain, répondit Dickie en lui tendant le bong. T'en veux ?

– Quand j'aurai terminé ce que j'ai à faire. Et Rita, où elle est, elle l'astique, le vieux ?

– Je crois pas que ça soit leur jour, dit Dickie. Elle est à la cuisine, elle nous prépare quelque chose de bon.

– Un truc que vous adorez ?

– Un *strawberry shortcake*[1].

---

1. Biscuit aux fraises avec de la crème fouettée.

– Comment elle est Rita, gentille ?
– Coover a essayé de la sauter une fois…
– Y a plusieurs années, dit Coover.
– P'pa l'y a pris et il l'a fouetté avec une petite branche, une verte, pareille qu'un fouet.
– Ça m'a fait un mal de chien.
– Il te faisait comprendre que c'était sa nana à lui, dit Cuba. Bon sang, ça fait combien de temps qu'elle est là ?
– À peu près trois ans, répondit Dickie de sa voix de fumeur d'herbe en retenant son souffle.
– Aussi longtemps que ça ? Pourquoi elle reste ?
– Le vieux la paie bien pour la tirer, dit Coover.
– Coove essaye de trouver où est son fric, mais elle l'a bien planqué.
– Il est dans la maison, quelque part ? Combien il la paie ?
– Cent par jour, dit Dickie.
– Merde alors, et vous arrivez pas à le trouver ? » Il envisagea de passer la tête dans la cuisine pour jeter un coup d'œil à cette Rita, mais dit : « Ça vous plaît, vous autres, de vous planquer ?
– Personne nous recherche, répondit Dickie.
– Votre père a des amis.
– Ou alors le marshal peut pas obtenir de mandat.
– C'est ce que je veux dire. C'est chouette d'avoir des amis qui peuvent vous rendre des services. »

Cuba se demanda : T'as fini de faire la conversation ?

Il passa les mains derrière son dos, les glissa sous le coton souple de sa veste pour extraire de sous sa ceinture le Sig Sauer 9 mm que les deux camés regardèrent fixement de leurs yeux rêveurs, et Coover dit : « C'est quoi, ce que t'as là, mon gars ? »

Cuba braqua l'arme sur les frères, assis à mi-distance de l'extrémité de la pièce, et il expédia une balle dans la poitrine de chacun, Coover en premier, *bam*, en faisant exploser la pipe à eau qu'il tenait à la main, puis Dickie, *bam*, au moment où il hurlait quelque chose qui ressemblait à : « Non ! » Il attendit que le bruit des détonations s'atténue et tendit l'oreille en quête de mouvements dans la maison. Il s'approcha des frères qui gisaient sur le canapé puis se dirigea vers l'entrée principale, ouvrit la porte moustiquaire et la referma en la faisant claquer. Il reporta ensuite son attention sur l'escalier en se disant que le vieux allait être prudent, qu'il regarderait par une des fenêtres de façade pour voir qui était parti.

Non-non, le voilà qui descendait très lentement les marches, nu, un gros revolver qui devait être un calibre 44 pointé devant lui. Il avait du ventre et, pour le reste, des côtes et des jambes blanches maigres, un crâne chauve qui brillait. C'était la première fois que Cuba le voyait sans son postiche et il lui dit : « Hé, le vieux », attirant son regard sur lui et *bam*, il l'abattit au milieu de l'escalier, le vit lâcher le revolver en essayant de se retenir à la rambarde et dégringoler neuf marches jusqu'au plancher. Il attendit que le corps nu bouge, allongé sur le ventre, avec son sang qui tachait le tapis à poils ras et le bras droit tordu selon un angle bizarre, apparemment cassé. Il attendit quelques instants, se tourna vers le couloir qui menait à la cuisine et lança : « Rita… ? » Il attendit à nouveau et appela : « Où t'es, ma grande ? »

*

Elle arriva de la cuisine en s'essuyant les mains sur un torchon. Cuba l'observa pendant qu'elle regardait les frères avachis sur le sofa ; il l'observa, debout au-dessus du vieil homme, et laissa son regard s'attarder sur ses fesses, sous la combinaison blanche qu'elle portait au contact de sa peau noire. Elle avait ce genre de cul effronté que les filles noires minces mettent en valeur en se cambrant. Il la regarda s'accroupir pour poser le torchon sur le profil du vieux qui gisait à terre, et pensa qu'il devait la tuer pour en finir. Mais comme il avait envie de dire quelque chose, il fit remarquer : « Je crois qu'il s'est cassé le bras.

– Ah bon, c'est tout ? Moi, j'aurais juré que vous les aviez tués, le patron et les garçons. Une balle chacun… bon tireur. Je sais pas pourquoi vous avez tué le père, à moins que quelqu'un vous ait payé une jolie somme pour ça. Vous auriez pu liquider les fils si vous vous sentiez pas dans votre assiette. » Elle ajouta : « Arrêtez de me braquer ce truc dessus. Rangez-le. Je vous connais pas et vous me connaissez pas, d'accord ?

– Comment je peux savoir que tu vas pas appeler la police ? » demanda-t-il en se faisant l'effet d'être un parfait idiot. Un faire-valoir.

« J'appelle pour leur dire que je veux signaler plusieurs homicides, c'est ça ? Le flic veut savoir qui est à l'appareil. Je réponds que je suis la fille qui se procure de la drogue dans les drugstores avec des ordonnances qu'un médecin m'établit pour pouvoir me baiser. Le flic, je lui dis d'aller jeter un coup d'œil à mon portrait qu'ils ont, sur leur mur. » Elle dit : « Chéri, le patron, il m'a sauvée, mais il est mort. Lui et moi, on est quittes.

– Fallait que tu baises avec lui ?

– Juste une fois par semaine, quand il pouvait la dresser. Je l'entendais grogner, c'était comme s'il poussait sa bagnole embourbée.

– Mais ça payait bien. Il paraît qu'il te donnait cent dollars par jour, baise ou pas. Trois ans, ça fait combien ?

– Vous pouvez me claquer une portière de voiture sur la main, je vous le dirai pas, où il est. Il vous reste qu'à me flinguer. Et vous en saurez pas davantage. Si j'ai plus mon fric, j'en ai rien à foutre de ce que vous me faites.

– Hé, dit Cuba, on est amis, on se croit, on croit ce que l'autre dit. J'ai déjà un truc en train avec une très belle femme. Mais je dirais pas que tu me tentes pas.

– C'est votre petite amie ?

– On est très proches.

– Elle est blanche, hein ? Vous faites partie de ces mecs qui se trouvent super quand une fille blanche accepte de baiser avec eux ?

– De me sucer », dit Cuba, et tous deux éclatèrent de rire. « Elle est belle, elle est cool...

– Elle a du fric ?

– C'est ce qu'on fait ensemble, on en gagne plein.

– La drogue ?

– Les reins des gens », répondit-il pour lui clouer le bec.

Mais Rita dit : « C'est dingue ». Sérieuse, pensive. « Vous leur volez leurs reins et vous les laissez mourir ?

– On leur revend le lendemain.

– Cool. Combien ?

– Faut que je parte, que je fiche le camp loin d'ici, dit Cuba. Tu ferais bien de faire pareil, puisque tu dis qu'ils te recherchent.

– Je sais pas. Je trouverai quelque chose. Envoyez-moi une carte postale, dites-moi ce que vous faites, d'accord ?» Elle l'embrassa et ce n'était pas désagréable. Elle savait s'y prendre.

Elle referma la porte derrière lui et mit le verrou, se hâta de retourner auprès du patron, approcha la tête tout près de la sienne et l'entendit respirer. Elle le *savait*. C'est pas avec une seule balle qu'on pouvait tuer un vieux de la vieille comme lui. Elle lui dit : « Bouge pas, chéri. Je vais te conduire à l'hôpital. »

*

L'hôpital du comté de Knox téléphona à la police de l'État qui prit l'affaire Pervis en main, appela le service des marshals pour informer Raylan que les deux gars qu'il leur avait demandé de rechercher avaient été assassinés. Raylan alla inspecter les lieux du crime, il vit Coover et Dickie morts sur le canapé, le tapis taché de sang à l'endroit où Pervis était resté étendu sur le sol. L'hôpital lui apprit qu'une jeune Noire l'y avait déposé et qu'elle avait dû repartir. Ils ne connaissaient pas le nom de cette femme que Pervis refusait d'identifier au même titre que l'homme qui lui avait tiré dessus.

Ce qu'il dit à Raylan, assis à son chevet, ce fut : « Il m'a laissé pour mort. Il m'a collé une balle dans la poitrine, elle a arraché un petit fragment de côte et ça a fait des dégâts à l'intérieur.» Il leva son bras plâtré. «Je me le suis cassé en dégringolant dans l'escalier.

– Pendant que vous êtes alité, pourquoi on essaye pas de voir ce que je peux faire? C'est Cuba Franks, le tireur, hein? Il avait plus besoin de vos fils pour son sale trafic? Il vous a descendu parce que vous étiez là? Mais c'est Rita qui vous a conduit ici, pas vrai? Pourquoi elle a fichu le camp?»

Pervis répondit: «Pourquoi vous me passez sur le gril alors que vous croyez tout savoir?

– Vous vous souvenez, je vous ai dit qu'ils prélèvent les reins de gens qui sont vivants?»

Pervis garda le silence.

«Vous êtes un vieux bonhomme coriace, dit Raylan, mais je peux comprendre et respecter ce que vous ressentez. Ce que je veux pas, c'est que vous alliez en prison pour avoir effacé Cuba.»

Pervis dit: «Il est temps que je fasse quelque chose pour mes fils.»

*

Ils se tenaient dans le bureau d'Art Mullen. «Il a descendu les frères pendant qu'ils tiraient sur un bong, dit Raylan. Quand ç'a été le tour de Coover, la balle a traversé le bong et le verre a explosé, ça lui a mouillé sa chemise.

– Tu as remarqué ça.

– Son sang a pris une couleur rosâtre. Ça te rappelle quelque chose?

– Le bain d'Angel. Trois vols de reins en quelques semaines.

– Mais y a qu'à Angel qu'on a proposé de les revendre. Je lui ai dit: "Prie saint Christophe de t'aider à les récupérer" et il l'a fait.

– Tu me racontes que saint Christophe a fait en sorte que Dickie et Coover se fassent trucider pour qu'Angel ne soit pas obligé de payer pour récupérer ses reins?

– Plus ou moins.

– On enquête sur Cuba Franks, on veut savoir ce qu'il a fait depuis ses condamnations. Il y a un an, il était le chauffeur d'un type riche qui possède des chevaux. Il disait qu'il venait du Nigeria, Cuba Franks. Il a gardé ce boulot pendant neuf mois avant de démissionner.

– Il gagnait pas assez?

– Il en a eu assez de prendre l'accent africain. C'est ce que Mme Burgoyne nous a dit. Harry Burgoyne, lui, il a dit: "C'est toujours comme ça avec eux, ils vous quittent. Il n'y a qu'un seul Afro-Américain à qui je donnerais de très bonnes notes, et c'est Old Tom. Lui, c'est en mourant qu'il m'a quitté."

– Je sais pourquoi Cuba a arrêté, dit Raylan.

– Notre bureau, là-bas, est toujours à sa recherche. Neuf mois, il doit bien connaître le coin.

– Il a des amis. Tu crois pas…

– Est-ce que je crois qu'il connaît quelqu'un qui est docteur au centre de transplantation, une femme?

– Alors?»

*

La voix de Layla demanda: «Où tu es?

– Je me prépare à quitter les collines pour la quatre-voies, répondit Cuba. Les frères Crowe ont pris la route du paradis cet après-midi, à moins que les camés aient pas le droit d'y aller. J'ai été obligé d'effacer le père vu qu'il était dans la maison.

– Tu m'as dit qu'il a une servante mignonne.

– À ce qu'on m'avait dit. J'étais encore jamais monté chez lui.

– Et elle l'est ?

– Elle était trop jeune pour ce vieux.

– Elle l'est, hein ?

– Je l'ai laissé partir. »

Silence sur la ligne.

« Elle me connaît pas et je la connais pas, reprit-il, on en est restés là.

– Tu te rends compte, si j'avais été avec toi et si on avait pu arranger ça ? On aurait raflé six reins de plus d'un seul coup. Huit, en ajoutant Rita. Qu'est-ce que tu en penses ? Quatre-vingt mille dollars. »

10

Le bureau de Lexington attribua un équipier à Raylan, qu'il soit d'accord ou pas.

Bill Nichols, cinquante-cinq ans, la moitié de sa vie comme marshal ; mince, un peu moins d'un mètre quatre-vingts, cheveux courts autour d'une calvitie bronzée. Il raconta à Raylan :

« À quatorze ans je savais tout, je me rasais le crâne pour devenir un défenseur de la suprématie blanche qui pesait à peine soixante kilos. Avant d'avoir pu me faire tatouer des croix gammées, j'en ai eu marre d'être tabassé par des néonazis adultes cons comme la lune. J'ai tout envoyé chier, j'ai complètement changé de cap, je suis entré au séminaire pour devenir un frère, pas un prêtre, un frère. Jouer au softball[1], ou marcher les mains dans les manches de l'habit en pensant aux filles. J'ai abandonné, je suis allé au Royaume-Uni, après je suis entré au service des marshals et j'ai épousé ma femme Julie, y a vingt-sept ans de ça. Nous avons trois fils qui parcourent le globe, des gars bien, intelligents, études secondaires

1. Variante du base-ball qui permet aux enfants de jouer avec une balle plus molle et un peu plus grosse qu'une balle de tennis.

ou plus. Max enseigne l'anglais dans une école en France. Alex conçoit des couvertures de livres pour des éditeurs italiens et français, et Tim est à New York, il écrit son deuxième roman. Le premier s'est vendu à quatre mille exemplaires. Je lui ai demandé de quoi il parle, celui qu'il est en train d'écrire. Il m'a dit que le subtexte en est la dénonciation de la prétention artistique. Et Kate, ma petite fille, est en dernière année de secondaire, elle veut devenir marshal.

– J'ai un sacré retard à combler, dit Raylan.

– Y a longtemps que t'es marié ?

– Je suis divorcé. T'as jamais essayé de les retrouver, les néonazis qui t'ont tabassé ?

– Deux qui sont morts d'overdose. Le troisième, le temps que je le retrouve, il se piquait au crack, ses tatouages, tu pouvais à peine les lire. Je l'ai collé contre un mur de brique, j'ai enfilé des gants en cuir pendant que je le fixais dans les yeux. Je lui ai expédié une combinaison gauche droite, des deux côtés de la mâchoire. Il s'est écroulé et je l'ai regardé.

– Il se souvenait de toi ?

– J'en doute.

– Fallait que tu le fasses avant d'être trop vieux. Dommage que ça ait pas été un criminel en fuite.

– Pour que je puisse le descendre s'il résistait.

– Je voulais dire que ça t'aurait donné une raison de le traquer.

– Toi, ça t'est arrivé, de tirer sur un homme et de le tuer ? demanda Nichols.

– Oui, répondit Raylan.

– Un criminel en cavale, armé ?

– Plus d'un.

– Le nombre a pas d'importance, si ?

– Absolument aucune. Une ou deux fois, c'est possible que j'aie eu de la chance.

– T'en arrives au point où t'es obligé de dégainer…

– En sachant que t'as intérêt à tirer pour tuer », compléta Raylan.

Nichols lui adressa un hochement de tête.

Chacun savait à qui il avait affaire.

*

Ils étaient dans la Crown Vic de Nichols et s'éloignaient d'une maison en bois d'un étage, dans Chestnut, qui figurait sur un des permis de conduire de Cuba et s'était révélée être une pension. Cuba Franks ? Plus d'un an que personne ne l'avait vu dans les parages.

La dernière adresse qu'ils avaient se situait assez loin du centre, sur Athens Walnut Hill Road. Nichols la connaissait sous le nom de Burgoyne Farms.

– Il a pas changé d'adresse depuis son départ, dit Nichols. J'ai un frère, tout ce qu'il fait, c'est construire des barrières pour les élevages de chevaux. Trente-cinq mille pur-sang naissent chaque année aux États-Unis. Vingt arrivent au Derby. Une course qu'on peut pas truquer.

– T'as pas parlé avec Burgoyne, hein ?

– Deux des jeunes marshals l'ont fait. Mr Burgoyne leur a dit que Cuba Franks l'a laissé tomber. Il a dit : "C'est toujours comme ça, avec eux, ils en ont assez de travailler et ils vous quittent." Il parlait des

Afro-Américains. Je commence à prendre l'habitude de les appeler comme ça.

– La femme de Burgoyne pensait que Cuba en avait marre de prendre l'accent africain ?

– Elle trouvait ça drôle, dit Nichols. Ça donne l'impression qu'elle connaissait Cuba mieux que son mari.

– C'est Cuba notre piste. Si on lui met le grappin dessus, il nous donnera la femme médecin. »

Ils roulaient sur New Circle en direction de l'est, approchaient de Richmond Road où ils allaient tourner vers le sud. Nichols jeta un coup d'œil à Raylan.

« T'as vu la liste des médecins ? Treize qui pratiquent des transplantations. »

Raylan secoua la tête. « Je l'ai pas encore vue. Il y en a que treize ? »

Nichols tourna pour s'engager dans Richmond et regarda à nouveau Raylan.

« Que des hommes. Aucune femme qui fait des greffes. »

Raylan ne voulait pas abandonner l'idée et dit : « T'es sûr ?

– J'ai la liste dans ma mallette. Que des docteurs en chirurgie, ou leurs assistants.

– Elle est pas chirurgienne...

– En tout cas, pas à Chandler. C'est un des services de UK Medical.

– Mais elle sait comment s'y prendre.

– Elle sait prélever des reins. Est-ce qu'elle sait en greffer ? »

Raylan dut réfléchir en regardant le paysage entrecoupé par les barrières des élevages de chevaux, les pur-sang qui broutaient, levaient la tête pour regarder passer la Crown Vic alors qu'ils étaient maintenant dans Old Richmond, tout près de Burgoyne Farms.

« Elle est pas obligée d'en greffer, si ?

– C'est vrai, pas si elle les prélève pour les vendre. Mais je vois pas un chirurgien faire ça.

– Moi non plus, dit Raylan. Pourtant, ça me plairait de découvrir qu'elle travaille dans les transplantations. »

Nichols dit : « Elle regarde des chirurgiens transplanter des organes trois fois par semaine, ça fait cent cinquante par an à peu près. Elle lui éponge le front, au chirurgien, sous ces lumières qu'ils ont, et lui, il aime quand elle le touche. Ils referment l'incision et après, il la tringle debout dans le placard à linge.

– Ouais… ?

– La vie en salle d'op, dit Nichols. Il joue au docteur avec sa jolie infirmière.

– Tu me dis que c'est pour ça que la jolie infirmière prélève des reins dans des chambres de motel ?

– Je plante le décor. Est-ce que se laisser tringler dans un placard à linge a un rapport avec le fait qu'elle vole des reins ? Elle sait comment les prélever et elle découvre comment les vendre. C'est l'argent, son mobile. Elle voit comment elle pourrait devenir riche en se faisant passer pour Mme Obama une fois par semaine. Ça m'empêche pas d'apprécier l'idée qu'y ait du désir sexuel là-dedans. Baiser debout, moi j'ai rien contre. »

Ils étaient maintenant sur Athens Walnut Hill, tout près de Burgoyne Farms. Ils avaient appelé et s'étaient arrangés pour venir parler d'une histoire concernant un ancien employé, si leur intrusion dérangeait pas.

Raylan dit : « Tu prends Harry, et moi je parlerai à Elizabeth. Elle dit qu'elle a cinquante-cinq ans, mariée depuis seize ans, c'est un deuxième mariage pour l'un comme pour l'autre.

– C'est toi qui prends Harry, tu le fais parler des Afro-Américains, ça t'amusera.

– C'est mon enquête. Je choisis Elizabeth. »

*

La servante vint ouvrir à Raylan et l'entraîna dans un couloir en lui disant que Mme Burgoyne allait le recevoir dans le solarium. Ils arrivèrent dans une pièce aussi solennelle et raffinée que le reste de la maison, et Raylan dit : « Pourquoi vous appelez ça un solarium ? Ça y ressemble pas. » Il vit la servante, dans son uniforme jaune, se tourner vers Elizabeth Burgoyne qui arrivait de dehors, sa chemise en coton blanc flottant sur un jean taille basse.

« Cela fait quatre-vingt-cinq ans que c'est le solarium », dit-elle en entrant comme on voit les gens faire dans les films. « Pourquoi l'appeler autrement ?

– Moi, ça me dérange pas, dit Raylan avant de se présenter.

– Vous voulez des renseignements sur Cuba Franks. Pourquoi ? Qu'a-t-il fait ?

– Nous pensons qu'il vole des reins », répondit-il histoire de voir comment elle allait réagir.

Elle dit : « Vraiment ? » Se tut un instant et demanda : « Que préférez-vous, thé glacé ou gin-vermouth ?

– La même chose que vous. » Il la regarda lever deux doigts à l'intention de la servante en uniforme jaune. Il était prêt à parier dix dollars qu'ils allaient boire des gins-vermouth.

Elizabeth Burgoyne lui dit : « Je voudrais votre opinion sur quelque chose, si vous voulez bien. Tous mes amis, dans cette région d'élevage de chevaux, m'appellent Beth. Parce que ma mère le fait quand elle vient me voir, je suppose. Mais mes amis d'avant, dans une vie antérieure pourrait-on dire, m'appellent Liz. Laquelle pensez-vous que je sois, Beth ou Liz ?

– Vous mettez mes capacités d'observation à l'épreuve, dit Raylan.

– Allez, laquelle ?

– Liz.

– Pourquoi ?

– Parce que vous vous amusiez mieux avec vos anciens copains qu'avec la bande des amateurs de chevaux. » Cinquante-cinq ans : elle n'en paraissait pas plus de quarante. Elle avait une masse de cheveux sombres qu'elle enroulait continuellement autour de ses doigts. « Ils vous manquent, poursuivit Raylan. Je serais pas contre apprendre d'où vous venez et comment vous avez rencontré Harry : je parie que c'est une histoire intéressante. Mais j'ai besoin de me renseigner sur Cuba. Je pense que vous en êtes arrivée à le connaître mieux que votre mari le connaissait.

– Harry n'a aucune idée de la façon dont on peut devenir proche des gens. Sa personnalité les rebute, l'expression de son visage semble figée une fois pour toutes. Même s'il n'est pas aussi guindé quand il boit, pas aussi ennuyeux, et de loin. Je pense qu'il adorerait être un étalon qui monte des juments à longueur de journée.

– Qu'est-ce que vous faites, vous sortez et vous allez boire du thé ailleurs?

– Ouais, j'adore le thé.» Elle se tourna vers la servante qui entrait dans le solarium avec une carafe de gin-vermouth et un bol d'olives aux anchois.

*

Ils étaient tous les deux installés sur le canapé, à présent, avec leurs verres, un coussin entre eux, la carafe sur la table basse, et Liz parlait toujours de Harry.

«Il buvait plusieurs verres et après, lui et Cuba faisaient leur duo du patron et du Nègre. Harry le réprimandait pour sa tenue, et Cuba répondait: "Mais, patron, c'est vot' dame elle m'habille." Tous les clients du Keeneland Bar hurlaient de rire.

– Pourquoi vous dites pas aux éleveurs de chevaux de vous appeler Liz?

– Ça ne marcherait pas. Ça ressemblerait trop à Liz Taylor dans *La Chatte sur un toit brûlant*. Comme tous les gens qui viennent de Virginie, elle avait cet accent du sud à la manière de Hollywood.

– Vous aimez vous comporter comme si vous aviez un côté un peu dingue. Cuba aussi, à voir les trucs dans lesquels il se lance.

– Il était drôle. On avait toute la journée pour parler, si on voulait, pendant que Harry était aux écuries. On ne se voyait pas pour faire l'amour, si c'est ce que vous pensez.»

Ça l'était, mais il fit non de la tête.

«Cuba était drôle, répéta-t-elle.

– Je vous crois.

– Je vais être franche avec vous. Ça s'est produit de temps en temps, mais pas régulièrement. Vous savez, ça arrivait comme ça, on commençait à se chercher, il aurait fallu être idiot pour arrêter.

– J'ai connu ce genre d'expérience.

– Vous comprenez, Cuba, c'était un gars des rues, mais chez lui c'était très spontané. Je n'avais jamais besoin de lui demander de quoi il parlait. Il me racontait comment c'était, en prison. Il me disait quelle différence il y avait entre les Noires et les Blanches, au lit. » Elle sourit jusqu'à ce qu'elle ajoute : « Il m'a dit qu'il avait rencontré quelqu'un, une jeune femme.

– Une jeune femme blanche.

– Il n'a pas voulu me le dire, mais je savais que oui. Il m'a dit : "Quelle différence ça fait, si je vois cette personne de temps en temps. Je vais pas l'épouser." Il disait toujours "cette personne". On se voyait, j'avais toujours des gins-vermouth ou des daiquiris prêts, ou je remplissais le shaker de glace et je rajoutais du bourbon dessus, je saupoudrais avec un peu de sucre… Et il m'a laissé tomber. Je n'arrive pas à le croire.

– Moi non plus, dit Raylan. C'est arrivé à peu près au moment où il est parti ?

– Il a disparu.

– Je vous ai dit qu'il vend des reins ?

– Je ne vous crois pas.

– Il les vend dix mille dollars pièce.

– Vraiment ?

– Il l'a fait trois fois, avec de l'aide.

– L'aide de cette femme, vous voulez dire ?

– Je crois qu'elle travaille ici, à UK Medical.

– Une chirurgienne ?

– Une assistante du service de transplantation. »

Liz alla à la table pour remplir leurs verres, ajouter des olives et dire : « Ça devient intéressant. Vous cherchez cette assistante, vous vous dites qu'il m'a peut-être parlé d'elle, mais il ne l'a pas fait. » Elle tendit un verre à Raylan, se radossa au siège, le sien à la main, et hocha la tête. « Je parie qu'elle est grosse. » Elle but une gorgée et ajouta : « Pourquoi tant de femmes qui travaillent dans les hôpitaux sont-elles obèses ?

– J'ai remarqué, dit Raylan. Pourquoi ?

– Il a très bien pu la rencontrer. Il a conduit Harry à Chandler au moins deux fois, pour voir où en étaient ses reins. Ils fonctionnent toujours, en dépit de tout ce qu'il boit. Il râlait, donnait des ordres aux infirmières. Il y en avait une qui ne voulait pas lui donner sa drogue préférée et il a essayé de la faire virer. Je ne me rappelle plus son nom.

– J'espère qu'elle y est encore, dit Raylan.

– C'était Layla. Comme dans la chanson d'Eric Clapton. »

11

Raylan sortit de l'ascenseur et traversa le hall en direction d'un espace destiné à l'attente, mobilier en vinyle et magazines, où son équipier lisait *People*. Nichols referma le magazine et prit un dossier posé à côté de lui sur le canapé.

« T'as déjeuné ?

– Jambon et haricots de Lima, dit Raylan en s'installant sur le canapé.

– Les jours qui nous occupent, deux des infirmières de l'étage étaient en congé, des décès dans leur famille. Gladys, trente-cinq ans dans le groupe de transplantations, aujourd'hui infirmière de coordination, est revenue pour afficher l'avis de décès de son père dans le bureau des infirmières. L'autre, c'est Layla. » Il sortit du dossier un portrait en noir et blanc qu'il tendit à Raylan.

« Visage mince, dit Raylan pour signifier qu'elle n'avait pas l'air d'être grosse.

– Un mètre soixante-cinq, cinquante-cinq kilos. Trente-sept ans.

– Elle a de sacrés yeux qui vous lâchent pas. Qui est décédé, dans sa famille ?

– Personne. Layla a pris un congé de deux semaines pour soigner sa vieille mère qu'était aux portes de la mort, elle crachait ses poumons, mais elle s'en est tirée, elle se remet, elle a arrêté de fumer.

– Où elle habite ?

– À La Nouvelle-Orléans.

– T'as vérifié ?

– Dès que j'aurai fini de lire l'article sur Harrison et Calista[1] qui se marient après huit ans de vie commune. Et que j'aurai découvert pourquoi Jake Pavelka prétend que Vienna l'a trompé, même si j'ignore complètement de qui il s'agit.

– Ses yeux, à Layla, on les remarque. On peut pas s'empêcher de les regarder. » Raylan plissa les siens en regardant la femme de la photo qui ne lui souriait pas, mais presque. « J'aimerais savoir à quoi elle pense. »

Nichols tourna la tête pour regarder aussi. « Elle fixe le photographe en pensant : "Si t'en prends encore une, je me lève et je t'expédie un coup de pied dans les burnes."

– Elle me fait pas l'impression de quelqu'un d'agressif.

– Non, elle le pense gentiment. » Il consulta sa montre. « Elle devrait être sortie de salle d'opération, maintenant. Elle assiste le Dr Howard Goldman pour une transplantation rénale. Comme si elle savait pas comment faire.

– C'est elle qu'on cherche, hein ?

– Je vois personne d'autre. »

Ils se levèrent du canapé : Raylan pour se positionner à l'entrée du couloir qui donnait sur le hall et surveiller l'autre extrémité où l'équipe allait émerger

---

1. Harrison Ford et Calista Flockhart.

du bloc opératoire, Nichols pour aller se renseigner sur la mère de Layla.

*

Raylan les regarda sortir, tous deux en blouses blanches, Layla tenant la porte au jeune Dr Goldman. Tandis qu'il assurait l'essentiel de la conversation, elle faisait des gestes avec ses mains, secouait la tête, se soustrayait à ses demandes. Du genre, baiser. Raylan l'avait intercepté plus tôt dans la journée pour lui poser des questions sur les assistantes. Il l'avait intercepté et avait mémorisé son nom. Howard Goldman, c'était ça. Le chirurgien n'avait pas de temps à lui consacrer, il avait agité la main devant son visage avant de poursuivre son chemin. Maintenant, au bout du couloir, il présentait à Layla les mains ouvertes qui venaient de rendre la vie à un patient, et ça l'avait fait bander.

Ils s'étaient remis à marcher vers lui.

Raylan s'avança au-devant du Dr Goldman, sans regarder Layla, et dit: «Je vous prie de m'excuser, docteur, mais ma sœur doit être ici, elle est en attente d'une greffe de rein.

– Comment s'appelle-t-elle? demanda Layla.

– Raejeanne Givens, répondit Raylan en donnant le nom de sa petite sœur. Je comprends pas pourquoi je vois personne de la famille. Je suis venu directement de l'aéroport.

– Allons voir pour Raejeanne», dit Layla en posant la main sur le bras de Raylan et en adressant au chirurgien ce que le marshal interpréta comme un regard lui disant d'aller se faire foutre, accompagné d'un haussement d'épaules. Le Dr Goldman dépassa Raylan sans prononcer un mot et il s'éloigna dans le hall.

« Ça fait une heure que je suis là à essayer d'obtenir des renseignements, dit Raylan. Vous sortez de salle d'opération, c'est ça ? » Il lui tendit la main. « Je m'appelle Raylan Givens, je suis adjoint au marshal des États-Unis. Désolé si je vous ai dérangés, vous et le chirurgien. Je suis inquiet pour ma sœur.

– Bonjour, je m'appelle Layla. Le docteur vient de terminer une transplantation rénale et vous dites que Raejeanne est en attente ? C'est drôle parce que nous n'avons pas de Raejeanne d'inscrite, pas même pour un examen. » Elle levait les sourcils avec une sorte de sourire.

« Ça a pas d'importance. Vous aviez pas l'air heureuse de discuter avec Howard. J'ai pensé que je ferais aussi bien de m'interposer, voir si je pourrais vous libérer. Vous semblez avoir saisi la balle au bond.

– Vous voulez me poser des questions sur quelque chose ?

– Ce que je recherche, c'est un chirurgien qui prélève des reins dans des chambres de motel et qui les revend sur le marché des organes d'occasion. »

Elle souriait, maintenant. « Vous êtes fou.

– Il n'y a aucun chirurgien, ici, qui pourrait avoir un problème de jeu de hasard ? Qu'aurait perdu tout son argent à Keeneland et qui se retrouverait avec des dettes auprès d'un usurier ?

– Ils misent sur les parties de golf.

– Je crois comprendre que, pour l'ablation d'un rein, on pratique une incision sur le devant du corps.

– Comment vous le savez?

– J'ai parlé avec des types. Ils sont deux à m'avoir dit que c'est une femme qui leur a volé leurs reins. Je me suis dit, bon, peut-être que le chirurgien a mis un masque de femme. Les organes à greffer, on les insère aussi par-devant?

– On les insère par où on veut, répondit Layla. Quel genre de masque c'était?

– En caoutchouc, qui s'enfile par la tête. Je crois que ça voulait représenter Mme Obama.

– Vraiment.

– En tout cas, j'en suis quasiment sûr, l'autre masque, c'était le président.

– L'autre masque…?

– Celui que Cuba Franks avait sur la figure.»

Raylan laissa ses paroles en suspens pour voir si Layla était capable d'encaisser.

Au bout d'un moment, elle secoua la tête et haussa les épaules sous sa blouse blanche d'infirmière. «J'aurais bien voulu vous aider», dit-elle. Elle esquissa le geste de se détourner puis s'arrêta. «Pourquoi le chirurgien ne pourrait pas être une femme?

– On m'a dit que tous les chirurgiens de l'hôpital sont des hommes.

– Elle pourrait travailler dans un autre hôpital.

– Vous avez raison, sauf que Cuba connaît cet établissement. Il y est venu une fois ou deux avec son patron. Vous connaissez Cuba Franks?

– Je ne crois pas. J'aurais bien voulu vous aider», dit-elle, et elle s'éloigna.

Raylan la laissa faire quelques pas avant de demander : « Layla, c'est pas vous qui volez ces reins, dites ? »

Il pouvait aussi bien le lui dire en pensant que ça allait l'arrêter dans son mouvement et qu'elle allait se retourner. Pas Layla. Elle leva la main au-dessus de sa tête pour lui adresser cette sorte d'au revoir indolent qu'on voit souvent au cinéma.

De retour dans la salle d'attente, avec tous les vieux magazines, il réfléchit à ce qu'il lui dirait la prochaine fois. Il n'en était pas très sûr jusqu'à ce que Nichols revienne lui annoncer : « Elle a menti quand elle a dit qu'elle avait soigné sa mère et qu'elle lui avait permis de retrouver la santé. La vieille dame est dans une maison de repos depuis trois ans, elle a Alzheimer. »

*

Cuba habitait dans l'appartement de Layla, sur Virginia Avenue, de l'autre côté de South Limestone par rapport au campus de l'université du Kentucky et aux hôpitaux. Il dormait sur le canapé convertible et Layla avait la chambre pour elle quand ils ne l'utilisaient pas. Elle aimait rentrer chez elle et boire un verre pendant qu'elle retirait sa tenue blanche et s'asseyait en T-shirt et petite culotte pour regarder les informations. Ça excitait Cuba et ils allaient dans la chambre pour qu'il puisse prendre son pied ; elle aussi, la plupart du temps. Il savait quand une fille faisait semblant, elles en rajoutaient toujours. Layla ne disait jamais un mot et il attendait le halètement, le gémissement, comme si ses poumons se vidaient de tout l'air qu'ils contenaient. Après, ils regardaient la télé et buvaient plusieurs autres vodkas pendant qu'il sortait l'huile et préparait le dîner.

Ce soir-là, elle rentra en parlant de Raylan Givens et Cuba sentit ses tripes se nouer. Il se dit : Merde, même s'il n'était pas surpris. Le marshal ne lâchait jamais.

« Comment il a su que c'était nous ? demanda-t-il.

– Tu as travaillé pour les Burgoyne.

– Tu dis que c'est de *ma* faute ? Ils ont déjà trouvé les cadavres des Crowe.

– Tu étais obligé de le faire, dit Layla. Mais tu as laissé filer la servante, Rita.

– Je savais bien que tu allais m'en reparler. »

Elle s'approcha de lui dans son uniforme d'infirmière, lui entoura le cou de ses bras et l'embrassa sur la bouche, d'abord avec tendresse puis avec violence. Finalement, elle s'écarta légèrement et dit : « Ne t'inquiète pas pour ça. Mais je pense que nous devrions remettre Harry à plus tard. Le marshal a dû lui parler. Il a probablement posé quelques questions à sa femme. Tu la baisais, hein ?

– Pas trop. Je me disais, et si j'allais trouver Mr Harry pour m'excuser de l'avoir quitté, moi, le pauvre Nègre inculte qui y connaît rien de rien, à comment on doit se comporter. Mais que c'est le numéro du serviteur nègre qui m'a déprimé. Que j'ai un nouveau sketch qu'on peut tester.

– C'est quoi ?

– J'invente quelque chose… je le fais pleurer de rire, cet enfoiré raciste. Je lui dis que j'ai un enregistrement qu'il peut écouter. Je l'amène ici et tu lui plantes la seringue.

– Comment il nous paie, disons, les deux cent cinquante mille dollars ?

– J'y travaille, à ça.

– On ne s'attaque pas à Harry tout de suite. J'ai réfléchi qu'on pourrait récupérer plusieurs autres organes. Gregg Allman[1] vient de bénéficier d'une greffe du foie, il peut recommencer à boire… *youpiii* ! On lui prélèvera reins, foie, poumons, pancréas. Le cœur, c'est trop risqué. Il faut qu'il continue à battre. »

Cuba se dit que c'était comme de vendre des pièces détachées de voiture, une transmission, un collecteur d'échappement. À l'écouter, c'était facile, comme la fois où elle lui avait rappelé : « Si tu ne liquides pas les Crowe, ils nous dénonceront. » C'était la façon détachée qu'elle avait d'en parler qui l'effrayait. Comme si elle lui disait de fermer la fenêtre pour qu'il pleuve pas à l'intérieur.

« Tu vas peut-être halluciner, dit Layla, mais je pense que celui qu'on doit faire en premier, c'est le marshal. On n'aurait même pas besoin de l'attirer dans un piège. Il a d'autres questions à me poser. »

Dans sa tête, Cuba vit Dickie qui tenait une arme et Raylan qui le mettait quasiment au défi de la lever. « Où tu veux le faire ? demanda-t-il à Layla. Ici ?

– Je pensais le faire directement dans la baignoire, plutôt que de l'y porter, puis ajouter l'eau. Je ne vois pas pourquoi on aurait besoin de glace.

1. Guitariste et chanteur de blues né en 1947.

– Et comment on le sort d'ici ?

– Aux petites heures du matin[1], répondit-elle presque en fredonnant, on le passe par la fenêtre, on le met dans la voiture… Ou on attend qu'il reprenne ses esprits et on l'aide à marcher.

– T'as pas encore décidé.

– J'y réfléchis. On a jusqu'au moment où je déciderai de répondre au téléphone. »

1. *In the Wee Small Hours of the Morning*, chanson de David Mann et Bob Hilliard, interprétée par Frank Sinatra (1955).

12

Raylan ne tenait pas à être vu en train de traîner au troisième étage de Chandler, il ne voulait pas courir le risque que Layla le repère et s'éclipse discrètement. Il resta dehors, loin de l'entrée, à regarder les infirmières sortir presque jusqu'à 17 heures. Aucun signe de Layla. Il monta à l'étage des transplantations et apprit qu'elle avait sa journée. Il appela Nichols.

« Tu sais qu'on est samedi ?

– Si on était pas samedi, je serais pas en train de tondre la pelouse.

– Layla travaille pas avant lundi.

– T'as appelé chez elle ?

– Sa voix m'a dit de laisser un message et elle a raccroché.

– Si t'avais appelé hier soir, elle aurait les menottes aux poignets.

– Je voulais lui laisser le temps d'avoir les nerfs à vif avant de me montrer à nouveau.

– Je peux m'arrêter de tondre à la seconde, si tu veux que je vienne.

– Il faut d'abord que je trouve où elle est. Je vais la rappeler ou y aller, c'est au 156 Virginia Avenue, et j'appuierai sur la sonnette jusqu'à ce qu'elle réponde.

– Si elle est là. Je t'appelle demain pour voir où t'en es. Passe à la maison, on mettra des steaks sur le gril et on se boira quelques bières.

– Je voulais te dire que j'ai rendu ma chambre au Hilton, ça collait pas avec mes frais de déplacement. J'ai pris un taxi pour aller au bureau et je me suis fait octroyer une Chevy, elle est correcte, je vais nulle part mais maintenant je suis à la taverne des Deux Clés dans South Limestone. J'ai un appartement en haut, gratis.

– Tu te fiches de moi, dit Nichols.

– Pour que les étudiants de l'université sortent pas bourrés et se fassent pas arrêter ou renverser par une voiture. J'ai discuté avec le responsable, je lui ai dit, si vous aviez une chambre de libre en haut, vous pourriez me laisser l'utiliser pendant que je suis à Lexington… je lui ai dit qu'il aurait un marshal des États-Unis pour assurer l'ordre. Il m'a dit qu'il voulait pas empêcher les étudiants de s'amuser, surtout la Nuit du Délire. Je lui ai dit que le délire, moi, j'ai rien contre.

– Tu fais le videur dans un bar glauque ?

– Quand j'y suis. Je pense pas que ça va durer longtemps.

– T'es plus jeune que moi, dit Nichols. C'est pas exclu que tu t'en tires vivant.

– Les gins-vermouth coûtent que trois dollars. »

*

Le samedi soir, il s'entretint avec le responsable, un type prudent mais agréable qui tenait ce débit de boissons à la limite du campus de l'université du Kentucky. Et pourquoi ne serait-il pas agréable ? Il avait des quantités de clients, garçons et filles, qui venaient boire du rhum ou de la vodka associée à différents parfums ; les gins-vermouth à trois dollars ; cinq dollars la chope de bière et, pour dix dollars, on pouvait boire toutes les bières qu'on voulait. « Mais uniquement si on les boit soi-même, ajouta le directeur, autrement tous les gens qui viennent se cuiteraient pour dix dollars. »

Raylan portait le costume et la cravate qu'il avait mis la veille pour aller au centre de transplantation. S'il restait comme ça à traîner dans la taverne des Deux Clés, aucun doute ne serait permis, le type qui avait l'étoile accrochée à la chaîne était un représentant de l'ordre. Il allait s'attirer des remarques, c'était sûr. Ils avaient tous au moins vingt et un ans, et presque jusqu'à trente. Quand il y en avait un qui le dévisageait, Raylan le saluait de la tête avec son air de gars sympa. Il vit quantité de sweaters avec un col à fermeture éclair, portés sur toutes sortes de chemises. Vit des filles qui parlaient fort, des filles qui faisaient des grimaces. Ils organisaient une course de poissons rouges dans un bac en plastique, tiraient sur les poissons avec des pistolets à eau pour qu'ils arrêtent de nager en rond et qu'ils participent à la course, nom de nom. Peu de buveurs de bière semblaient s'y intéresser. Un DJ célèbre dont Raylan n'avait jamais entendu parler arriva et, durant une minute, ce fut du délire.

Il vit plusieurs jolies filles. L'une d'elles s'approcha de lui : « Mes amis pensent que vous êtes flic qu'à vos moments perdus, et moi, je parie que vous en êtes un vrai. J'ai raison ? »

Il ouvrit sa veste et lui montra l'étoile au bout de la chaîne en argent. « Je suis marshal des États-Unis, mademoiselle. Ils vous appellent comment, vos amis ? »

Un garçon d'une certaine stature qui se tenait tout près lui demanda : « Personne vous l'a jamais arraché, votre badge, pendu à votre cou comme ça ?

– Pas encore, répondit-il. Le seul qu'a essayé, il a pas réussi. Qu'est-ce que vous êtes, joueur de football américain ? Je parierais sur attaquant. »

Le type qui avait les épaules carrées, dit : « Je joue en défense.

– C'est ce que je voulais dire. Pour moi, vous êtes un défenseur qui cherche à passer à l'attaque. Y a vingt ans, si j'avais tenté de jouer au football ici, j'aurais été explosé en moins de trois jours. L'étoile, je vais la mettre à ma ceinture, comme ça j'aurai plus de remarques. Au cas où vous le sauriez pas, je suis du côté des gentils. J'ai abattu sept hommes dans le cadre de mes fonctions, des criminels recherchés par la justice, pas de femmes ni d'étudiants, et ils sont tous morts. » Il sourit au plaqueur défensif. « Si ça continue, vous allez me faire raconter des histoires de marshal. »

À 2 h 30 du matin, il se coiffa de son chapeau de cow-boy et partit rendre visite à miss Layla.

*

Il utilisa ses outils de cambrioleur pour forcer la porte d'entrée sans déranger le concierge, grimpa l'escalier jusqu'à l'appartement de Layla, frappa à la porte. Il se planta devant l'œilleton, le chapeau sur la tête : aucun risque qu'elle ne le reconnaisse pas. Il frappa à nouveau, cognant par trois fois de manière péremptoire.

Il attendit.

Elle devait l'observer, maintenant, se demander ce qu'elle allait faire.

« Je suis pas venu pour procéder à une arrestation, dit-il en approchant le visage de la porte. Je veux vous parler de quelque chose. »

Finalement, il entendit sa voix.

« À 3 heures du matin ?

– J'ai essayé de vous joindre. Vous avez dit à l'hôpital que vous preniez un congé pour soigner votre maman et la remettre d'aplomb, mais vous y êtes jamais allée. Vous voyez de quand je veux parler ? »

Il y eut un silence.

« Je suis allée voir mon copain, dit la voix. J'étais *vraiment* à La Nouvelle-Orléans.

– On va faire en sorte qu'il confirme que vous dites la vérité et j'arrêterai d'y penser.

– Il est marié.

– Je pourrais lui en toucher un mot. Comment il s'appelle ?

– Je ne veux pas lui attirer d'ennuis.

– Si je me mettais à arrêter les gens qui commettent l'adultère, je serais jamais rentré à temps pour voir ma femme et mes enfants et dîner avec eux. Nous avons trois garçons et une fille. »

La voix de Layla dit : « Donnez-moi le temps de m'habiller. »

Raylan l'imagina debout de l'autre côté de la porte, complètement nue, et il essaya de trouver une réplique cool mais rien ne lui vint qui ne soit pas stupide, alors il dit: «OK» et attendit.

*

Cuba avait enfilé son pantalon et il arrachait la literie du canapé. Il dit: «Raylan.» Secoua la tête. «Je vous ai entendus vous raconter des mensonges.»

Layla avait passé un kimono noir avec des touches rouges ici et là. Elle lui dit de mettre ses chaussures et d'attendre dans la chambre. «Avec ton pistolet, lui dit-elle. On est prêts, on va le faire, là, maintenant. Dans la baignoire. On fera couler l'eau pour évacuer le sang. Il entre, on continue à se raconter des mensonges. Je vais voir comment ça se présente, de quelle humeur il est. J'aurai la seringue prête.» Elle fit le tour de la pièce des yeux. «Peut-être dans la cuisine. Je vais m'arranger pour qu'il se détende un peu d'abord.

– Quand il regardera pas, tu lui enfonceras la seringue?

– Et toi, tu le porteras dehors quand on aura fini. Pour le faire disparaître.

– On le plante pas à un coin de rue avant d'appeler les urgences?

– Il nous connaît. S'ils le mettent sous dialyse, on est fichus.» Elle prit le temps de bien regarder Cuba et dit: «Je n'ai pas raison?

– T'as toujours raison, non?»

*

Elle ouvrit la porte, dit à Raylan: «Suivez-moi», et elle lui fit traverser le séjour pour l'emmener à la cuisine où deux vodkas avec des glaçons attendaient sur le comptoir. Elle le regarda afficher un sourire quand elle lui en tendit une.

«Pour que je me détende, dit-il. À dire vrai, je suis venu avec la même idée. Vous informer que je vais pas vous dénoncer, je vais pas raconter à l'hôpital que vous êtes jamais allée voir votre vieille maman. Elle vous reconnaîtrait pas même si vous portiez une étiquette avec votre nom inscrit dessus.

– Je vous l'ai dit, je suis allée voir mon copain.

– Il s'appelle Cuba Franks?»

Elle le regarda d'un air las en secouant la tête. «Je ne sais pas qui est Cuba, mais ce n'est pas mon copain.

– Il a conduit son patron à l'hôpital, une fois ou deux. Mr Harry Burgoyne.

– Je ne me souviens quand même pas de lui.

– Cuba, c'est un gars plutôt agréable, pour un type qu'a purgé une lourde peine. Je pensais qu'il allait rentrer dans le droit chemin, avant qu'il abatte les frères Crowe. Il a tiré sur le père, aussi, mais Pervis a survécu. Maintenant, il veut lui régler son compte lui-même, à Cuba. Vous le saviez, ça? Pour avoir tué ses bons à rien de fils.»

Layla sortit une cigarette et l'alluma en disant: «Pourquoi vous ne finissez pas votre verre avant de partir?

– Vous m'avez pas détendu, si? Les frères Crowe ont bossé pour Cuba, une fois. Ils ont porté Angel Arenas sur le lit pour qu'on lui prélève ses reins. Je me suis dit: Pourquoi ils l'ont pas fait dans la baignoire, comme ça ils auraient pas salopé le lit? Faut croire qu'ils avaient encore des choses à apprendre. Les Crowe lui ont donné une semaine, à Angel, pour trouver cent mille dollars… c'est la deuxième plus grosse bêtise qu'il ait jamais faite, Cuba, de se mettre en cheville avec les Crowe.»

Layla ne pouvait pas faire autrement que de demander :

«Et la première, c'était quoi?

– De s'acoquiner avec miss Transplantation. C'est pour ça qu'il se cache dans la chambre, en ce moment.

– Vous ne pouvez pas… fouiller mon appartement comme ça.

– Je suis fondé à le faire. J'ai des raisons de penser qu'un criminel en fuite s'y cache.

– Pourquoi vous avez brusquement décidé de vous en prendre à moi, je ne le saurai jamais.»

Elle se rapprocha de Raylan, appuyé sur le plan de travail carrelé de jaune, le corps devant le putain de tiroir qu'elle devait ouvrir pour se saisir de la seringue.

«Vous croyez réellement que je volerais des reins au centre de transplantation?

– Pendant onze ans, vous avez appris comment faire en observant des interventions chirurgicales. Sauf que vous, vous les pratiquez dans des chambres de motel.

– Je crois que vous êtes cinglé. Vous voulez regarder dans la chambre? Allez-y.»

Elle jeta sa cigarette dans l'évier au moment où il se redressait en laissant son verre sur le plan de travail, et elle le regarda sortir de la cuisine, coiffé de son chapeau de cow-boy. Elle ouvrit le tiroir et s'empara de la seringue.

Maintenant, la partie risquée : s'approcher par-derrière et la lui planter dans le bras avant qu'il la voie. Elle la testa, en fit jaillir un petit jet de liquide et suivit Raylan presque jusqu'à la chambre où il tendit la main gauche vers le bouton de la porte en glissant la droite sous sa veste. Dans son dos, elle fit : « Raylan ? » Elle le vit hésiter, commencer à tourner la tête, et elle enfonça énergiquement la seringue dans son bras droit à travers la manche. Elle vit la main sortir avec le Glock. Elle vit qu'il la regardait de ses yeux qui devenaient vagues. Ses genoux ployèrent et il se cogna contre la porte, le chapeau sur le crâne, le pistolet toujours à la main. Raylan qui glissait à terre, dans son beau costume bleu marine.

« Cuba ? Tu peux sortir maintenant. »

Il ouvrit la porte pour découvrir Layla qui prenait la pose, le Glock à la main, le chapeau de cow-boy incliné sur la tête avec effronterie. Il baissa les yeux sur Raylan et Layla dit : « Mettons-le dans la baignoire. »

13

Ils le traînèrent dans la salle de bains, lui enlevèrent ses vêtements, tous, Layla se servant des ciseaux pour élargir ses jambes de pantalon afin de les faire passer par-dessus les bottes de cow-boy aux bouts relevés dont Cuba se disait qu'elles devaient être sur mesure. Layla avait toujours le chapeau incliné sur la tête, ne sachant pas comment le porter. Elle prit Raylan par les jambes, Cuba se chargea du torse et le passa péniblement dans la baignoire. Il se dit qu'il devrait redresser le marshal de telle sorte que son menton ne touche plus sa poitrine; ça n'avait pas l'air naturel.

«On devrait le relever plus», dit-il.

Layla observait ses parties intimes et Cuba était quasiment sûr qu'elle allait faire un commentaire.

«Tu dirais qu'il est bien monté, ou pas?

– On sait utiliser ce qu'on a, ou on sait pas», répondit Cuba. Il regarda à nouveau Raylan. «Je veux le redresser un peu de façon à ce qu'il soit plus haut dans la baignoire.»

Sachant pertinemment qu'elle allait dire autre chose.

«Pourquoi? Quelle différence ça fait?» Puis elle ajouta: «Fais ce que tu veux, du moment qu'il est sur le dos. » Et elle quitta la salle de bains en emportant les habits et le pistolet.

Cuba se tourna vers la chambre pour la regarder jeter les vêtements sur le lit. Il la vit retirer le chapeau et le lancer à côté des vêtements, *sur le lit*, et il faillit lui hurler : *Pas sur le lit, ça porte malheur*.

Il se retint en se demandant : quel malheur ?

Déjà, ils auraient à affronter les pires ennuis quand ils auraient laissé mourir un marshal fédéral. Ça serait pareil qu'un assassinat avec préméditation puisque leur intention était assimilable à la volonté de le tuer. Elle lui dirait : Bon, maintenant, va balancer son corps quelque part pendant que je nettoie et que je me prépare à me mettre au lit. Sauf qu'il ne reviendrait pas s'y coucher avec elle. Ça serait le bon moment. Celui de prendre le large. « Quitte la ville avant qu'il soit trop tard, mon cher[1] », lui chantait-elle toujours, et elle lui adressait son sourire cool accompagné de plein de câlins.

Ou il l'abandonnerait au coin d'une rue avant d'appeler l'hôpital.

Il y avait pensé. À le faire, mais sans lui dire. À laisser une chance au flic.

Il regarda la tête de Raylan contre l'extrémité de la baignoire, le menton collé sur la poitrine comme s'il ne pouvait pas le bouger, et il vit son visage, celui de Raylan, agité d'un frémissement comme si une mouche le chatouillait. Puis sa main se porta à sa poitrine nue, à sa bouche, et Cuba

1. *Get out of Town*, chanson de Cole Porter (1938).

se tourna vers la chambre. Il vit Layla, devant la coiffeuse, qui disposait ses outils pour l'intervention, scalpels, tampons, alcool, les agrafes qu'elle utiliserait pour le recoudre. Il dit à voix haute : « Hé, il remue. »

Il la vit lever les yeux vers le miroir.

« Tout va bien. J'arrive dans une minute, je lui injecterai peut-être une nouvelle dose. Installe-le confortablement, il va piquer du nez. »

Raylan l'entendit dire : « Merde, je n'ai pas apporté de gants. »

Layla.

Il l'entendit dire : « Non pas que ça y change quelque chose. »

*

Il vit Cuba au bord de la baignoire, sa silhouette, son visage qui s'approchait tout près de lui et surgissait du brouillard qui lui envahissait le crâne.

Cuba qui lui disait : « Tu m'entends ? »

Raylan ferma les yeux. Il laissa sa main glisser le long de son corps jusqu'à son entrejambe et découvrit qu'il était nu, mais il sentait ses doigts de pieds dans ses bottes. Elles ne cessaient de glisser quand il tentait de pousser pour se relever un peu. Il entendit Cuba parler en haussant la voix :

« Il recommence à bouger. »

Layla dit quelque chose à propos d'une putain de seringue ; elle ne parvenait pas à la trouver. Maintenant, Cuba qui disait : « Si je pouvais me glisser dedans, derrière toi, je te soulèverais, mais y a pas la place. » Il ajoutait : « Toi et moi, on a le genre de corps, les femmes elles peuvent pas s'en passer. Notre nature, elle veut qu'on reste minces. C'est pas des conneries comme la muscu ou la course à pied. Si tu bouffes la nourriture qu'y faut, tu gardes la forme. Je crois que le secret, c'est de manger seulement de la bouffe cuite à l'huile et d'éliminer le gras après, en leur faisant l'amour, à ces chiennes. »

Cuba, tout près de la baignoire, se tourna vers la chambre où Layla était près de la commode. Qu'est-ce qu'elle faisait ? Il l'appela : « Hé, tu te maquilles ? Ça t'a pas suffi de leur dire adieu, aux deux autres, en les embrassant ? »

Raylan ouvrit les yeux pour voir Cuba, le dos tourné à la baignoire, qui disait : « T'es cinglée, tu le sais, ça ? Tu te pomponnes pendant que je prépare ce type pour la dernière demi-heure qu'il aura sur terre ? »

Raylan entendit Layla répondre : « Fais ce que tu veux. » Il avait les yeux fixés sur le Sig Sauer glissé sous la ceinture de Cuba : la crosse dépassait et le canon reposait contre sa colonne vertébrale.

Cuba se retourna vers lui. « Faut que je monte dans la baignoire pour te déplacer. D'accord ? Te *déplacer*. Je vais pas te sucer le jonc, ces conneries-là, c'est pas mon genre, alors t'inquiète pas. Allongé comme ça, tu peux rien faire. »

*

La voix de Layla arriva de la chambre : « Il est dans les vapes ?

– Il va bien, un peu rétamé. Je *sais* qu'il peut pas se lever.

– Il a peut-être pas eu la dose entière. »

Raylan entendit la voix de Layla, il entendit les mots qu'elle prononçait et il vit clairement Cuba tellement il était près. Dans la baignoire avec lui, penché en avant, il essayait de le prendre à bras-le-corps, les jambes de part et d'autre des siennes, de soulever son poids mort pour le relever un peu. Au plus, ils gagnèrent peut-être deux centimètres et demi. Il entendait, mais c'était comme s'il était complètement sous l'emprise d'un whisky de contrebande. Non, d'un vrai whisky. Avec l'alcool de contrebande, on a l'impression d'être quadriplégique et on n'ose pas parler. Avec le bourbon, on se sent vivant.

« Quand je te tiendrai bien, lui dit Cuba, tu t'agripperas à moi et tu te hisseras. Tu comprends ce que je dis ? Tu te hisses vers le haut quand je pousse. »

Raylan ne savait pas pourquoi il faisait ça, pourquoi il voulait le remonter dans la baignoire. Cette fois, il parvint à glisser ses mains sous les bras de Cuba, essaya de s'agripper à sa chemise en soie qui se déchira au milieu. « T'as déchiré ma belle chemise.

– On s'en fout de ta belle chemise », dit Raylan en laissant ses mains descendre le long du dos jusqu'au Sig Sauer qu'il sortit de sous la ceinture. Tous deux presque nez à nez, à se regarder dans les yeux, Raylan se demandant si Cuba l'avait senti le prendre. Il en donnait l'impression. Raylan ramena le Sig devant lui, pointé sur le ventre de Cuba, et il entendit Layla dire :

« Qu'est-ce que vous fabriquez, tous les deux, vous prenez votre pied ? »

Raylan jeta un regard derrière l'épaule de Cuba et il la vit, debout sur le seuil. « Cuba… ? disait-elle. Cuba, il a les yeux ouverts, putain… » Et l'instant d'après, elle n'était plus là, partie dans la chambre chercher son pistolet, Raylan en avait la certitude. Cuba le dévisageait.

« C'est *moi* qu'elle veut, dit Raylan. Ou peut-être toi, je sais pas. »

Il la vit sur le seuil qui braquait le Glock sur lui, elle le tenait d'une main, se tournait de côté pour adopter la pose du tireur et faire feu… il vit l'arme tressauter dans sa main… tirer, tirer encore, et Cuba eut un hoquet avant de s'écrouler sur lui en coinçant le Sig entre leurs deux corps.

« T'es vivant ? » demanda Raylan. Comme il ne recevait pas de réponse, il compléta : « Ou mort ? » Il colla son oreille contre la bouche de Cuba, n'entendit pas le moindre bruit de respiration, mais il la sentait.

« Cuba… ? appela Layla.

– J'imagine qu'il est déjà en enfer, le pauvre, dit Raylan. Vous êtes en état d'arrestation pour l'avoir tué. Posez cette arme. » Il ne pouvait pas dire « votre arme » puisque c'était la sienne. Il espérait qu'elle allait la lâcher, qu'en heurtant le sol la détente ultrasensible se déclencherait et qu'elle se tuerait toute seule. Il avait parfois le sentiment qu'il pourrait lui parler, à ce pistolet qu'il appelait Buddy, tout en se parlant à lui-même. *On y va, Buddy, tranquilles et décontractés*. Il avait toujours le Sig dans la main, coincé entre leurs corps. Mais il commençait à le dégager… et elle fit à nouveau feu. Elle tenait maintenant le Glock à deux mains. Elle tira quatre balles sur lui, caché derrière Cuba… Seigneur, Raylan prit conscience qu'il se servait de lui comme d'un bouclier. Il dégagea complètement le Sig, le pointa au-dessus de l'épaule de Cuba et il la vit juste là, dans l'encadrement de la porte, il la visa, hésita le temps de deux, trois battements de cœur, et elle n'y était plus.

Il restait allongé, avec Cuba qui gisait sur lui, se disant : Tu l'as pas tuée.

Pourquoi tu l'as pas tuée ? Elle était là, devant toi.

*

Et voilà, elle se retrouvait dans de sales draps.

Elle aurait dû lui injecter une autre dose avant de se maquiller. Cuba avait dit que les deux premières fois, ça avait été drôle, d'embrasser ces Willy Loman[1] alors qu'ils étaient encore vivants, qu'ils n'avaient aucune idée de ce qui se passait. Mais faire du gringue à un homme qui a la tête complètement embrumée par l'anesthésique, ça lui donnait la chair de poule. C'était comme d'embrasser un mort.

Son idée, c'était de fuir, de fiche le camp. Quelqu'un avait dû entendre les détonations et appeler la police.

Ou alors, rester et inventer une histoire.

---

1. Nom du personnage principal dans *Mort d'un commis voyageur*, la pièce d'Arthur Miller (1949).

Monsieur l'agent, je suis assistante en chirurgie à UK Medical. Nous sauvons des vies, nous ne tirons pas sur les gens.

Se débarrasser des vêtements de Cuba qui traînaient partout et de la trousse à chirurgie.

Monsieur l'agent, je suis rentrée chez moi après quatorze heures de bloc opératoire… je me suis arrêtée en route pour grignoter un morceau… Je savais qu'il y avait quelqu'un dans l'appartement… et je les ai trouvés tous les deux, tués par balles. J'ai bien vérifié s'ils présentaient des signes de vie, sans avoir la moindre idée de ce qu'ils faisaient là. Je crois que celui qui est nu est un membre des forces de l'ordre. Il a pu suivre l'autre, l'Afro-Américain, jusqu'ici. Elle pourrait leur raconter ça. Mais pourquoi dans mon appartement ?

N'y pense pas maintenant. Elle avait le Glock de Raylan et elle avait tiré combien de balles, sept ? Si quelqu'un avait entendu les coups de feu, un de plus n'y changerait rien, pas vrai ?

Fais-le et fiche le camp. Tu réfléchiras après.

*

Ce n'était pas rien, de se libérer de Cuba qui ne l'aidait absolument pas. Raylan souleva assez le corps du criminel pour le repousser et se hisser hors de la baignoire. Il vérifia le Sig, actionna la culasse pour s'assurer qu'il était chargé, s'avança vers le seuil.

Layla était de l'autre côté du lit, le Glock à la main. Elle leva les yeux et braqua l'arme sur lui dans un seul et même geste. Il ne bougea pas, nu dans ses bottes de cow-boy, le Sig au bout du bras, le long de la jambe.

Elle semblait à l'aise dans son kimono quand elle lui demanda: «Comment vous vous sentez?

– Groggy, répondit-il. Comme si j'avais trop bu.

– C'est quoi? Le pistolet de Cuba? Je ne voudrais pas avoir à vous le dire avant que vous essayiez de vous en servir...

– J'ai vérifié, il est chargé, dit-il. J'ai pas envie de vous tuer. D'accord?

– Je croyais que vous vouliez m'arrêter? répondit-elle d'un ton surpris.

– C'est vous qui décidez.

– Ben, je ne nous vois pas régler ça dans un duel au pistolet», dit-elle en levant les deux bras au-dessus de sa tête et le kimono s'ouvrit assez pour montrer qu'elle était nue en dessous.

«Ça vous dirait de me fouiller au corps?»

Pour Raylan, c'était une première: une femme qui avait un pistolet à la main et qui exposait sa nudité devant lui.

Pour l'exciter avant de le tuer?

C'est ce qu'elle essaya de faire.

Elle abaissa le Glock pour le braquer sur lui, à hauteur d'yeux, et Raylan leva le Sig au-dessus de sa hanche et tira pleine cible, quelques centimètres sous le cœur, la balle la souleva du sol et elle retomba en tentant de se retenir au couvre-lit. Dans ses bottes de cow-boy Raylan décrivit un cercle pour ramasser au passage sa veste qu'il enfila avant de la retirer pour se dresser nu au-dessus d'elle. Il plongea son regard dans le visage de Layla qui exprimait la surprise, dans ses yeux qui n'avaient pas commencé à se voiler, à se figer. Elle dit : « Je n'arrive pas à croire que vous m'avez tiré dessus.

– Moi non plus », répondit-il.

14

«On ne respecte pas les règles du savoir-vivre en disant “après vous” à la femme, pas quand elle te braque un pistolet dessus», dit Art.

Ils avalaient leur petit déjeuner à *Un petit coin de campagne*, dans le centre de Cumberland. Raylan, de retour de Lexington, s’attaquait à son bol de gruau de maïs en y enfonçant des bouts de bacon.

Art poursuivit: «Tu n’arrêtes pas d’y revenir en te demandant si tu as tiré trop vite. Cette femme t’avait piqué avec une seringue et elle t’avait pris ton arme. À la fin, ça se termine par un duel au pistolet. Elle te vise et toi, tu es toujours sous l’emprise de l’anesthésique. Et tu te demandes si tu n’as pas appuyé trop vite sur la détente?

– Elle était surprise que je lui aie tiré dessus.

– Pourquoi? Elle te prenait pour un gentleman? Dis-moi ce que tu aurais pu faire d’autre.

– Moi aussi, ça m’a surpris de l’avoir fait.

– Parce que tu n’avais encore jamais tiré sur une femme?

– Faut croire.

– Pourquoi tu vas t’imaginer que tu avais le choix?» demanda Art en essayant de faire en sorte que Raylan accepte d’avoir abattu Layla, l’assistante en chirurgie.

«Elle se tenait à côté de ses habits posés sur le lit. Je la voyais correctement, mais je tenais pas bien sur mes jambes. Elle s'était maquillée, elle avait mis du rouge à lèvres, fait ses yeux…

– Je ne vois pas ce que ça change.

– Elle s'apprêtait à prélever mes reins et… je sais pas… elle voulait se pomponner? Je me suis réveillé nu, dans la baignoire.

– Tu en es sorti péniblement, dit Art pour l'inciter à poursuivre.

– Il a fallu que je repousse Cuba Franks qu'était sur moi. Je sais toujours pas pourquoi elle l'a tué.

– Elle essayait de t'atteindre *toi*. La police a récupéré les cartouches qu'elle a tirées avec ton pistolet.

– Tu vois, mais une fois qu'on a été dans la chambre, je me souviens pas si elle m'a tiré dessus.

– À ce moment-là, tu avais l'arme de Cuba, le Sig.

– Oui. J'ai repoussé son corps et je suis allé dans la chambre. Je la revois avec mon Glock à la main. Elle est en kimono.

– Ça, tu t'en souviens, dit Art.

– C'est possible que je l'oublie jamais, le kimono est grand ouvert.

– Tu as déclaré à la police qu'elle tenait ton arme à deux mains, elle la tenait pointée sur le plafond et elle t'a demandé, sur le ton de la séduction, selon tes propres termes: "Ça vous dirait de me fouiller au corps?"

– Exactement, et moi, je me suis dit qu'elle me faisait marcher.

– Jusqu'à ce qu'elle te braque le pistolet dessus, le tien, et tu l'as touchée juste là, au plexus solaire», précisa Art en posant la main sur le milieu de son torse.

Raylan secoua la tête. « Je savais pas que je la visais.

– Tu as réagi comme on te l'a enseigné à Glynco. Si un détraqué s'apprête à te descendre, tu tires d'abord.

– Je sais toujours pas très bien ce que j'en pense, de Layla, sauf que je dirais pas qu'elle était détraquée.

– Elle t'a fait l'effet de quelqu'un avec qui on peut s'amuser ?

– Si j'avais pas déjà su ce qu'elle trafiquait. Ouais, j'aurais pu la revoir avec plaisir.

– Si tu l'avais fait, je crois te l'avoir dit, tu serais étendu quelque part, les reins en moins.

– Même en sachant qui c'était, j'ai bien failli les perdre. Je viens l'arrêter et je me retrouve dans une baignoire, sans connaissance. J'ai eu de la chance de me réveiller, tu sais ?

– Mais ça ne te surprend pas. Tu représentes la loi, tu t'attends à ce que tout ce que tu dis soit suivi d'effet. Tu es comme un marshal d'antan, quand il donnait l'ordre à un type qu'il n'aimait pas de quitter Dodge avant le coucher du soleil. »

Raylan affichait un grand sourire. « Tu veux parler de ce type de la mafia, le Zip ?

– Tu trouves que c'était drôle, comme situation ?

– Tu vois un peu ça, si je devais lui ordonner de quitter Miami Beach avant le coucher du soleil ? C'est pas comme d'ordonner à quelqu'un de quitter Dodge. Le Zip, je lui ai donné vingt-quatre heures pour faire ses valises et fiche le camp. Le lendemain, il était au Cardozo, à s'envoyer des beignets au crabe, il lui restait que quelques minutes avant le délai fixé alors je savais qu'il était armé. C'est comme ça qu'il gagnait sa vie, il était venu de Sicile pour descendre un type et il était resté. Il s'était acheté un costume croisé à fines rayures comme Joe Colombo… Tu le savais, ça ?

– Il a fait le geste de dégainer, tu as pris sur toi de tirer et tu t'es fait renvoyer dans ton vieux Kentucky natal, vraisemblablement pour le restant de ta vie.

– Ouais, mais j'ai grimpé de deux grades après être resté bloqué au même niveau pendant sept ans. Je pense que quelqu'un de haut placé a apprécié que je le referme, le dossier du Zip. »

15

Otis sortit de sa maison et traversa la cour en direction de l'endroit où Boyd Crowder et un type de la compagnie d'exploitation du charbon, en costume, regardaient son bassin : il restait à peine trente centimètres d'eau et les poissons morts flottaient dans une écume de poussière de charbon.

« Vous savez combien d'années il m'a fallu pour le creuser, ce bassin, demanda Otis, pour qu'il soit exactement comme je voulais ? J'y ai mis des poissons-chats, des perches soleil, plusieurs ménés émeraude. Mes petits-enfants venaient y pêcher pour le plaisir. Ils les prenaient et ils les rejetaient à l'eau.

– Sauf si quelqu'un avait faim, je parierais, dit Boyd. Otis, Mr Gracie et moi, on travaille pour M-T Mining. On est venus pour savoir s'il y a des protestations. Si des gens, dans les vallées, râlent à cause des déblais qui viennent des endroits où on exploite en surface. »

Sans quitter des yeux le bassin contaminé, Mr Gracie dit : « Les roches et la terre, une fois que le charbon a été extrait et lavé, il faut bien qu'ils aillent quelque part.

– Vous vous fichez pas mal que ça soit plein d'acides. Ça a empoisonné le cours d'eau qu'alimentait mon bassin et maintenant, tous mes poissons ont le ventre en l'air. »

Il regarda Mr Gracie s'accroupir au bord du bassin et dire : « Hé, je crois qu'il y en a un qui est toujours vivant. Regardez-le un peu, ce petit gars, comme il agite ses nageoires en se demandant où elle est partie, l'eau. »

Otis se plaça derrière lui, appliqua sa semelle sur le dos de sa veste et le poussa, bras écartés et tête la première, dans le bassin couvert d'écume.

« Pas facile de respirer, là-dedans, hein ? » lui dit-il.

Boyd cessa de sourire quand Otis se retourna vers lui, et il déclara : « Je crois pas que t'aurais dû faire ça.

– Quarante ans à bosser dans les mines, tout le temps à dire "oui, monsieur" à ces brigands de la compagnie. Eh bien, c'est fini. »

*

Le soir, Otis mit le dîner sur le feu, pommes de terre, navets, choux-raves, mais d'abord, il s'assit avec Marion qui tenait son peignoir serré sur sa poitrine tout en respirant par la bouche. Il lui donna deux de ses cachets d'OxyContin et un verre à liqueur rempli de whiskey clair qu'elle allait siroter un petit moment. À force de respirer l'air, elle était atteinte de silicose alors qu'elle n'était jamais descendue dans un puits de mine.

Il entendit un bulldozer qui démarrait, un moteur diesel puissant, car il connaissait le bruit des engins, bulldozers et excavatrices à benne traînante. Le lévrier irlandais l'entendit et se dressa sur ses pattes. À Looney

Ridge où ils exploitaient à ciel ouvert, ils faisaient exploser des charges et dégringoler les déblais sur le versant. Mais là, ça paraissait tout proche. Qui pouvait travailler dans le silence de la nuit ?

Le temps qu'il entende les branches se briser, les rochers voler à travers les arbres, il sut qu'il était trop tard pour agripper Marion et s'enfuir, un rocher gros comme son pick-up Ford tomba sur sa maison en bois comme si la fin du monde était arrivée, et elle céda, meubles, murs, rien ne pouvait empêcher ce fragment de montagne d'éventrer le plancher, de projeter vers l'extérieur le mur de façade en emportant la porte et les fenêtres, d'être légèrement ralenti en dévastant les parterres de fleurs, puis de rouler sur un terrain horizontal jusqu'au bassin où il acheva son trajet.

Marion, assise le verre à la main dans son fauteuil à bascule, naviguant à travers les brumes d'OxyContin et d'alcool frelaté, le dos tourné au sillon de la destruction, demanda : « Qu'est-ce que ça pouvait bien être ?

– Je vais t'emmener chez ma sœur pendant que je monte voir la compagnie d'exploitation, d'accord ? Quand je reviendrai, ça sera pas plus mal qu'on reste y passer la nuit. »

Elle le regarda enfiler sa veste de costume usagée sur sa salopette et remplir ses poches de cartouches de fusil de chasse. Dans un moment où son esprit fonctionnait clairement, elle dit : « T'en as finalement plus qu'assez, des compagnies minières, hein ? »

*

Le bureau de M-T Mining était installé sur une cime plane dont arbres et buissons avaient été ratiboisés, et qui était excavée pour satisfaire la cupidité de la compagnie. À l'aide d'un tuyau d'arrosage, Boyd avait tenté de débarrasser son 4×4 de la puanteur du bassin d'Otis pendant que Mr Gracie lui exposait ce qu'il voulait.

« Je veux être certain d'avoir bien compris, avait dit Boyd. Vous voulez que je fasse basculer un bloc rocheux sur la pente et que j'essaye de démolir la maison d'Otis avec ?

– Si vous n'en êtes pas capable, avait répondu Gracie, je ferai venir un gars qui saura s'y prendre.

– Parce que Otis vous a poussé dans la boue, vous voulez que je le tue ?

– J'ai parlé de bousiller sa maison, avait repris l'individu le plus désagréable qu'il ait jamais rencontré. Si vous ne voulez pas régler les contentieux, vous pouvez aller voir ailleurs.

– Je plaisantais. Ça me dérange pas, d'écouter les gens se plaindre. Ils le savent, qu'ils obtiendront jamais satisfaction. Ils donnent libre cours à leur ire, pour ainsi dire, et ils ont le sentiment d'avoir flirté avec les limites. »

Mr Gracie lui avait fait étaler du papier journal sur le siège de sa voiture, il y était monté, accompagné de son odeur de fange, et il avait pris la direction de chez lui.

Boyd avait fait : « *Beurk* », avant d'entrer dans la maison mobile qui lui servait de bureau, grande, double largeur, entièrement occupée par des tables à dessin et des bureaux, pas d'alcool dans les lieux, juste vingt-cinq centilitres de vodka bon marché dans un tiroir, pas de calendrier avec des filles nues, rien qui donne envie de travailler.

Cela se passait avant que Otis grimpe sur la montagne dans son pick-up.

*

Mais avant qu'il le fasse, des phares balayèrent la maison mobile et une limousine noire extra-longue se gara à côté. Boyd vit une femme en descendre et il s'approcha de la porte, qu'il ouvrit. Il regarda la femme parler à son chauffeur, lui adresser quelques mots, puis la limousine repartit. Elle se tourna alors vers la maison mobile, dans la lumière qui se déversait par la porte ouverte, et Boyd s'aperçut qu'il regardait Carol Conlan, la personne que tout le monde voyait, dans le journal ou à la télé, quand la compagnie minière souhaitait faire une annonce. Mince alors, Carol Conlan qui venait vers lui en souriant et disait: «Vous êtes Boyd, n'est-ce pas? C'est vous qui avez fait dégringoler le gros rocher sur la maison du type.»

Comment pouvait-elle déjà le savoir? Il commença à le lui demander, mais elle parlait dans son portable, elle disait à quelqu'un: «Je ne veux pas entendre ce genre de chose, Bob. Vous repartez de zéro et vous me faites un rapport que je suis sûre d'adorer, vous m'avez comprise?» Elle dit: «Il faut que j'aille aux toilettes.» Et elle posa son téléphone.

Elle s'adressa à Boyd. «Où est-ce?» Boyd lui indiqua du doigt et il la regarda entrer dans les toilettes et relever sa jupe quand elle s'assit en laissant la porte ouverte. Nom de nom, Carol Conlan.

« Vous avez fait du sacré bon boulot, avec cette maison.

– Il m'a fallu qu'un seul rocher. » Il ramassa le portable qu'elle avait posé sur le bureau et le renifla pour voir s'il portait son odeur.

« J'ai trouvé ça super, dit Carol, on abaisse le godet et on démolit l'habitation. Comment il réagit, le type ?

– Otis ? Rien, c'est un vieux bonhomme.

– Ce pédé d'Irlandais, Gracie... vous lui dites toujours monsieur ?

– C'est ce qu'il m'a ordonné de faire.

– Il est allé beaucoup trop loin. Détruire un domicile alors que nous avons une réunion publique programmée. »

Boyd entendit le bruit de la chasse d'eau et Carol sortit en rabaissant sa jupe. « Maintenant, nous voilà catalogués comme les méchants, dit-elle. Il avait l'air sympa, son bassin, avant qu'on lui pourrisse. Gracie, il ne m'a jamais beaucoup plu. Je vais vous faire permuter, c'est vous qui allez devenir le chef. Nous avons quelque chose à boire ?

– Vingt-cinq centilitres de vodka et beaucoup d'eaux de marques différentes. »

Il vit la jolie femme du service du contentieux faire la grimace et se saisir de son portable.

« J'appelle Brian, je lui dis de nous apporter une bouteille de scotch. Je déteste la vodka. »

*

Otis avait abattu un wapiti près du sommet de Big Black, la montagne couverte d'une forêt de pins vénérables et de trembles: il s'était trouvé si près du grand mâle que tous deux avaient sursauté en s'apercevant. Otis l'avait tué d'une seule balle, il l'avait saigné, vidé, et ils avaient eu de la viande durant l'hiver. Cette fois, il suivit la route sinueuse pour atteindre ce qu'il restait de Looney Ridge dont le versant présentait des courbes de niveau sculptées dans la roche. Ils foraient des trous au-dessus des veines de charbon puis faisaient exploser des charges de dynamite pour extraire le minerai. La maison d'Otis, quand elle était encore trois cents mètres plus bas, sur le flanc de la montagne, se mettait à trembler et les portraits de son père ainsi que des membres de la famille de Marion tombaient des murs. Il avait dit à sa femme: «Au début de la guerre, y avait cent trente mille mineurs qu'extrayaient du charbon dans le Kentucky. Maintenant, ils sont quelques douzaines, là-haut, à le racler avec des bulldozers. Pour moi, c'est plus du travail de mineur.»

Marion lui avait demandé comment c'était et il lui avait répondu: «Comme de vivre sur cette putain de lune.»

Il vit le bulldozer immobile au bord de la ligne de faille, vit de la lumière dans la maison mobile double largeur qui leur servait de bureau, se moqua complètement qu'il y ait quelqu'un, à l'intérieur, occupé à faire de la compta, descendit de son pick-up en actionnant la culasse du calibre 12 et entreprit de pulvériser les vitres. Il s'interrompit pour regarder alentour les engins qui servaient à creuser la terre, à la déplacer, et qui attendaient, moteur coupé, inutilisés pour la nuit. Très bien, il ne serait pas obligé de descendre quelqu'un qui lui foncerait dessus en hurlant.

Il fit le tour de la maison mobile en faisant exploser les fenêtres, rechargea à deux reprises en chemin. Il ne pouvait pas voir s'il y avait quelqu'un, jusqu'à ce que Boyd Crowder passe la tête par la porte.

*

« Otis, t'as fini ?

– Après, je viens, je rentre et je crible l'intérieur de balles comme ça tu seras au chômage pour une heure.

– Otis, si j'avais la clé du local à dynamite, je te la donnerais. J'ai le sentiment d'avoir une dette envers toi, pour les dégâts causés à ta maison, même si c'est Mr Gracie qui m'a ordonné de le faire.

– J'en ai *plus*, de maison. Elle est rasée.

– D'accord, dit Boyd en continuant de s'exprimer sur un ton mesuré, mais si elle s'est retrouvée écrabouillée, c'est à cause du bassin aux poissons.

– Qu'est-ce que t'y as dit, à Mr Gracie, que t'allais m'écrabouiller ma maison dès que t'aurais fini de lui lécher le cul ? Je me souviens de toi, Boyd, tu t'étais comporté en homme, la fois qu'on s'est mis en grève à Duke Power. Mais dis-moi ce qu'on y a gagné.

– Pas grand-chose, cette fois-là.

– On a rien obtenu. Le pays tout entier avait le regard tourné sur nous, alors la compagnie, elle dit qu'elle va jouer cartes sur table. Le pays cesse de s'intéresser à nous. La compagnie dit qu'y faut du temps pour changer les méthodes d'extraction du charbon. Ils ont pris vingt ans pour y réfléchir. C'est comme ça et ça l'a toujours été. La compagnie fait un bassin de résidus qui va recueillir toutes les saletés qu'elle produit en lavant le charbon. Les parois cèdent et les boues empoisonnées se déversent dans les cours d'eau qu'alimentent mon bassin. J'ai travaillé pendant quarante ans sous terre pour ces gens ou d'autres comme eux. Ils me tuent mes poissons et ça leur pose aucun problème. »

Tout près de Boyd, dans son dos, Carol Conlan dit : « Il est dangereux… »

Il tourna la tête sur le côté.

« … Il a brisé plusieurs fenêtres. »

Boyd sentit que la femme du contentieux tirait sur la ceinture de son Levis et glissait un objet dur contre sa colonne vertébrale. Il savait qu'il s'agissait d'un pistolet, il lui était déjà arrivé d'en porter un à cet endroit-là. Maintenant, elle lui disait : « Je sais tout ce qui vous concerne, monsieur Crowder, je sais que vous devenez quelqu'un de différent chaque fois que vous en éprouvez le besoin.

– J'obéis à mon instinct. Je fais la première chose qui me vient à l'esprit comme si mon guide spirituel me le suggérait et que moi j'obéissais. J'ai appris à penser sans entrer en conflit avec moi-même.

– Eh bien, je viens de vous donner un Glock 9 millimètres. Un individu incontrôlable représente un grand risque. S'il lève son fusil, tuez-le.

– Otis ? Je vous l'ai dit, il a brisé quelques fenêtres, c'est tout.

– Je ne vais pas saisir la justice pour ça alors qu'on nous considère comme les méchants, et je ne vais pas courir de risques alors qu'il n'y a rien à gagner. On règle le problème tout de suite. S'il lève son fusil, tuez-le.»

Otis, qui n'était pas à plus de six mètres de distance, demanda à Boyd: «À qui tu parles?

– Dites-lui, ordonna-t-elle.

– J'ai une visiteuse. Quelqu'un de haut placé dans la compagnie, elle est passée voir comment on se débrouille ici. Je lui ai dit: "Ben la montagne, elle arrête pas de rapetisser, hein?"»

Carol s'avança sur le seuil, elle poussa Boyd en l'obligeant à sortir. Elle s'adressa à Otis: «C'est moi qui m'occupe de tous les désaccords que nous rencontrons.

– Si vous voulez, répondit Otis, j'exprime mon désaccord pour ce que vous avez fait à mon bassin et à ma maison. Vous aimez ça, qu'on soit en désaccord avec vous?»

Carol commença par parler sur un ton agréable: «Dans deux jours, je reviens organiser une grande réunion ouverte à tous afin d'entendre les avis des deux parties, amis du charbon et opposants.» Elle adopta un ton plaintif en faisant le geste de frotter l'index sur un objet plat: «"Y a de la suie sur mon orgue que je joue dessus à la messe du dimanche."» Puis elle reprit sa voix normale: «Vous connaissez la vieille chanson des mineurs? *On doit extraire le charbon là où dame nature l'a mis.* Toute la difficulté de l'exploitation du charbon est là.

– Ça parle pas des dégâts que l'exploitation à ciel ouvert cause aux habitations. Si vous avez vécu dans un bassin minier, vous le savez bien.

– Je suis née et j'ai grandi à Wise, dans l'ouest de la Virginie, jusqu'à ce que je parte suivre mes études de droit.

– Si vous aviez de la suie sur la peau, ça se voit plus. Ma femme, elle est jamais allée sous terre, mais elle se meurt de silicose après quarante-sept ans passés à dormir à côté de moi et à respirer l'air que je rejette en ronflant.

– C'est très mignon, dit Carol, mais je crois que vous portez la vengeance dans votre vieux cœur malfaisant, vous dites que la compagnie a détruit votre maison…

– Et son bassin à poissons, ajouta Boyd.

– Il rend la compagnie responsable parce que sa femme atteint le terme d'une existence misérable.» Elle se tourna vers Otis: «Vous êtes venu vous venger, pas vrai? Vous me regardez en vous disant que je suis cette fichue compagnie. Que tout ce que vous avez à faire, c'est lever votre fusil.»

Otis la fixait du regard et, progressivement, son expression se fit réprobatrice. «Qu'est-ce que vous allez me faire, bon sang?

– Je vais vous montrer.» Elle leva le portable à son oreille et dit: «Brian… où êtes-vous? Appelez le shérif du comté de Harlan. Dites-lui qu'il y a eu des coups de feu tirés sur Looney Ridge.» Elle se tourna vers Otis. «Un vieux avec un fusil qui est devenu cinglé. C'est tout, et vous raccrochez.

– Je suis pas cinglé, dit Otis, c'est vous qui l'êtes.» Mais il n'avait pas l'air sûr de lui et il répéta: «Qu'est-ce que vous allez me faire, bon sang?»

Elle était tout près de Boyd quand il finit par glisser la main derrière son dos pour refermer les doigts sur la crosse du Glock.

«Qu'est-ce que vous attendez? lui dit-elle. Vous voulez bien le tuer?»

Boyd tourna la tête, leva les mains dans une sorte de geste d'impuissance et dit : « J'en vois pas la nécessité, il peut pas nous faire de mal. »

Carol s'avança d'un pas, elle sortit l'arme de sous la ceinture du pantalon de Boyd, qu'elle poussa pour l'écarter du chemin, braqua le pistolet d'une seule main et tira dans la poitrine d'Otis à deux reprises.

Boyd regarda le vieil homme qui gisait sur le sol puis Carol qui lui ordonnait d'une voix calme de prendre le fusil et de faire feu avec, de l'endroit où Otis s'était tenu. Il l'entendit dire : « Je vais leur expliquer, aux hommes du shérif, que Otis a tiré le premier et que vous vous êtes interposé pour me sauver la vie.

– J'ai fait ça ?

– Vous l'avez tué, oui ou non ? demanda-t-elle en lui tendant le Glock.

– Hé là, doucement, j'ai pas de permis pour le porter sur moi, ce truc.

– Il est enregistré à mon nom par la compagnie, dit-elle, mais qu'est-ce que j'y connais, moi, aux armes à feu ? Comme j'avais peur d'Otis, je vous l'ai donné pendant que nous étions dans le bureau.

– Je veux que les choses soient bien claires. Vous m'avez passé votre pistolet et j'ai abattu Otis quand il a ouvert le feu sur nous.

– Qu'est-ce qu'il y a de mal à ça ? Vous êtes mon sauveur. »

16

Ils étaient dans le 4 × 4 d'Art Mullen et se rendaient sur le site d'exploitation de M-T Mining. « Où Boyd Crowder a tué Otis Culpepper, précisa Art. D'après le rapport de la police, sauvant peut-être par son geste la vie de la représentante de la compagnie.

– Ou peut-être qu'il a abattu Otis parce qu'il en avait envie. »

Ils entraient dans Lynch.

« À une époque, dit Raylan, y avait dix mille personnes qu'habitaient ici. La population est tombée à huit cents, y a plus beaucoup de mineurs de fond, aujourd'hui. Les villes changent au fur et à mesure que le système d'exploitation évolue. M-T dynamite la ligne de crête, elle décape les versants en strates et rejette tout dans le vide sur la forêt en contrebas. Je me souviens que mes copains qui quittaient l'école secondaire, ils épousaient des filles qu'ils avaient connues toute leur vie et ils descendaient dans les mines. Le garçon, il pouvait pas attendre, il la lui fallait dans son lit chaque nuit, cette gamine, mignonne comme elle était avant qu'elle perde ses dents. Et elle, elle se crève à élever les gamins pendant qu'il se soûle quand il est pas au fond de la mine. S'il a la malchance qu'un gros morceau de schiste lui tombe dessus, il se retrouve alité, il peut plus travailler, alors on le licencie. Tu te souviens de Tennessee Ernie Ford qu'était mineur de charbon au puits numéro neuf, il était de plus en plus vieux et de plus en plus endetté ?

– Son âme appartenait au magasin de la compagnie, dit Art. C'était la vérité des mines de charbon. On te payait en bons qui n'avaient cours que dans le magasin de la compagnie. »

Raylan dit : « Tu les as vus, ces gars qui sont entrés dans le restaurant ?

– Des mineurs.

– Mais ça se voit pas rien qu'à les regarder, si ? Il se peut qu'ils aient de la poussière qui se dépose sur leur combinaison de travail quand ils sont assis dans une excavatrice, mais ils ont pas un gramme de poussière de charbon sur eux.

– C'étaient des gars du Syndicat des travailleurs de la mine, à une époque, comme tout le monde.

– Si t'es membre d'un syndicat, M-T refuse de t'employer.

– Laisse-les tranquilles. Il faut bien qu'ils nourrissent leur famille. »

Ils approchaient du site de M-T Mining, sur Looney Ridge. Art reprit : « Ils jettent les rochers et les déblais dans le vide et ils appellent ça des "tas stériles". »

Il freina pour rouler au ralenti en passant à la hauteur d'un panneau cloué sur un arbre. On y lisait :

IL EST INTERDIT DE
Pénétrer sans autorisation
Chasser
Pêcher

Rouler en 4×4
Faire du tourisme
IL EST INTERDIT DE TOUT FAIRE

Raylan dit : « “Les contrevenants s’exposent à des poursuites judiciaires”, mais y a rien qu’interdit d’enquêter sur ce qu’est peut-être un meurtre, alors on risque rien. »

Ils étaient désormais au milieu des arbres et arrivaient sur le site d’exploitation.

« Demain, il y a la réunion que M-T organise à Cumberland, dit Art. Tout le monde est invité à exposer ses doléances contre la compagnie minière.

– Pas d’emplois, dit Raylan, et la poussière de charbon qui se dépose sur tout ce que possèdent les gens.

– Elle va répondre à ces récriminations en décrivant la manière dont elle va restaurer et embellir les sommets pelés.

– J’ai entendu dire qu’ils vont installer un parcours de golf. Tous les mineurs licenciés pourront jouer au golf puisqu’ils auront rien à faire. Ceux qui seront licenciés et ceux qui garderont leur travail vont s’engueuler pendant un bon moment et la réunion s’arrêtera là.

– C’est inévitable qu’on en passe un peu par là, dit Art, mais cette réunion, que quelqu’un en ait conscience ou pas, elle va concerner Black Mountain. M-T compte bien faire main basse dessus.

– Ils l’auront pas.

– Ils ne l’ont pas encore, mais ils sont patients.

– À quelle hauteur elle culmine ? Dans les douze cent cinquante mètres ?

– Mille deux cent soixante-cinq mètres au-dessus du niveau de la mer.

– Et du sommet à sa base?

– Environ sept cent cinquante mètres.

– On va pas accepter qu'elle soit ratiboisée. Y a plein de plantes, des animaux, des cervidés, des pistes de quads. Tu sais bien que les défenseurs de l'environnement s'y opposeront les armes à la main.

– Tu parles de gens qui se laissent dominer par leurs émotions. On verra comment ils s'en tireront face au conseiller juridique d'une compagnie d'exploitation minière.

– Cette femme que la compagnie a envoyée?

– Carol Conlan.

– Je te parie cinq dollars que c'est une casse-couilles.

– Son père était mineur dans l'ouest de la Virginie. On m'a dit qu'elle a grandi dans les campements miniers et qu'elle est partie à Columbia passer son diplôme de droit.»

Pour Raylan, cela n'avait aucun sens.

«Si son père était mineur, qu'est-ce qu'elle fout du côté de la compagnie?

– Demande-lui. Pendant son séjour, tu vas être son garde du corps. Tu voyageras dans la limousine avec elle, peut-être au volant. Mais tu ne dis pas un mot à moins qu'elle te parle. Autrement, tu fermes ta grande gueule de défenseur des mineurs de charbon.

– Tu me confies ce travail parce que je m'y suis attaqué seul, à l'assistante en chirurgie. J'ai pas eu le temps d'appeler des renforts.»

Art secouait la tête.

«Carol Conlan a expressément mentionné ton nom, et elle s'est arrangée pour qu'un juge demande à l'adjoint du chef de donner son accord, une faveur spéciale. Cette femme peut exiger d'avoir des policiers de l'État, toute la protection qu'elle désire, et c'est toi qu'elle a choisi, Raylan. Dis-moi pourquoi elle a insisté ?

– Si elle est vice-présidente d'une compagnie minière, je suppose qu'elle peut avoir tout ce qu'elle veut.

– Mais pourquoi toi ?

– Je sais pas. »

Ils suivirent une longue courbe à flanc de montagne pour arriver au sommet de Looney Ridge. Art montra un bulldozer du doigt.

« Celui que Boyd a utilisé pour faire dégringoler le rocher sur Otis. Boyd a prétendu qu'il avait dû y avoir un rebond malencontreux pour qu'il percute la maison.

– Dieu en a voulu ainsi, dit Raylan.

– C'est l'expression que Boyd a utilisée. Je t'assure, Dieu en a voulu ainsi. "Puisque l'homme ne peut jamais savoir quel dessein Dieu nourrit à notre égard." Il a dit que la compagnie accepte de dédommager la femme.

– Pour son mari ou pour la maison ? » demanda Raylan.

*

Ils arrivèrent en vue de la maison mobile qui servait de bureau et dont aucune fenêtre n'avait été remplacée.

« Regarde qui en sort, le balai à la main. »

Boyd Crowder, chemise blanche, cravate grenat foncé (les couleurs de M-T, celles qui figuraient sur leurs panneaux), pantalon neuf en toile de coton.

Raylan mit pied à terre.

« Salut Boyd, qu'est-ce qu'ils te font faire, le ménage ?

– Quand je m'y attends le moins, je me retrouve immanquablement dans le cercle des vainqueurs. Je fais partie de l'équipe de Carol Conlan, je l'aide pendant qu'elle se prépare pour la réunion.

– C'est pour ça que tu conduis la limousine ?

– J'ai rien contre tenir le volant quand elle a un vieux sac à pets à l'arrière qu'elle taille en pièces sans jamais élever la voix. Raylan, quand on a toujours raison, on a pas besoin de parler fort.

– Tu t'entends bien avec elle ?

– On discute des différents aspects de la vie comme ils s'appliquent à l'exploitation des mines à ciel ouvert… le genre de récriminations que la compagnie reçoit. Elle veut être mise au courant de celles qu'elle a pas encore entendu parler.

– Demande-lui pourquoi elle t'a donné l'ordre d'abattre Otis Culpepper. »

Boyd secoua la tête d'un air las. « Merde, faut toujours que tu me cherches, hein ? Avant que j'aie tiré une seule balle, le vieux arrosait avec sa pétoire. »

Raylan arborait un petit sourire.

« T'as sauvé la vie de Carol ?

– C'est ce qu'elle dit.

– Où elle était quand Otis lui a tiré dessus ?

– Si je me souviens bien, près de la caravane, elle venait de franchir le seuil.

– Il a dégommé la caravane ?

– Hé, arrête. Tout ce que je sais, c'est qu'il a pas touché Ms Conlan. Tout ça à cause de son bassin à poissons, au vieux bonhomme, il était empoisonné, à croire ce qu'y disait, par toute cette fange que la mine a déversée dans les cours d'eau. J'y ai dit : "Otis, est-ce que les poissons vieillissent pas et meurent pas comme tout le monde ?" Il a pas voulu m'écouter.

– Carol est déjà arrivée ?

– Elle est logée dans une maison de Woodland Hill, c'est un type qu'a des parts dans la compagnie qu'en est propriétaire et il la met à sa disposition. Casper Mott, tu te souviens de lui ?

– Un petit qu'habite au sommet d'une colline.

– M-T lui a racheté. Il a résisté en disant qu'il voulait ouvrir une piste cavalière et louer des chevaux. M-T la voulait tellement, sa colline, qu'ils lui ont donné des actions de la compagnie. De garçon de la campagne qu'il était, Casper est devenu un flamboyant actionnaire de compagnie minière, et maintenant il est riche. Comme il aime bien Ms Conlan, il viendra à la sauterie.

– Tu sais quand je prends mes fonctions ?

– Demain matin. Je passe te chercher et, après, je vais chercher Ms Conlan. Elle veut te parler, s'assurer que tu corresponds bien à ce qu'elle cherche. »

Art s'était approché. Boyd le salua d'un hochement de tête avant de dire à Raylan : « Voilà ton chef qui vient te surveiller ; très bien. » Il se tourna à nouveau vers Art. « Assurez-vous qu'il tire pas sur Ms Conlan, d'accord ? Maintenant qu'il y a pris goût, à descendre des femmes.

– Si je me souviens bien, il vous a tiré dessus une fois. Vous la rameniez en sa présence et votre flingue était juste à portée de main, sur la table.

– Je mangeais le dîner qu'Ava m'avait préparé cette fois-là, acquiesça Boyd. Ouais, Raylan m'a collé une balle pleine cible, mais Dieu a voulu qu'il rate mon cœur de l'épaisseur d'un cheveu et j'ai survécu.

– Je parie que Dieu regrette, après coup, dit Art.

– Hé, arrêtez. Raylan et moi on est copains, maintenant, on travaille tous les deux pour la compagnie minière. »

*

Alors qu'ils redescendaient dans le 4 × 4 en tournant autour de la montagne, Art dit : « J'admire ton sang-froid. Quand il s'est permis sa remarque sur l'assistante en chirurgie que tu as tuée, tu ne l'as pas étendu pour le compte.

– J'apprends à maîtriser mes réactions pour quand je serai avec Ms Conlan. Boyd a raison, j'ai tiré sur une femme, mais j'en ai encore jamais frappé une à main nue. »

17

Elle apparut derrière les hauts piliers, sur le devant de la demeure coloniale de Woodland Hills, et s'avança vers Raylan et Boyd qui attendaient à côté de la limousine. Elle ne regarda pas Boyd. Elle tendit la main à Raylan en disant: «Carol Conlan.»

Avec une expression tout à fait aimable, il répondit: «*Ma'am*», porta les doigts au bord de son chapeau et lui serra la main. «Je suis Raylan Givens.

– Je sais, j'ai lu beaucoup de choses sur vous, le marshal qui a abattu l'assistante en chirurgie.»

Raylan attendit.

«L'article du journal vous disait courageux. L'êtes-vous?

– J'essaye d'être tel que les circonstances l'exigent.

– Est-ce que vous donneriez votre vie pour sauver la mienne?»

Ce qui le ramena au cœur de sa mission actuelle. Il observa un temps de silence.

«Ça dépendrait de la situation.

– Ce qui signifie?

– Carol... dit-il, quand je serai mort, en route pour le paradis, comment je saurai que je vous ai sauvé la vie?» Voilà. Si ça ne lui plaisait pas qu'il l'appelle Carol, elle n'avait qu'à le renvoyer.

Mais elle donna l'impression de laisser passer et répondit d'une voix douce : « Raylan, ne le saurait-on pas, au paradis, si vous m'avez sauvé la vie ou non ?

– Là, vous m'en demandez trop, se sentit-il obligé de répondre en souriant.

– Montons dans la voiture. »

*

Boyd, assis loin d'eux au volant de la limousine, n'arrivait pas à le croire. Ils étaient déjà copain-copain, tous les deux. Il les observa dans le rétroviseur, côte à côte sur le siège arrière ; Ms Conlan, jambes croisées dans un pantalon de toile marron clair qui avait dû coûter cher, veste sport noire de bon ton et lunettes de soleil. Raylan, très droit mais paraissant à son aise, le chapeau de cow-boy toujours sur la tête, tandis que Ms Conlan y allait en douceur avec lui, elle ne lui fichait pas encore une trouille noire. Boyd reporta les yeux sur le tableau de bord pour brancher le haut-parleur de l'arrière, celui qui permettait de signifier au chauffeur ce qu'on désirait sans avoir à élever la voix, et il le régla bas, mais leurs deux voix lui parvinrent au moment où Ms Conlan posait une question sur l'assistante en chirurgie qui volait des reins, disait qu'elle avait lu l'histoire dans le journal.

*

« Vous savez ce que je me suis demandé ? dit-elle. Si vous aviez eu l'occasion de la sauter, Layla. Elle était attirante, non ?

– Ce que vous voulez savoir, puisqu'elle était jolie, c'est si j'ai essayé de coucher avec elle ? »

Carol attendit un instant. « Alors ?

– Avant de la rencontrer, je savais déjà que c'était elle, la coupable. »

Elle refusa de lâcher le sujet, changea d'approche : « Mais si vous n'aviez pas su ce qu'elle manigançait... ?

– Mon chef m'a posé la même question. Il m'a dit que si j'étais sorti avec elle sans savoir ce qu'elle faisait, je serais étendu dans une ruelle avec les reins en moins.

– Alors vous y êtes allé dans l'intention d'arrêter Layla, l'assistante des transplantations, et à la place, vous l'avez abattue. »

Raylan attendit. Ce n'était pas une question.

« Comment c'était, de tirer sur une femme ? Différent ?

– Je peux pas dire qu'on s'habitue à tirer sur les gens. En règle générale, les femmes sont pas mêlées à des crimes où elles risquent d'être abattues par des policiers chargés de faire respecter la loi. On a donc pas tellement d'occasions de tirer sur des femmes. »

De quoi lui donner quelque chose à ruminer, dans sa tête.

Elle ne sembla pas s'offusquer. « Pour Layla, vous avez hésité ?

– Si j'avais hésité, je serais mort. »

Elle parut en avoir terminé avec le sujet et dit : « Vous avez travaillé dans une mine de charbon. »

Il ne répondit pas. «Ce n'est pas vrai? insista-t-elle.

– Mon chef m'a ordonné de pas ouvrir la bouche à moins que vous me posiez une question. Ouais, j'ai travaillé à la mine, quand on était pas en grève.

– Est-ce que vous avez gardé la mentalité du mineur de charbon?

– J'ai pas les mêmes problèmes qu'eux, trouver du travail, supporter les conneries de la compagnie.

– Votre attitude à l'égard des compagnies minières n'a pas changé.

– Pour moi, les plaintes des mineurs sont toutes justifiées. Quand un mineur se blesse au boulot, il continue de travailler sinon vous le licenciez.»

Carol leva la main en le regardant et dit: «Boyd, où avez-vous mis les Coca?»

Raylan le vit tourner les yeux vers le rétroviseur. «Ils sont de l'autre côté, près de Raylan.

– Coupez le haut parleur.

– Oh, il était branché?»

Elle se tourna vers Raylan: «Il ment, hein?

– C'est dans sa nature, dit Raylan. À mon avis, c'est lui qu'a abattu Otis Culpepper.

– Vous savez que j'étais sur les lieux.

– À ce que j'ai compris, vous avez déclaré aux autorités que vous vous teniez près de la maison mobile quand Otis vous a tiré dessus avec son fusil de chasse.»

Elle hocha la tête en écartant ses cheveux blonds de son visage. «J'en sortais», dit-elle avant de se mettre à sourire. Elle savait ce qu'il s'apprêtait à lui dire mais il le fit quand même.

« Pas un seul plomb n'a touché le mur, à l'endroit où vous étiez. Y a ni trace, ni impact.

– C'est qu'il a manqué sa cible, non ?

– À six mètres de distance, là où Boyd lui a troué la peau. »

Carol dit, « Raylan », et elle posa la main sur son genou. « Votre travail consiste à veiller sur moi. Vous *n'enquêtez pas* sur une affaire qui entraînerait ma comparution comme témoin, je n'en ai pas le temps. Contentez-vous de protéger mes arrières, d'accord ? Je pense que cette réunion pourrait engendrer des affrontements. »

Elle en avait terminé sur le sujet d'Otis et regardait maintenant par la vitre.

« C'est si vert… les arbres des collines sont si près de la route. On dirait qu'ils veulent se refermer sur nous.

– D'ici peu, vous allez voir le sommet se dénuder, mais ça empêchera pas les gens qu'habitent en contrebas de râler. Ça sera les rochers et la terre nue qui voudront se refermer sur eux.

– Ça sera bien. »

*

Après qu'elle l'eut surpris à les écouter, Boyd ne les entendit plus.

Il jetait des regards dans le rétroviseur et les vit parler pendant presque tout le trajet qui les conduisait à Cumberland par la route 119. Il rebrancha le haut-parleur (qu'elle aille se faire voir), pour dire : « Si vous voulez, je pourrais vous signaler des endroits dignes d'intérêt.

– Non, répondit-elle, nous ne le voulons pas. »

Il réfléchit à ce qu'il leur aurait raconté si elle l'avait laissé faire. Lynch, on y va pas, mais ça pourrait vous intéresser de savoir que c'est là que vivaient les mineurs de couleur. Pardonnez-moi, les Américains issus de la diversité africaine. À Benham, maintenant, y a une attraction touristique. L'entrée du puits 31, où on paye pour descendre sous la surface, voir à quoi ressemble une mine qu'a été nettoyée et où on a mis de l'ordre. Y a des toilettes mobiles que personne a jamais vues dans une mine en exploitation, au cas où des touristes éprouveraient le besoin de pisser un coup. Finalement, ils arriveraient à Cumberland, dépasseraient de jolies maisons aux limites de la ville, et il leur signalerait qu'ils étaient parvenus à destination. En approchant de l'école secondaire de Cumberland, il leur montrerait le drapeau rouge et or qui flottait au vent. Il dirait à Ms Conlan qui regarderait par la fenêtre : « J'ignore si nos frères les Indiens ont déjà protesté, mais regardez ce panneau. École secondaire de Cumberland, la patrie des Peaux-Rouges[1]. »

*

Des voitures et des pick-up étaient garés devant l'école (les premiers arrivés), d'autres véhicules le

1. Les Cumberland Redskins, équipe locale de football américain.

long du trottoir opposé. Boyd prit la direction du parking, contigu à l'établissement, où il n'y avait pas encore beaucoup de voitures, et dépassa sans s'arrêter une place libre située juste devant le bâtiment. Il vit un type de couleur, en livrée de chauffeur, qui se tenait sur l'emplacement comme s'il le gardait.

Le chauffeur de Casper Mott.

C'était bien lui. Ce qui voulait dire que Casper était dans la limousine rangée devant cette place, près de l'allée qui menait à l'entrée de l'école et où des gens qui brandissaient des panneaux étaient alignés de part et d'autre. D'un côté : SANS LE CHARBON, PAS D'ÉLECTRICITÉ, et en face, les mêmes panneaux où plusieurs mots étaient rayés et un autre ajouté pour proclamer : LE CHARBON TUE.

Dans son rétroviseur, Boyd vit le chauffeur s'avancer sur la chaussée et agiter les bras en lui faisant signe de revenir. Il appuya donc doucement sur le frein et entendit Ms Conlan lui dire de s'arrêter, ce qu'il fit. Elle lui dit de reculer et il répondit : « On va jamais pouvoir s'y insérer, dans cette place étroite. » Bon, d'accord, elle allait descendre là, elle ouvrit sa portière en disant à Raylan : « À tout à l'heure à l'école », et elle marcha jusqu'à la limousine dont le chauffeur tenait maintenant la portière ouverte. Raylan la vit parler un moment, vraisemblablement à Casper, avant de monter dans la limousine.

« Ce gars de couleur qui conduit, dit Boyd, je crois qu'il était boxeur à une époque, il est de Lynch.

– Reggie Banks, dit Raylan. Les promoteurs lui faisaient faire le circuit des différents campements de mineurs. Ils promettaient dix dollars à celui qui tiendrait deux rounds. Reggie avait du style. Il avait un jeu de jambes à la Mohammed Ali, quand il feintait on savait plus où on était et il vous touchait avec une droite qu'il appelait son burin. Reggie recevait cent dollars pour se mesurer à cinq gars à la file, deux rounds chacun.

– Tu le connais, hein?

– Je l'ai combattu quand on bossait à la mine.

– Il t'a démoli le portrait?

– Il en a pas été loin. Mais on a appris à se connaître.»

Ils se garèrent sur le parking et revinrent à pied vers l'entrée du bâtiment pendant que Raylan adressait un signe de tête à des mineurs qu'il connaissait.

L'un d'eux levait un panneau qui disait: VOUS AVEZ L'ÉLECTRICITÉ? REMERCIEZ UN MINEUR. «Raylan, dit-il, paraît que t'es du côté de la compagnie, cette fois.

– Jusqu'à demain.»

Un autre partisan du charbon, en maillot de sport et casquette M-T, lui dit: «On se retrouve ici après, si tu veux. Je vais t'apprendre à respecter la compagnie.

– Si tu me vois pas tout de suite, entraîne-toi à tomber en attendant que j'arrive.»

Les deux groupes se lançaient maintenant des insultes à la figure. «Viens», dit Boyd, et ils se dirigèrent vers la limousine de Casper Mott. Boyd demanda: «T'es pas censé assurer la paix et l'ordre?

– Je suis là, mais j'ai pas mon mot à dire.»

Reggie Banks, qui se tenait à côté de la portière, prêt à l'ouvrir, vit Raylan venir vers lui et dit: «Alors, mec, tu continues à chercher la bagarre?»

Ils se saluèrent poings contre poings et Raylan dit: «Reg, tu continues à plus lever le coude?

– Ça fait deux ans, pas une goutte. Ça me faisait conduire trop vite jusqu'à ce que j'aille aux Alcooliques anonymes et que ça me calme.

– Qu'est-ce qu'ils fabriquent dans la voiture ?

– Ils attendent d'être prêts. Ou la dame de la compagnie leur a donné leur bonus, à l'un ou l'autre. »

Raylan entendit un coup tapé contre la vitre, à l'intérieur.

« C'est le moment de les laisser sortir, dit Reggie. Il est trop riche pour ouvrir sa portière tout seul. Quelqu'un lui a raconté qu'il est rentier, qu'il est pas obligé de rien faire, s'il a pas envie. Comme il est d'une connerie crasse, son fric, il sait pas comment le dépenser. Je me demande s'il fait pas semblant d'être aussi bête qu'un gosse. »

Quand Reggie ouvrit la portière, le petit Casper Mott sortit et sourit à Raylan.

« Hé, mon gars, t'as l'air en forme. Ms Conlan nous raconte que c'est toi qu'assure sa protection. » Il ajouta, sans remuer les lèvres : « Moi, je la quitterais pas d'un pas, mais je croirais pas un mot de ce qu'elle raconte. » Il leva les bras et donna l'accolade à Raylan. « Hé, je suis venu avec un invité qu'est un vieil ami à toi. »

Il se tourna vers la limousine et l'homme qui en sortait, courbant la tête. Raylan vit l'indestructible perruque.

« Mr Pervis Crowe », annonça Casper.

C'était bien lui, en veste de costume à larges revers et cravate, sans oublier le postiche. Alors comme ça, c'était un vieil ami ? Pervis saisit la main de Raylan et dit : « On était pas d'accord sur tout, mais je vous ai toujours considéré comme un homme, un vrai. Même quand vous disiez que mes fils, ils volaient des reins. Vous restiez pareil à vous-même, vous la rameniez pas pour montrer à quel point vous étiez malin.

– Toutes mes condoléances pour vos fils. »

Pervis leva la main. « Je les ai laissé devenir des crétins finis. Ils ont eu tout le temps de se réformer, alors je me sens pas responsable. Je jure que je supportais pas de les avoir dans les pattes.

– J'ai fait venir Pervis pour la journée, dit Casper. Demain, il faut qu'il soit chez lui… y a Rita qui vient. Elle lui rend visite tous les quinze jours, c'est réglé comme du papier à musique. »

Raylan jeta un coup d'œil vers Pervis, qui écoutait et ne semblait pas s'offusquer.

« Elle enfile son uniforme de soubrette, poursuivit Casper, et ils jouent au papa et à la maman toute la journée. »

Raylan regarda Pervis. « Ça vous ennuie qu'il parle de ce qui regarde que vous ?

– Il cause, on croirait une femme. Tout le monde le sait, qu'elle a habité avec moi des années. C'est moi qui lui ai mis le pied à l'étrier. Rita, c'est la trafiquante la plus intelligente de l'État.

– Tout ce que j'essaye de faire, dit Casper à Raylan, c'est lui montrer, à mon copain, comment faire fortune.

– J'ai assez d'argent sans vendre des terrains qui m'appartiennent. »

Carol sortait de la voiture.

Raylan la regarda mettre pied à terre en s'adressant à Casper : « Je ne suis pas ici pour faire une offre à Mr Crowe. Je vous l'ai dit. Ma mission consiste à prêter l'oreille aux mécontents et à trouver une solution aux désaccords. À écouter ce que les mineurs reprochent à la compagnie qui leur fournit du travail. »

Casper avait un large sourire. « Ma chère, on se connaît, on a déjà été assis à la même table. Vous allez faire usage de tous vos stratagèmes de fille contre ce pauvre Mr Crowe et vous allez le convaincre de vendre.

– Si je peux me permettre de poser la question, dit Raylan, de quoi vous parlez, tous ?

– De Big Black Mountain, répondit Casper, le plus haut sommet de l'État du Kentucky, et c'est Pervis qu'en est propriétaire. »

18

Une fois à l'intérieur de l'école, où les gens présents dans le hall se retournaient pour les regarder, Raylan se pencha tout près de Carol pour lui dire : « Je me demandais ce que vous faisiez dans la voiture. Vous changiez de pantalon.

– Vous êtes le seul à l'avoir remarqué.

– Je sais faire la différence entre un pantalon en toile et un Levis qui coûte quarante-neuf dollars. »

Le pantalon plié qu'elle avait apporté : il la moulait parfaitement. Raylan garda cette observation pour lui, mais le diable l'incita à ajouter : « Un accroc en travers du genou, c'est très mode.

– Vous pouvez vous montrer agaçant, mais je ne vous rends pas votre liberté. Je veux que vous soyez sur le côté de l'estrade où je pourrai vous voir. Je vais me servir de vous, Raylan, l'homme le plus populaire ici, et de votre célébrité. Je vais avancer un argument qui ne sera pas loin d'emporter l'affaire.

– Dire que j'ai été mineur et que je suis encore vivant pour en parler ?

– Attendez mes questions », répondit-elle.

*

Carol quitta son siège, à côté de Casper Mott, elle lui appliqua une petite tape sur l'épaule et s'avança vers le micro dont le support était placé au centre de la scène démontable, à l'extrémité du gymnase des Peaux-Rouges. Elle fit face à trois cents chaises pliantes, toutes occupées, aux panneaux qui émergeaient de la foule ; les mineurs au chômage en chemises propres et casquettes de base-ball sales étaient trois fois plus nombreux que ceux qui avaient un emploi, peut-être même davantage, et leurs femmes attendaient de pouvoir dire ce qu'elles avaient sur le cœur.

Elle jeta un regard sur sa droite où Winona était assise devant sa sténotype. Carol avait écouté Casper énoncer les noms des sténographes qui travaillaient pour le tribunal. Il était arrivé à celui de Winona, avait mentionné qu'elle était l'ex de Raylan, et Carol avait dit qu'il la lui fallait pour la réunion, quelles que soient ses exigences. Casper avait demandé s'il devait adresser la facture à M-T et Carol avait répondu : « Moi, je le ferais. »

Raylan se tenait sur la gauche de Carol, à l'endroit où il monterait sur la scène si cela se révélait nécessaire. Pendant qu'elle était encore assise, Carol l'avait vu regarder Winona et essayer d'attirer son attention. Mais sans se retourner, elle ne pouvait constater s'il avait réussi.

Plus loin que Raylan, un peu à l'écart de la foule, Boyd parlait comme un moulin à paroles à une fille qui, aux yeux de Carol, était une poule, avec ses hauts talons et une robe jaune tapageuse dont le décolleté descendait juste ce qu'il fallait. Ça ne pouvait être qu'Ava, très séduisante, mais quand même une poule, celle qui avait abattu son mari pendant qu'il mangeait.

Le frère de Boyd. Ava qui vivait maintenant avec Boyd, il l'avait mentionné, comme s'ils étaient frère et sœur. Carol lui avait demandé pourquoi.

Boyd avait répondu: «On veut voir si on peut se faire assez confiance, l'un et l'autre, pour tomber amoureux et que ça marche.» Comprenez ce que vous voudrez.

Carol n'avait pas demandé de précisions.

Elle se saisit du micro posé sur le pupitre. «Bonjour. Je suis Carol Conlan, vice-présidente de M-T Mining.»

Elle eut droit à un déferlement de huées, à quelques sifflements dont elle pensa qu'ils n'avaient rien à voir avec son travail, et à des questions qui fusaient:

«Quand M-T va enfin se décider à reconnaître nos droits?»

«Ma petite dame, un jour d'absence pour cause de maladie et on est licencié.»

Carol dit: «Mon père était mineur de charbon dans l'ouest de la Virginie. J'ai grandi dans les campements de mineurs, je connais donc très bien ce dont vous me parlez.» Au fil de sa phrase, son accent la rapprocha davantage de l'ouest de la Virginie.

Une voix dans la foule demanda: «Comment vous en êtes sortie?

– Je suis partie à l'université grâce à une bourse, j'ai travaillé comme une dingue à étudier l'industrie, l'offre et la demande, et l'économie du charbon. J'ai poursuivi mes études pour obtenir un diplôme de droit et j'ai été engagée par la compagnie qui vous procure vos emplois.»

Une voix masculine s'éleva: «Des emplois, y en a beaucoup moins avec l'exploitation à ciel ouvert.

Qu'est-ce qu'on est censés faire, nous autres mineurs qui restons assis sur nos fesses à la maison ?

– Les temps changent, non ? Aujourd'hui vous conduisez une voiture au lieu d'un attelage de mules. Le forgeron ferrait vos mules, que fait-il aujourd'hui ? Il n'est plus là, il a un autre métier. La plupart des mines de charbon sont encore sous terre, mais vous savez que c'est en train de changer. Il y a de plus en plus d'exploitations de surface qui fonctionnent aujourd'hui. »

Voix dans la foule : « Vous voulez dire, qui profanent les montagnes. »

Carol : « Nous les rendons à leur état d'origine, non ? »

Même voix : « Faut attendre cent ans que les arbres aient repoussé ? Je doute qu'on soit encore là. »

Elle avait quelque chose à dire sur les générations futures, mais elle le garda en réserve. Un homme qui se trouvait au premier rang s'était levé. Il dit : « Je m'appelle Hazen Culpepper, je suis du coin de Mayfield. Je voudrais savoir pourquoi un de vos tueurs à gages a tiré sur mon frère et l'a tué alors qu'il avait seulement cassé quelques vitres. »

Carol adopta un ton de voix plus doux pour répondre : « Hazen, je ne saurais vous dire à quel point nous sommes navrés. Mais ce n'est pas un tueur à gages qui a tué votre frère. Nous n'engageons pas de tueurs à gages. » Elle ajouta : « Otis a perdu sa maison parce que quelqu'un a malencontreusement déversé des déblais provenant d'un site d'exploitation. Je comprends qu'il ait été très en colère, mais… et j'aurais préféré ne pas avoir à le dire… votre frère m'a tiré dessus avec un fusil de chasse. Il s'apprêtait à tirer à nouveau quand l'un de nos employés est intervenu.

– Vous voulez parler de Boyd Crowder, qu'est là-bas, contre le mur ?» reprit Hazen. Il s'adressa à lui : «Boyd, tu lui as dit que Otis l'a ratée ?

– Ms Conlan était *là*, dit Boyd. Elle l'a vu.

– Dans ce cas, vous êtes tous les deux des menteurs. Otis rate jamais sa cible avec un calibre 12. Tu l'as tué alors qu'il regardait ailleurs.»

Raylan vit Hazen marcher vers Boyd en lui disant quelque chose, plusieurs mots, tandis qu'il traversait la foule et que des mains se posaient sur lui, lui donnaient des tapes d'encouragement. À ce moment-là Raylan sentit un effluve venant de Carol et il tourna la tête pour la voir à ses côtés.

Elle dit : «Vous n'allez pas l'arrêter ?

– Lequel des deux ?»

Une femme qui se trouvait au premier rang se leva et s'adressa à Carol : «Vous habitez pas du tout à côté d'une mine, hein ? Vous savez ce que ça leur fait, aux gens qu'habitent en contrebas ? Ça recouvre tout ce qu'on a de poussière de charbon. Y en a plein la maison, sur toutes les surfaces. C'est ça que vous appelez l'exploitation de surface ? On en a dans la baignoire, dans le puits : on peut plus boire l'eau. Chaque matin, y a une couche de charbon qui recouvre ma voiture. Je suis obligée de la laver avant de pouvoir partir au boulot.

– Attendez un peu. Vous êtes surprise que ça salisse les objets ? Madame, c'est du charbon. Vous habitez au cœur du pays du charbon. Quand un garçon rentre après avoir joué dehors, sa maman lui dit : "Mon poussin, t'as les mains aussi noires que du charbon. Va les laver avant que grand-père te tombe sur le paletot." Le vieil homme, il en a cinquante années, de ces poussières de charbon contre lesquelles vous protestez, qui sont complètement incrustées dans les pores de sa peau. Madame, le charbon fournit plus de la moitié de l'électricité des États-Unis. Est-ce qu'on arrête de l'extraire parce que ça salit ? Quand mon père rentrait à la maison, il était tellement crasseux qu'on ne voyait que ses yeux. L'industrie du charbon extrait quarante millions de tonnes par an. La moitié provient de mines à ciel ouvert. »

Une voix féminine dit : « Si vous autres, vous extrayez tout, qu'est-ce qu'elles vont faire, les générations futures ?

– Qu'est-ce que les générations futures ont jamais fait pour nous ? Je plaisante. Vous savez qui a dit ça ? Groucho Marx. Écoutez, je ne pense pas qu'il faille s'inquiéter à l'idée de ne plus avoir de charbon. Je sais que nous avons assez de réserves sous terre pour les deux cent cinquante années à venir. »

Une voix masculine s'éleva : « On peut utiliser l'énergie éolienne tout de suite, comme en Hollande. Le vent, c'est propre, on reçoit pas de suie dans la figure.

– Si les partisans du vent parviennent à trouver la solution. Le problème, c'est que les turbines peuvent entraîner des problèmes de santé, des migraines et des troubles du sommeil, causer des cauchemars chez les enfants. »

Voix masculine : « Avec toutes ces exploitations de surface qui se développent, votre compagnie s'enrichit alors qu'on est le comté le plus pauvre de l'État, que la plupart d'entre nous on est au chômage.

– Ce qui me convainc que nous devons avoir davantage d'exploitations à ciel ouvert pour vous fournir à vous, les gars, davantage d'emplois. »

Une voix de mineur : « On travaille un certain temps, la compagnie creuse pendant que le prix du charbon est élevé. Les prix plongent, la compagnie minière se déclare en faillite, elle se libère de ses obligations et elle disparaît dans la nuit.

– Vous savez qu'il y a toujours des risques, dit Carol. Cela coûte une fortune de démarrer l'exploitation d'une mine. Si on ne trouve pas autant de charbon qu'escompté, on est obligé de recommencer ailleurs. Monsieur, c'est le prix du charbon sur les marchés qui nous permet de ne pas mettre la clé sous la porte.

– Vous fichez le camp sans nettoyer les dégâts que vous laissez toujours derrière vous, dit une voix. Un bassin de retenue cède alors que vous y avez stocké plus d'un milliard de litres de boues charbonneuses pleines de poisons, de produits chimiques toxiques, ça se répand dans les vallées et contamine l'eau. Vous savez comment votre patron, le grand chef de M-T Mining, a appelé ça ?

– La volonté de Dieu, répondit Carol. Je crois que mon chef, Dieu le bénisse, est sincère lorsqu'il dit ça. C'est quelqu'un de pratiquant, il est persuadé que les chemins du Seigneur sont impénétrables et que nous ne les comprenons pas toujours. Pourquoi ne serait-ce pas le résultat de la volonté divine ? Un message divin pour nous dire : Si vous voulez construire des bassins de retenue pour stocker les boues, alors bon sang, essayez d'en construire qui résistent. » Elle ajouta : « Il nous faut parfois apprendre dans la douleur. »

Elle récoltait des manifestations d'approbation, des sifflements, une femme disait « Amen », et elle se sentait plus proche de la foule.

Elle poursuivit : « Je sais que le salaire est convenable pour un travail d'exploitation en surface. Je crois qu'il se monte à onze cent vingt dollars par semaine. » Et, sans marquer un temps de silence : « Raylan Givens, dit-elle en tendant la main dans sa direction, je parie que dans votre majorité, vous le connaissez. Un juge l'a assigné auprès de moi comme garde du corps. Je lui ai demandé, au juge : "En quoi ai-je besoin d'une protection ? Ne sommes-nous pas tous amis ?" » Ces mots déclenchèrent un certain vacarme. « Raylan travaille pour l'Oncle Sam, il est marshal fédéral et a été décoré à de nombreuses reprises, à ce que je comprends, pour avoir affronté des hors-la-loi l'arme au poing. »

Elle laissa les mineurs pousser des cris et siffler avant de se tourner vers Raylan et de dire : « Marshal, puis-je vous demander si votre salaire de représentant de la loi se situe dans la zone des onze cents dollars par semaine ? »

La question le surprit et il hésita en ôtant sa botte de la première marche qui menait à la scène. « Le salaire de base quand on débute ? C'est à peu près ça.

– La même chose environ que celui d'un mineur de surface.

– Ben, y a les heures supplémentaires…

– Mais vous débutez avec un salaire hebdomadaire qui n'est pas tellement différent de celui d'un mineur. C'est bien ça ?

– C'est assez comparable, sauf que les marshals sont payés cinquante-deux semaines par an. J'ai dix ans d'ancienneté, ça fait cinq cents semaines que je suis payé sans interruption. Je prends une journée, il arrive qu'on soit obligé, si je suis affligé d'une monstrueuse gueule de bois… »

Il se tut pour laisser les mineurs se manifester en criant leurs commentaires : « Dis-le, comment ça se passe vraiment. » En hurlant : « Un jour d'arrêt, c'est un jour de souffrance !

– Quand je prends un jour de congé maladie, reprit Raylan, je me fais pas licencier. » Il attendit un court instant et compléta : « Je suis même payé pour ça. »

*

Carol l'avait vu venir. Raylan se tut et le gymnase explosa en applaudissements, sifflements à vous percer les tympans, acclamations poussées par les mineurs. « Vas-y, Raylan, dis-lui ! » Et Carol comprit qu'elle avait commis une énorme erreur. Elle avait invité Raylan à s'exprimer, elle l'avait laissé poursuivre quand il avait dit « sauf… » et qu'il avait enfoncé le clou en quelques mots : « Il y a une grande différence entre mon salaire et celui d'un mineur travaillant pour une compagnie qui est prête à mettre la clé sous la porte quand ça lui chante. » Et donné aux gens de quoi l'ovationner, l'applaudir et lancer des remarques.

Carol annonça à la foule, désormais debout dans son immense majorité : « Faisons une pause, d'accord ? Nous avons des rafraîchissements qui vous attendent dans le grand hall. Après, nous reviendrons et nous reprendrons, OK? Pendant ce temps, je vais m'entretenir avec Raylan, lui rappeler qu'il est là pour me protéger, pas pour s'immiscer dans mes argumentations.»

Ces gens des collines ne comprendraient probablement pas. De toute façon, ils n'écoutaient pas.

Elle vit Raylan parler avec des mineurs qui se rassemblaient autour de lui et elle se tourna vers Winona, assise devant sa machine de sténographe. Elle traversa l'estrade pour s'approcher d'elle.

«Winona? Salut, moi, c'est Carol. Nous sommes tellement contents d'avoir pu compter sur vous pour cette réunion.

– Je n'étais pas sûre de bien savoir pourquoi. Si ce n'est que j'ai été mariée avec Raylan et que vous voulez en savoir plus long sur lui.

– Eh bien, vous n'y allez pas par quatre chemins, dites donc.

– Je me demandais pourquoi vous vouliez une sténographe, aujourd'hui. Parce que c'est mon métier et que vous pourriez me poser des questions sur Raylan? Ou parce que vous aimez lire la transcription des réunions?»

Carol s'éloigna, alla prendre sa chaise au milieu de l'estrade et revint en la traînant derrière elle. Elle s'assit en disant: «Laquelle des deux, à votre avis?

– Toutes ces récriminations, vous les avez déjà entendues. Je pense que vous aimeriez en savoir plus sur Raylan. De la bouche d'une femme qui a été son épouse.

– Est-ce qu'il vous a trompée?

– Pas une seule fois en six ans.

– Comment pouvez-vous en être aussi certaine?

– Quand il rentrait à la maison, s'il l'avait fait, ça se serait vu sur son visage, mais ça n'a jamais été le cas.

– Il vous a quittée, non?

– C'est moi qui l'ai quitté. Au lit, il se mettait à parler des délinquants. Il fallait que j'aie recours à des approches variées.

– Vous êtes mariée à un agent immobilier, maintenant.

– Plus ou moins. Je ne peux pas dire que ce soit le grand bonheur. Je croyais avoir besoin de sécurité.

– Il est clair que ce n'est pas le cas, dit Carol. Vous voulez du travail?

– Jamais de ma vie je n'irais travailler pour une compagnie minière. Je suis surprise que vous l'ayez fait alors que votre père était mineur.

– Il est mort. J'étais étudiante à Columbia, j'ai abandonné ma matière principale, la littérature anglaise, pour la gestion des mines, et après je suis entrée à la compagnie.

– Et vous avez consacré tout votre amour à votre chien?

– J'ai une chatte. C'est comme ça que je l'appelle, Chatte. "Hé-ho, Chatte, qu'est-ce que tu fais, hein?" Elle ne ronronne jamais.

– Je la comprends.

– Quel genre d'approche marchait le mieux?

– Avec Raylan? Toutes. C'était jouer la séduction qui me fatiguait.

– Vous voudriez le récupérer, je me trompe?

– Je vous parie la somme que vous me devez que vous ne l'aurez pas dans votre lit.

– Et dans la limousine?»

*

Raylan s'éloigna des mineurs qui lui faisaient de grands sourires en lui disant qu'il devrait se présenter aux élections pour la fonction de juge, et il se dirigea vers Boyd et Ava debout près du mur.

Boyd se redressa pour lui dire : « Au plus profond de mon cœur, j'ai l'espoir que tu vas l'arrêter, ce péquenaud de Mayfield. T'étais là, tu l'as entendu me menacer. Dis-moi que tu vas le faire, que je puisse aller m'asseoir.

– Il t'a pas menacé, il t'a traité de menteur. » Il se tourna vers Ava : « Madame Crowder, dit-il avec ce soupçon de sourire qu'il savait afficher, on croirait voire deux boules de glace en cornet, dans cette robe jaune.

– Raylan, je te laisserais bien donner un coup de langue, mais je suis avec Boyd. On veut voir comment ça se passe entre nous, là, avant que notre relation devienne sérieuse. Si tu vois ce que je veux dire.

– Enfin bon, les Crowder, t'y as déjà goûté. T'as épousé Bowman et t'as été obligée de le descendre. C'est pas une critique. Tu t'es dit qu'il l'avait bien cherché.

– Merci, dit Ava.

– Hé, intervint Boyd, fiche-nous la paix, tu veux ?

– Tu sais quoi, je réfléchis à plusieurs moyens de te traîner en justice pour avoir abattu Otis parce que Carol t'en a donné l'ordre. Si tu l'accuses, ils te laisseront peut-être plaider l'homicide involontaire. Tu seras obligé de purger que vingt ans. »

Ava prit Boyd par le coude en disant: «J'ai pas envie d'entendre ce genre de chose.

– Il ment, dit Boyd, il m'accuse d'avoir commis un crime avec préméditation pour avoir la voie libre quand je serai plus là. Te forcer à lui céder.»

Ava sembla hésiter, elle ralentit le pas puis entraîna Boyd vers la sortie. Elle tourna la tête en arrière pour regarder Raylan.

19

La veille du jour où la réunion devait avoir lieu, Dieu avait conseillé à Pervis de se servir de Dewey Crowe comme de miel pour attirer les insectes.

Il s'était redressé dans son lit, presque droit comme un « i ». Le message de Dieu était inscrit dans sa tête, il savait donc qui étaient les parasites : Casper Mott et les autres qui voulaient Big Black, sa montagne. Il avait appelé Rita car elle connaissait les numéros de téléphone de tout le monde.

« C'est demain que je viens, pas aujourd'hui, lui avait-elle dit.

– Je sais. Je veux être sûr que je serai rentré de Cumberland pour t'entendre passer la porte en disant : "Je suis làààà." Je sens un frémissement dans mes bourses. Ce que je voudrais te demander, c'est de trouver où est Dewey Crowe et de me le faire savoir.

– Dans quoi est-ce que tu veux fiche la pagaille ? »

Voyez comme elle était maligne ?

Une minute plus tard, elle était de retour. « Il a laissé comme message qu'il serait à Harlan. Il sera à la Dairy Queen à partir de midi, pour recevoir les commandes.

– Oh, ouais, il vend du whisky. »

*

À midi précis, Pervis avait appelé Dewey sur son portable. « Ouais ? avait fait Dewey d'une voix totalement atone.

– C'est comme ça que tu réponds au téléphone ? »

Il y avait eu un moment de silence. Puis Dewey avait parlé, mais avec plus d'allant. « C'est à mon oncle Pervis que je parle ?

– Tu reconnais ma voix.

– Oui, mon oncle, même que ça me fait plaisir de l'entendre.

– Tu vas à Cumberland, demain, pour la réunion ?

– De quelle réunion tu parles ? »

Pervis lui avait répondu, à ce demeuré : « Celle de l'école secondaire. Je t'y verrai ?

– Oui, mon oncle, j'avais l'intention d'y aller.

– Qu'est-ce que tu fabriques à Harlan, neveu ?

– Je revends de la gnôle que je me procure à Cumberland et que j'en augmente le prix.

– Ça gagne bien ?

– Je me fais deux dollars au moins sur une bouteille de 75 centilitres. »

Ce gamin avait besoin d'un sérieux coup de main.

Pervis avait dit : « Depuis que j'ai perdu mes deux fils, t'es le seul Crowe qui reste pour assumer ce que je considère comme les corvées de mon existence. Tu comprends de quoi il s'agit ?

– C'est vrai ? Je suis le seul membre de la famille qu'est vivant ?

– Je te lègue pas mon commerce. Je te parle de mes terres, de Big Black Mountain. »

Il y avait eu un silence.

« Mon oncle, tu me dis que Big Black est à toi ? »

Pervis était persuadé que, dans l'est du Kentucky, tout le monde le savait à l'exception de ce demeuré.

« Oui. Et quand je serai plus là, la montagne sera placée sous ta responsabilité.

– Elle sera à moi ? »

Une soudaine excitation dans sa voix.

« Je pourrai en faire ce que je veux ? »

Déjà prêt à la vendre.

« Tu dois me promettre que tu t'en sépareras jamais. Si Casper Mott apprend que tu vas hériter de ma montagne, il va me faire écraser par un camion de transport de charbon et il va te travailler au corps pour la récupérer. Je vais lui faire savoir aujourd'hui qu'il a absolument aucune chance de pouvoir me l'acheter.

– Casper Mott, il est déjà aussi riche qu'un roi.

– Le jour où tu vendrais Big Black, tu serais encore plus riche. Mais je compte sur toi pour préserver le sommet le plus élevé du Kentucky pour que les gens qu'habitent par ici en profitent. Tu dois me promettre, Dewey… tu m'écoutes ?

– Oui, mon oncle ?

– Que tu la vendras jamais. Tu la légueras à tes héritiers, (à condition que ce débile en ait un jour), en leur faisant promettre qu'ils la vendront pas non plus. Tu me donnes ta parole ?

– J'aurai la montagne quand tu seras plus là ?

– C'est comme ça que ça marche quand on hérite de quelque chose.

– Mais je peux pas m'en servir pour faire de l'argent ?

– Tu veux que ta montagne soit dépouillée de sa majesté ? »

Tu parles.

« Je te retrouve demain à Cumberland, avait dit Pervis, devant l'école secondaire. Je veux te voir porter une chemise propre, un costume si t'en as un, et pas tes dents d'alligator. Neveu, tu vas hériter de la montagne la plus riche de l'État du Kentucky. Quel effet ça te fait ?

– Ben, ouais, putain, avait fait Dewey.

– Tu diras pas un mot à personne, ce soir.

– Non, mon oncle. »

Tu parles.

*

À midi il était là, dans un costume emprunté trop grand pour lui, sans la moindre dent d'alligator visible, à côté de l'entrée de l'école à mater le cul des filles.

Pervis descendit de la limousine et demeura en retrait, laissant Casper prendre les devants avec Ms Conlan et Raylan. Il vit Raylan la saisir par le bras et Ms Conlan repousser sa main. Avant qu'elle ne monte dans la voiture, Casper lui avait raconté ce qu'il aimerait bien lui faire. Lui sucer les doigts de pied, faire courir sa langue sur chacun de ses petits orteils… et Pervis lui avait demandé s'il ne prenait jamais de la hauteur, en pensée, jusqu'à avoir des relations sexuelles avec elle. Il avait répondu que si, bien sûr, plein de fois. Pervis était persuadé que Casper allait essayer de le livrer aux griffes de Ms Conlan, qui lui ferait une offre pour sa montagne. Ça ne lui déplairait pas d'en connaître le montant même si, quand le moment viendrait, il allait la donner à Rita qui s'y cramponnerait jusqu'à ce qu'elle en ait assez d'entendre les offres qu'on lui ferait et qu'elle finisse par accepter la meilleure. Elle aurait des types qui lui feraient la cour et elle s'en garderait un ou deux pour s'amuser, parce que c'était dans sa nature. Il aimerait voir ce que Raylan ferait si l'envie prenait à Rita de le draguer un jour. Raylan qui restait tout près de Ms Conlan, dans la foule, pendant que Casper essayait de garder le contact.

Pervis attendit que Dewey le repère et s'approche en écartant les gens pour rejoindre son vieil oncle.

« T'es tout endimanché, lui dit Pervis. Tu te sens bien ?

– Oui, mon oncle, dit Dewey, je suis fier que tu me fasses confiance, pour la montagne.

– Je te la confie, dit Pervis. Ça veut pas dire que j'ai confiance en toi. » Ça lui ferait un os à ronger, au demeuré. « J'ai une maladie de cœur, elle peut me tuer quand ça lui chante. J'ai vu l'homme de loi qui s'occupe de mon testament et je t'ai légué la montagne. Mais tu vas pas aller le crier sur les toits, hein ?

– Non, mon oncle, je suis prêt à le jurer sur la Bible.

– Disons qu'un mafioso te tient en son pouvoir. Il va te mettre la main dans les flammes si tu lui révèles pas ton secret. »

Dewey faisait non de la tête.

« Non. Ce qu'il te dit, ce Rital, c'est qu'il va te couper les noix et les donner à bouffer aux écureuils si tu lui dis pas. »

Ces mots semblèrent lui donner à réfléchir jusqu'à ce qu'il redresse ses épaules étriquées dans le costume qu'il avait emprunté et dise : « Mon oncle, c'est mon affaire à moi, pas celle de personne d'autre. »

*

Assis au milieu de la foule, ils assistèrent à la première partie de la réunion. Pervis avait Dewey à côté de lui qui s'ennuyait, s'agitait, tandis que l'attention de son oncle était rivée sur Ms Conlan. Elle atténuait son accent pour les ballots qui restaient assis là à l'écouter. Elle céda la parole à Raylan qui lui tira le tapis sous les pieds et Pervis pensa : « Bien joué, mon gars. » Mais ce n'était pas ça qui allait mettre Ms Conlan en difficulté. Sa façon à elle de voir les choses, ça serait que les mineurs de charbon étaient en quête d'un héros. Elle était pas là pour régler les désaccords, elle incarnait la compagnie.

La première partie se termina et Dewey demanda à Pervis s'il avait envie de boire quelque chose, il lui dit qu'il avait du whiskey dans sa voiture.

« On va s'en jeter un et après je rentre chez moi, répondit Pervis.

– Mais t'es venu dans la limousine de Casper, t'as pas ta voiture.

– T'as raison. Je vais prendre la tienne et la laisser au Dairy Queen. »

*

Carol était assise dans la limousine avec Casper, elle fumait une cigarette pendant que, dans le gymnase, les écolos, ennemis jurés de l'exploitation minière en surface, présentaient leurs arguments à la foule.

« Comment vous allez exposer le point de vue de la compagnie si vous écoutez pas ce qu'ils disent, lui demanda Casper.

– Ils disent honte à nous, de laisser nos montagnes ratiboisées. Nos superbes paysages dans cet état lamentable. Deux mille kilomètres de cours d'eau pollués par les résidus. Des déblais déversés sur les habitations. Tout ça, je l'ai déjà entendu.

– Ils vont vous accuser de causer des inondations. Quand on abat les forêts, y a plus rien pour retenir les eaux de pluie, pour la boire. Vous savez que les animaux les fuient, ces sommets dénudés ? Renards, mouffettes, coyotes. Un gars m'a dit qu'il est obligé de mettre ses ordures sur le toit de sa maison pour que les ours puissent pas les atteindre.

– Vraiment, il y a des ours ?

– Les dynamitages, ça cause des dégâts aux habitations de la zone, ça entraîne des fissures dans les fondations… Une habitation proche d'un site d'exploitation, elle peut perdre quatre-vingt-dix pour cent de sa valeur. Alors que c'est tout ce que le gars possède.

– Le charbon, c'est sa vie, répondit Carol. Il est dans sa famille depuis des générations. J'ai déjà mentionné l'augmentation du nombre d'emplois. Donnez-nous les montagnes, nous vous donnerons du travail.

– Vous avez pas assez à offrir. Un homme qui se retrouve au chômage, il prend du retard dans ses paiements, la banque saisit sa maison. Vous allez aussi avoir des questions sur la santé. Davantage d'enfants ont de l'asthme, à cause de toute cette poussière de charbon qu'on a dans l'air.

– Mais une réduction du nombre de silicoses, dit Carol, quand on creuse en partant du sommet, non ?

– Je suppose. » Casper la regarda allumer une nouvelle cigarette au mégot de la précédente. « Je sais que vous la voulez, cette parcelle qu'est à trois cents mètres du sommet de Big Black.

– Je n'ai pas le sentiment qu'il va en être question au cours de cette réunion.

– Tout le monde sait que vous la guignez, cette montagne, le joyau de la couronne, on sait qu'elle est riche en charbon. Je vous parie que c'est une question qu'on va vous poser. Vous allez en parler avec Pervis ?

– Puisque je suis là.

– Comme si c'était pas la seule raison de votre présence.

– Je vais lui ouvrir les yeux sur diverses perspectives.

– Ouvrez-lui sa braguette, peut-être qu'il vous fera un prix. »

*

Elle avait donné pour instruction à Raylan de l'attendre dehors, à côté de la voiture. Il lui avait demandé à quelle distance exactement elle voulait qu'il se positionne. Elle l'avait regardé… peut-être n'avait-elle rien trouvé de satisfaisant à lui répondre et elle n'avait donc rien dit. Elle était montée dans la limousine. Au bout d'un moment, Casper en était descendu, il avait dit : « Ça va ? » à Raylan, était allé derrière la voiture pour pisser un coup, arroser la tôle, et Raylan s'était demandé si c'était pour que Carol l'entende. Avant de remonter dans la voiture, Casper lui avait à nouveau dit : « Ça va ? »

C'est à ce moment-là que Dewey Crowe était sorti de l'école en allumant une cigarette.

20

Raylan s'approcha de lui en disant : « Dewey, je t'ai vu à l'intérieur, pendant la réunion, mais j'ai pas réussi à déterminer de quel côté t'es. » Comme Dewey ne donnait pas l'impression de comprendre de quoi Raylan parlait, s'il était pour ou contre la compagnie minière, le marshal ajouta : « Je t'ai vu avec le vieux Pervis, il avait l'air affectueux avec toi, la main sur ton épaule, hein ?

– Pervis, il dit que je suis comme son fils.

– Lequel, Dickie ou Coover ?

– Ni l'un ni l'autre. Il dit que je suis comme un fils qu'il a jamais eu.

– Vous aviez l'air de bien vous entendre, tous les deux. Il souriait, Pervis, et il a pas la réputation de sourire beaucoup.

– Il a un proche, maintenant, pour s'occuper de ce qu'est à lui quand il sera plus là.

– C'est qui, ce proche ?

– *Moi.* » Dewey reprit sa voix normale pour dire : « Je suis son héritier, le jour qu'il décédera. Moi et une jeune femme de couleur qu'il se sert pour les besoins qu'il a mais qu'est pas de la famille. Je suis son seul parent qu'il a connaissance.

– Vous êtes tous les deux des Crowe, dit Raylan,

mais un peu éloignés. Où il est, le vieux Pervis ? Ça fait un moment que je l'ai pas vu.

– Il a pris ma voiture pour rentrer chez lui. » Dewey ajouta : « En réalité, c'est moi qui lui ai proposé, il voulait échapper à des gens qui l'embêtent, pour des terrains que je dois en hériter.

– T'es en train de me dire qu'il te lègue Big Black quand il mourra ? »

Dewey eut un large sourire. « C'est pas moi qui l'ai dit, c'est vous.

– Je comprends. Pervis veut que tu le répètes à personne.

– Pas avant qu'il est mort. Faut pas non plus que j'imagine la vendre.

– Il te fait confiance pour sa montagne.

– Il me la *confie*.

– Mais bon sang, faut bien que tu rentres chez toi, non ? Demande à Casper de te déposer, ou à Ms Conlan. Ils ont tous les deux des limousines, avec plein de place.

– Je les connais pas assez pour leur parler, à l'un plus qu'à l'autre.

– Dis-leur que t'es le parent le plus proche de Pervis, ça devrait te valoir un tour en limousine. »

Raylan le regarda approcher de la voiture de Casper et frapper à la vitre. Il l'entendit dire qu'il cherchait quelqu'un pour le reconduire à Harlan.

Qu'il était Dewey Crowe.

Que Pervis était son oncle.

« Pervis Crowe, pareil comme moi. C'est lui qu'est le propriétaire de Black Mountain. »

Ces mots lui ouvrirent la portière de la limousine

et Casper en descendit en lui faisant le geste, mais je vous en prie, de se joindre à eux.

*

Ils le firent asseoir à côté de Carol dans l'obscurité, et Casper s'installa sur un siège qu'il abaissa en face d'eux. « Vraiment, Dewey, dit Carol, Pervis Crowe est votre oncle ?

– Oui, et je suis le seul parent qu'il a. Je viens de Floride... il sait qu'y a des Crowe là-bas dans le Sud, voyez, mais jamais aucun lui a donné signe de vie. Moi, je monte ici et je me présente, je vois les yeux de mon vieil oncle, ils s'emplissent de larmes au moment où il me serre dans ses bras et où il me presse sur son cœur. Il me dit : « T'arrives à moi au moment de ma vie où j'ai le plus besoin d'avoir un membre de ma famille.

– Pourquoi donc ? demanda Carol.

– J'ai pensé qu'il voulait dire que sa fin est proche, son vieux cœur fatigué lui annonce qu'il en a plus pour longtemps. Vous savez que Pervis a cette jeune femme de couleur qu'a travaillé pour lui pendant des années ? Il va lui laisser quelque chose, des babioles qu'il a gardées de l'époque où il était marié.

– Mais il est surpris qu'un authentique membre de sa famille surgisse comme ça, non ? Pourquoi vous croit-il ?

– Pourquoi il me croirait pas ? répondit Dewey qui n'avait pas apprécié le ton de sa voix. On est tous les deux des Crowe. Il sait qu'il a de la famille en Floride. Moi, j'arrive avec des dents d'alligator autour du cou, il sait que je suis un Crowe du Sud.

– Et fier de l'être, dit Carol. On va dire qu'il vous croit. S'il lègue des babioles à son ancienne femme de ménage, qu'est-ce qu'il vous donne à vous ?

– C'est pas vos affaires. »

Elle sentait bon, mais il aimait pas le ton qu'elle prenait.

« Casper, dit Carol, combien ça vous a rapporté de les vendre, vos montagnes ?

– Combien de millions ? Vous devriez le savoir. Les chèques de M-T Mining payent toutes mes factures. Je me suis acheté une maison, cette voiture. » Il ajouta : « Vous avez déjà entendu parler d'une limousine qui roule à 225 à l'heure ? Quand tu prends la route, où que t'ailles, c'est le pied.

– Quel moteur vous avez, sous le capot ?

– Je crois qu'ils se sont contentés de trafiquer un peu celui qui y était déjà.

– Moi, j'ai une Hornet de 1987, dit Dewey. Elle perd de l'huile.

– Et Pervis, il conduit quoi ? demanda Carol.

– Une vieille Ford avec un compresseur d'air.

– Pervis, il trompe bien son monde.

– Il est plus riche que Dieu et ça se voit pas.

– Il vous a dit qu'il vous léguait sa montagne ? » demanda-t-elle.

Dewey afficha un large sourire. « C'est pas moi qui l'ai dit, c'est vous. »

*

L'instant d'après, ils lui dirent de partir, Ms Conlan lui demandant s'il voulait bien l'excuser. Il fallait qu'elle se prépare pour rentrer dans l'école et prendre la parole, d'accord?

Casper jaillit de la voiture pour lui tenir la portière et Dewey sentit la main du millionnaire se poser sur son épaule.

«Un jour, dit Carol, il vous invitera à faire un tour dans sa limousine au moteur gonflé.»

Casper haussa les épaules.

«Si vous héritez de la montagne, on vous fera cadeau d'une superlimousine exactement pareille, ajouta Carol. Au revoir.»

D'un bond, Casper remonta à l'avant et la portière se referma.

Quand Dewey se retourna, il vit Raylan qui le regardait.

«Vous avez entendu ce qu'elle a dit?

– En partie. Je pense que ce qu'elle voulait dire, c'est qu'elle est pas sûre que vous deveniez jamais propriétaire de cette montagne.

– Je lui ai jamais déclaré franchement que j'allais l'avoir.

– Elle lit dans les pensées des gens.

– J'ai pas aimé le ton de sa voix, comme si j'étais à ses ordres. Elle m'a proposé de me ramener chez moi, j'ai refusé. C'était pas facile… si je commence à renifler son parfum, je le reniflerai tout du long jusqu'à Harlan. Mais moi, je préfère les gens qui me croient quand je leur dis des choses, pas ceux qui prennent leurs grands airs.

– Vous avez dit à Carol que vous alliez hériter de Black Mountain?

– Je lui ai jamais dit franchement. Je l'ai laissée deviner après lui avoir dit que j'étais l'héritier de

Pervis. » Dewey fronça les soucils comme s'il souffrait dans sa chair. « J'espère que ma Hornet va pas tomber en panne, il serait fâché contre moi le peu de temps qui lui reste sur terre. J'ai le sentiment que je dois bien veiller sur lui, faire en sorte qu'il s'en aille avec le sourire, mon vieil oncle.

– Tu vas à Stinking Creek ?

– Pervis y est pas retourné depuis que ses fils, ils ont été tués. Il a loué une propriété, pas loin de Piney Run, à un kilomètre et demi environ au nord de Harlan. Il dit qu'il supporte pas de voir les taches de sang partout sur son tapis, ça lui rappelle que Dickie et Coover sont plus là.

– Je pense qu'il va trouver la paix, maintenant qu'il aura plus jamais à s'inquiéter à cause d'eux.

– Hé, c'étaient des têtes brûlées, je le *sais*, ça. N'empêche, c'est dur de perdre ses fils même qu'on les a vus grandir depuis qu'ils étaient tout petits. Ça peut vous briser le cœur si on se laisse faire. Pervis, il a cette jeune femme de couleur qui vient le voir. » Il haussa les épaules en secouant la tête. « Il en faut pour tous les goûts, pas vrai ? Y a toujours des choses, chez les gens, qui sont difficiles à comprendre.

– Il faudrait s'y mettre un certain temps, dans les mocassins des gens, pour comprendre d'où ils viennent.

– Si vous le dites. »

Raylan le regarda hausser les épaules et s'éloigner dans ses Doc Martens.

*

Il s'approcha de la limousine et cogna contre le verre teinté de la vitre.

« Vous savez qu'y a un gymnase rempli de gens qui vous attendent ? »

La vitre s'abaissa.

« J'attends qu'ils s'impatientent pour de bon, comme ça je pourrai les calmer. Dewey est parti où ?

– Chez lui, quand il aura trouvé quelqu'un pour l'y conduire.

– Vous savez que tant qu'il aura tous ses esprits, Pervis ne donnera jamais sa montagne à cet idiot.

– Je pense pas qu'il le fera, mais j'en suis pas sûr à cent pour cent.

– Nous irons le voir demain. Nous l'obligerons à reconnaître qu'il ne le fera pas.

– Qu'est-ce que ça peut vous faire, ce que je pense ?

– Je veux que vous soyez de mon côté, pour changer. »

La vitre remontait déjà.

*

Les gens qui étaient sortis fumer une cigarette s'approchaient de Raylan, lui tendaient la main, disaient qu'il lui avait bien rivé son clou, et ils demandaient où elle était, si elle se cachait dans la limousine. Il leur répondait que Ms Conlan se reposait, qu'ils l'avaient rudement secouée. Certains disaient qu'ils en avaient assez d'entendre les discours de la compagnie et qu'ils rentraient chez eux. Raylan fut surpris de voir Hazen Culpepper venir vers lui.

« Je croyais que t'étais parti, lui dit-il.

– J'aurais aussi bien fait. Je te vois pas faire quoi que ce soit, pour Otis.

– Qu'est-ce que tu veux que je fasse ? Si je pouvais faire quelque chose, je le ferais.

– Oblige-la à s'asseoir dans une de ces pièces que vous avez et flanque-lui une lampe dans les yeux. Oblige-la à parler.

– Les hommes du shérif ont déjà enregistré sa déposition. Otis a ouvert le feu sur elle et Boyd l'a abattu, il a sauvé la vie de Ms Conlan.

– Et tu crois ça ?

– Je lui ai posé la question moi-même. Otis vous a tiré dessus à six mètres de distance avec un fusil calibre 12 et il a même pas touché la maison mobile ? Ms Conlan m'a répondu : "Il a manqué sa cible, non ?" Et elle déclarera la même chose sous serment. On en est là. Je mets sa parole en doute, mais je peux strictement rien faire.

– Quand Otis tire avec des chevrotines, il manque pas sa cible. Ça, moi, je le déclarerai sous serment devant le tribunal.

– Si un jour on met les pieds à l'intérieur d'un tribunal, tu diras ce que tu voudras. Mais on en est loin. Si t'essayes de régler ça tout seul, je serai obligé de venir t'arrêter. Tu comprends ? Je sais ce que tu ressens. On peut tous les deux se mettre la rate en court-bouillon pour tout le bien que ça nous fera, à l'un comme à l'autre.

– Que mon frère ait été assassiné, c'est un truc que je peux pas me sortir de la tête.

– Je comprends. Mais faire payer Boyd, c'est mon boulot, pas le tien.

– Si jamais t'oublies, passe-moi un coup de fil. Je viendrai te le rappeler. »

En d'autres circonstances, ils seraient bons amis. Raylan tendit la main à Hazen, mais il s'éloignait déjà.

Carol sortit de la limousine, Casper sur les talons. Elle dit à Raylan : « C'était le frère d'Otis, hein ? Je pensais qu'il était parti. Qu'est-ce qu'il veut, se venger ? Si Boyd n'écope pas de la chaise électrique, il le descendra. Comment il s'appelle, déjà ? Hazen ?

– Ou il vous descendra vous, vous y étiez tous les deux. »

Elle lui retourna un regard mauvais.

« Les victimes potentielles, ajouta Casper.

– Pourquoi tout le monde m'en veut ? demanda-t-elle d'un ton de voix normal. On y va, je m'échauffe pendant cinq minutes, je retourne une partie de la salle en ma faveur et les amoureux transis de la nature tireront leurs munitions. Pourquoi est-ce que je veux changer les montagnes en dunes ? En "dunes stériles", on m'a dit une fois. J'ai oublié les mots exacts. Mais ce que nous faisons, c'est dévaster la beauté, la grandeur, l'idée que Dieu se fait d'un super bel endroit… qui est riche en charbon. »

Tout en l'écoutant, Raylan la regarda allumer une cigarette.

« Ensuite, dit Casper, vous affichez une expression curieuse.

– Pas curieuse, une expression de curiosité. "Une petite minute. N'est-ce pas Dieu qui a mis ce charbon sous toute cette splendeur ?"

– Ça leur coupe tous leurs effets, dit Casper.

– Je leur dis : “Mais bon sang, si Dieu l’a mis là…” Ou alors il arrive que je dise : “Enfin quoi, Dieu essaye-t-il de le dissimuler à notre regard ?” Je souris : “Nous joue-t-il un tour à sa façon ?” Je continue : “Mais si on l’extrait, cela vous procure des emplois, du chauffage pour votre foyer”, et je passe en revue tous les bienfaits du charbon. »

Elle se tourna vers Raylan.

« Ça y est, je suis chaude. Et vous, comment ça va ? Attendez. “Comment va, mon grand ?” Je commence à penser dans cette tonalité et ça surgit de mon passé, tout naturellement. » Elle ajouta : « Pas de commentaire ? Mon protecteur, monsieur le marshal “Réplique-qui-fait-mouche” ?

– Je pense à rien qui vaille la peine d’être dit.

– Vous recommencez. Vous avez toujours à la bouche la réplique qui fait mouche. Vous êtes là à ne rien faire, si je puis dire, pendant que votre cerveau vous suggère des remarques qui font mouche.

– Attendez que je répète ça à Art.

– Vous voyez ? dit Carol. Quand j’en aurai terminé avec cette corvée, nous retournerons à la maison… celle où vous êtes venu me chercher en me montrant que vous étiez très malin, mais ça n’a pas marché, pas vrai ?

– Quand je vous aurai ramenée à Woodland Hills, ma mission sera finie, hein ?

– C’est vous qui déciderez », dit-elle.

21

Elle parla pendant tout le trajet du retour à Woodland Hills.

«La femme me demande: “Qu’est-ce qu’il y a, vous aimez pas la beauté?” Comme si j’étais daltonienne, dépourvue de toute capacité d’apprécier la nature. J’ai eu la tentation d’utiliser l’argument habituel, qui manque par trop de subtilité: “Vous préféreriez contempler le paysage plutôt que d’avoir un mari qui a un emploi?” Mais j’ai essayé autre chose, j’ai exprimé mon accord. “Bien sûr, moi, je préférerais profiter de la vue. J’observe les progrès du chantier, vos maris qui conduisent ces engins monstrueux, et tout ce que je parviens à me demander c’est: Combien de temps va-t-il nous falloir pour redonner vie à cette splendeur, le milieu naturel de tous nos amis les animaux?” Je ne sais pas pourquoi j’ai dit ça, c’est sorti tout seul. Et alors j’ai ajouté: “Et certains comme les mouffettes qui ne sont pas particulièrement nos amies.”»

Dans la limousine qui roulait vers la maison où elle résidait, Raylan dit: «Vous pouviez vous pincer le nez en le disant.

– C’est évident, non?

– Pour faire rire ceux qui se rendent pas compte que vous les faites marcher. »

Ils ne dirent plus un mot (Boyd les surveillait dans le rétroviseur), jusqu'à ce qu'ils se garent sur l'allée de la maison coloniale et que Carol dise à Raylan : « J'aimerais que vous entriez avec moi. »

À Boyd, elle ne dit rien. Il resta assis derrière le volant.

*

Elle précéda Raylan dans un bureau lambrissé, décoré de tableaux représentant des chevaux, avec des meubles recouverts d'un plaid vert et bleu, une pièce aménagée, se dit Raylan, par quelqu'un d'autre que Casper. « Casper loue sa maison à la compagnie, dit-il, il craint pas que les gens qui y sont logés pillent les lieux ? Des gens qu'il connaît même pas ?

– Vous me prenez pour une pilleuse ? »

Assise à la table-bar, c'était du cognac qu'elle versait, pensa-t-il. Il en acquit la certitude seulement quand elle lui tendit un verre à vin à demi plein qu'il leva à hauteur de visage en se disant : Cogne pas ton verre contre le mien.

Elle le fit et il l'imita.

« Les verres à digestif sont fragiles, dit-elle. Ceux-là sont plus agréables à utiliser, ça va plus vite aussi et je meurs de soif. »

Il faisait sombre dans la maison où les lumières étaient allumées, et presque nuit à l'extérieur.

Raylan se dit qu'en trempant ses lèvres dans le cognac, elle prenait le temps de devenir une autre

Carol, une Carol qu'il ne connaissait pas encore. Il l'avait observée toute la journée passer de la fille nature à la vice-présidente d'une compagnie minière confrontée à la réalité concrète. Elle leva les yeux et dit :

« Demain, nous irons voir Pervis à Piney Run, Boyd et moi. C'est là qu'il habite pendant qu'il s'affranchit de la mort de ses fils, comme il dit. Je ne peux pas m'empêcher de l'admirer. Les conneries qu'il raconte, il s'arrange pour qu'elles sonnent presque aussi vraies que les miennes. Je prends mon accent authentique de l'ouest de la Virginie et ils me croient.

– Vous voulez savoir si Pervis va léguer Black Mountain à Dewey ou pas.

– Jamais il ne le fera. Il se peut que je lui fasse une offre, mais il se peut aussi que ce ne soit pas le bon moment. »

Raylan imagina Carol proposant un accord financier à Otis Culpepper, pour ses terres. Et Boyd qui l'abattait.

Elle se colla presque contre lui en disant : « Vous m'avez vue tenir différents rôles dans le cadre de mes activités professionnelles. C'est épuisant. Ouf, c'est enfin terminé et je peux redevenir moi-même. »

Les yeux rivés sur les siens au-dessus du verre.

Raylan était persuadé que s'il le lui prenait des mains pour le poser sur le bar à côté du sien, il pourrait la serrer dans ses bras, l'embrasser avec ardeur, et ils baiseraient.

Bon sang, elle n'attendait que ça.

En fait, il n'eut pas besoin de prendre leurs verres pour les poser à l'écart. Elle s'en chargea avant de se tourner vers lui, songea-t-il, comme si elle n'avait pas beaucoup de temps ; comme si elle voulait qu'il passe à la vitesse supérieure. Il se demanda si elle se la jouerait sérieuse avec quantité de halètements, ou si elle sourirait parce qu'elle s'amusait bien ?

Il se demanda pourquoi elle était aussi sûre qu'il ait envie de la sauter.

Elle choisit un type pour assurer sa protection et dit : « Lui. »

Parce qu'elle avait lu les articles sur lui et Layla. Elle se demandait ce que Layla lui trouvait.

« Carol, lui dit-il, je suis désolé, mais ma mission est terminée, et il lui tendit sa main.

– Vous repoussez mes avances ? » Surprise, mais sans trop le montrer. Puis elle ajouta : « Je suis surprise.

– Vous n'êtes pas la seule. » Il l'embrassa sur la joue et gagna la sortie.

*

Son téléphone portable sonna.

Il était assis sur le siège avant, à côté de Boyd. C'était Winona.

« J'appelle à un mauvais moment ?

– Je rentre, là, au motel Mount-Aire. J'ai un bungalow presque à la limite de la propriété, mais j'entends quand même leurs quads, à ces gens de l'Ohio, ils font ronfler le moteur.

– Elle m'a parié qu'elle allait te séduire.

– J'espère que tu as misé une grosse somme.

– Elle t'a fait des avances ?

– Elle était toute nue dans la chambre, je lui ai dit que j'avais la migraine.

– Espèce de chien... appelle-moi demain. D'accord ?»

Boyd demanda : « Elle a retiré tous ses vêtements ? »

Le portable de Raylan sonna à nouveau.

C'était Art. « Tu es chez elle ?

– Je suis dans une voiture, je vais à Harlan et je suis encore puceau.

– Je suis fier de toi, rester pur comme ça. Si tu en as fini auprès de Ms Conlan, reviens, j'ai autre chose à te confier.

– J'ai presque terminé, mais je veux m'assurer de ce qu'elle va faire demain matin. Je crois qu'elle va essayer de jouer un tour à sa façon. Je te rappelle plus tard. » Il ajouta : « Je suis assis à côté de Boyd Crowder et il écoute tout ce que je dis. »

Et il coupa le sifflet à Art avant qu'il ait pu commencer à lui crier dessus. Il se tourna vers Boyd : « À quelle heure vous voyez Pervis, demain ?

– Oh. C'est là que je vais ? T'en sais plus que moi sur mes destinations futures.

– Ce que j'arrête pas de me dire, c'est que Carol a dû lui faire une proposition financière, au vieux bonhomme, avant que tu l'abattes.

– Duquel tu parles ? demanda Boyd en le regardant. Si c'est d'Otis, tu perds ton temps. »

22

Pervis était assis en tricot de corps, caleçon et chaussettes blanches. « L'uniforme du gars qui bat sa femme, lui dit Rita. Comme je suis pas ta femme, tu peux pas te mettre en colère et me frapper.

– T'es mon trésor. C'est à toi que je lègue mon affaire, mes champs, mes brins d'herbe, ma montagne… et mon magasin, tout.

– Le rêve de ma vie, tenir un magasin et être payée en coupons alimentaires. Tu me fais pas marcher, quand tu dis tout ce que je vais avoir ?

– Tu sais que mon cœur est pur. Tu hérites de tout, tout ce que je possède jusqu'au dernier cent.

– Tu seras le premier homme qui m'aura jamais donné quelque chose qui venait de son cœur. D'habitude, ça vient de plus bas. » Elle s'avança dans sa chemise blanche immaculée qui tombait sur sa petite culotte blanche immaculée, et se pelotonna sur ses genoux en disant : « Tu crois pas que Dewey va m'en faire baver ?

– Il attend que je passe l'arme à gauche, le pauvre. La façon que je me sens, il se peut que ça arrive jamais. »

Elle embrassa son crâne chauve et lui enfonça sa

langue dans l'oreille. «Tu veux attendre un peu, avant le clou de la soirée?

– Je me disais qu'on pourrait fumer un moment pendant que je monte en puissance.»

Elle lui caressa le crâne.

«Tu commences à avoir le crâne bronzé, c'est ça qu'est différent chez toi, tu portes plus ta moumoute.» Elle lui lécha le crâne. «Tu fais plus jeune sans cette vieille chose, tu sais? Tu prends un peu le soleil, pour changer.» Elle se leva et alla dans la cuisine sans cesser de parler. «Je sais qu'on a du porc salé. Si tu veux, je peux faire des œufs sur le plat.

– Tu parles si je veux. J'ai suffisamment faim pour bouffer le cul d'une mouffette.

– Chéri…?

– Ouais…?

– Tu sais que t'as une casserole, sur la cuisinière, y a un pistolet dedans?

– C'est pour les rats, lui répondit Pervis.

– C'est un calibre 38.

– Les gros rats.»

*

Ce que Raylan fit, le lendemain matin, consista à surveiller la maison où Carol logeait, caché dans un bouquet d'arbres de Woodland Hills. Cela faisait presque deux heures qu'il observait quand la limousine arriva. Il vit Boyd en sortir et appuyer sur la sonnette avant d'attendre. La porte s'ouvrit un court instant, après quoi elle se referma et Boyd regagna la limousine.

Une demi-heure s'écoula avant qu'elle sorte, en Levis et hauts talons, et se glisse sur le siège du passager.

Raylan monta dans l'Audi qu'on avait mise à sa disposition et, en suivant la limousine, il traversa Harlan avant de dépasser Baxter.

Au bout d'environ quinze cents mètres sur la route 413, il vit la limousine se garer sur le bord. Il freina en continuant d'avancer au ralenti, repéra Dewey (c'était bien lui, dans son costume trop grand), qui marchait le long de la chaussée, et pensa qu'ils l'attendaient. Mais quelques secondes plus tard, un pick-up rouge arriva derrière Raylan, qui lut l'inscription M-T Mining sur la portière, quand il le dépassa, et le pick-up se rangea derrière la limousine. Raylan tourna sur une station-service fermée depuis longtemps. Dans son rétroviseur, il vit Dewey qui courait vers lui.

Parvenu à la fenêtre côté passager, Dewey dit: «Raylan, je me demande si vous pourriez me tirer d'embarras. J'ai prêté ma Hornet à Pervis pour qu'il rentre chez lui, vous savez? Sauf qu'elle était pas où il avait dit qu'il la laisserait, alors je me dis qu'il a dû rentrer chez lui avec... à condition qu'il soit pas tombé en panne d'essence et qu'il l'ait pas laissée quelque part.

– Monte. Tu sais qui c'est, dans le pick-up?

– Y a un fusil en travers de la vitre arrière. Si on a envie de l'insulter à cause de sa façon de conduire, vaut mieux réfléchir d'abord. C'est des gars de la compagnie, dedans. Regardez... le type qui descend, il s'approche de la limousine, il se penche à l'intérieur...

– Il fait un bond en arrière, dit Raylan. Cinq dollars que Carol lui a remonté la vitre au nez.

– Celui-là, c'est Billy le Kid.

– Il a cinquante ans au bas mot.

– Il a dû être Billy le Kid dans le temps, et ça lui est resté. On m'a dit qu'il a la réputation d'avoir tué des gens.

– Ça veut dire que personne l'a vu faire ?

– Ceux qu'il a tués, si. Je sais que c'est un des intimidateurs de M-T. Il va lui parler de sa montagne, à Pervis. Voir s'il va prêter l'oreille au langage des chiffres. Sinon, il a intérêt à avoir une bonne raison.

– Tu sais pourquoi on les appelle des intimidateurs ?

– Ça veut dire qu'ils sont armés.

– Nous, on les appelait des porte-flingues », dit Raylan.

Il vit Billy remonter dans le pick-up (il y avait un autre type avec lui), et le petit camion repartit. Raylan se plaça en queue de cortège, derrière la limousine et le pick-up qu'il suivit jusqu'à Piney Run, à la maison que Pervis Crowe y louait.

*

Rita vit la limousine par la fenêtre de la cuisine, elle arrêta le gaz sous le porc salé et entra dans le salon, la fourchette qui lui servait pour cuisiner à la main.

« Mon chéri, on a de la visite.

– Tu vas leur planter dans le lard ? »

Elle répondit qu'elle allait lui chercher son pantalon et courut dans la chambre, à l'étage, pour lui rapporter le Levis qu'il appelait sa salopette. Il était à la fenêtre et elle l'aida à passer une chemise.

« Qui on connaît, qui vient nous rendre visite dans une limousine ? » demanda-t-elle en enfilant un short en jean.

« Ça doit être Ms Conlan, la femme de la compagnie qui vient acheter une montagne.

– Combien elle va t'en donner ?

– Le montant qu'elle propose, on va répondre : "Vous voulez rire ?" On lui dira pas que la montagne est à toi. On verra jusqu'où elle est prête à aller. »

Ils regardèrent un pick-up qui grimpait tranquillement la pente pour s'immobiliser derrière la limousine.

« La femme de la compagnie qu'amène des gens de la compagnie », dit Pervis. Il se tourna vers Rita : « T'as coupé le gaz ? »

Elle partit à la cuisine pendant que Pervis regardait deux hommes descendre du pick-up. Dans le maigrichon qui se coiffait de son chapeau en l'inclinant sur l'œil, il reconnut Billy le Kid. Le deuxième, qui se tenait avec une sorte de mollesse paresseuse, devait répondre au nom de Wayne. Il donnait l'impression d'avoir la gueule de bois.

« Encore une autre voiture qui s'arrête derrière le pick-up de la compagnie », annonça-t-il.

Rita revint de la cuisine en lissant avec la main, sur son short, les pans de sa chemise blanche qui dépassaient. « Combien il lui en faut, à cette femme ? » demanda-t-elle.

Pervis attendit qu'un homme dont la présence le remplissait d'aise sorte de la voiture pour dire : « C'est Raylan, Dieu le bénisse.

– Ouais ? » fit Rita en suivant les gestes du marshal d'un regard intéressé, et elle entendit Pervis ajouter :

«Et Dewey. Quelle raison il peut bien avoir de l'amener, bon sang?»

*

Tout en comptant les gens qui se trouvaient devant la maison, Dewey se hâta de rejoindre Raylan qui se tourna vers lui.

«Tu vas monter lui dire quelque chose?

– Je vais lui demander où est ma Hornet.

– Je voulais parler de la montagne.

– Je vous l'ai dit hier soir, elle a deviné que je vais en être propriétaire, et je l'ai laissée le croire. Si jamais elle parvient à un accord avec mon vieil oncle avant qu'il décède, j'aurai une limousine qui roule à 225 à l'heure pleins gaz. Je suppose que de 0 à 100 kilomètres heure, ça lui fait un sacré poids à arracher au démarrage, elle doit y arriver en moins de dix secondes.»

Raylan observait les deux hommes de main qui l'attendaient alors que Carol et Boyd étaient plus près de la véranda sur laquelle se tenait Pervis, aussi calme qu'il est possible de l'être, sa copine Rita juste à côté de lui.

Dewey poursuivit: «Si la femme de la compagnie veut conclure l'affaire avec moi à une date ultérieure, je demanderai conseil à Casper, le type le plus intelligent que j'aie jamais rencontré.»

Raylan dit: «Ça fait quatre contre quatre si je te compte dans mon camp.

– Vous, moi, Pervis et sa jeune femme de couleur?

– Ça, c'est nous, dit Raylan. Rien t'oblige à répondre si t'en as pas envie, d'accord?

– Quand on va bientôt devenir propriétaire d'une montagne, y a plein de gens qui viennent vous poser des questions dessus. »

Il resta en retrait et regarda Raylan s'approcher des deux gorilles de la compagnie, devant la maison.

*

« Kid, dit Raylan à celui qui avait une quarantaine d'années, dis-moi ce que tu viens faire ici.

– Ça regarde la compagnie minière, répondit Billy le Kid. Ce qu'y a de sûr, c'est que ça te regarde pas toi.

– T'es armé ?

– J'en ai une, d'arme, j'ai le permis qui va avec. Pareil que Wayne. »

Carol lança à Raylan : « Laissez-les tranquilles. Ils assurent ma protection.

– Vous avez peur de Pervis ? »

Elle ne se donna pas la peine de répondre. Raylan la regarda tourner les talons et marcher vers la maison tandis que Boyd restait là, à le regarder, jusqu'à ce qu'elle s'arrête et s'adresse à lui.

« Vous venez ? »

Les porte-flingues lui tournèrent le dos et suivirent Boyd.

Pervis attendait sur la véranda. Rita était tout près de lui, les mains sur les hanches, et ses jambes brunes élancées dépassaient sous les pans de la chemise.

« Vous m'invitez à entrer ? demanda Carol à Pervis.

– Pour quoi faire ?

– Parler de droits miniers.

– J'en vends pas aujourd'hui.»

Billy le Kid faisait à nouveau face à Raylan. Il tourna la tête pour dire quelque chose à son compère et Wayne, qui portait des lunettes de soleil foncées, regarda comme s'il venait tout juste de se réveiller. Le Kid paraissait vigilant mais nerveux, il releva un peu son chapeau, un vieux Stetson de ville, sur son crâne, avant d'en rabaisser le bord sur un œil.

«Si vous voulez parler affaires...» dit Pervis avant de s'interrompre car la femme de la compagnie regardait Raylan. «Miss, je vous parle.» Et il attendit qu'elle lève les yeux vers lui.

«Si vous venez parler de m'acheter ma montagne, dites-moi pourquoi vous vous faites accompagner par ces tueurs à gages?»

Prenant sa voix plaisante, elle répondit: «Monsieur Crowe, je représente M-T Mining. Venant à Harlan, je suis bien consciente que je ne vais pas remporter un concours de popularité.

– Ça, c'est certain, si vous adoptez votre accent de l'ouest de la Virginie. Des fois qu'on oublie que votre père était mineur.»

Le Kid dit: «Papy, faut pas lui en raconter. Il nous ménage pas, hein, devant sa salope de Négresse.»

Raylan vit les mains de Rita descendre à la hauteur de ses cuisses.

«Pervis, dit-il, pourquoi vous rentrez pas dans la maison, toi et Rita, le temps qu'on en termine, ici.»

Il s'adressa à Carol: «Pervis pense à votre façon de parler affaires avec Otis Culpepper, et à ce que Otis en a retiré, de la transaction.

– Otis, dit Pervis, ils ont dû l'enivrer et le tuer alors qu'il avait les yeux fermés. C'est ce que j'en pense, de l'histoire qu'elle raconte, cette fille qui représente la compagnie.» Il se tourna vers elle: «Ma petite, vous voulez parler d'une montagne que je lègue à mon parent le plus proche? Il jure qu'il respectera ma volonté et qu'il la vendra jamais.»

Il tourna les yeux vers Dewey qui se tenait de l'autre côté de la cour, à l'écart de tous, et qui lui adressa un bonjour de la main.

«Approche-toi donc, neveu. Montre-lui, à cette fille, qu'on parle d'une seule et même voix, dans cette affaire.

– Vas-y», dit Raylan à Dewey pour l'écarter du chemin. Il le vit contourner les porte-flingues en s'approchant de la véranda. Le vit y monter et Pervis lui entourer les épaules avec son bras.

«Dis-lui, à cette fillette, que si un jour vient où je passe l'arme à gauche, tu vendras pas. Tu te souviens ce que j'ai dit, pour ma pierre tombale?»

Dewey donnait l'impression d'être petit sous le bras de Pervis. Les yeux de tous braqués sur lui, il répondit: «Tu veux qu'elle soit au sommet de Big Black.

– Pour que je repose au milieu des arbres.

– Absolument, mon oncle. Tu veux pas qu'y ait aucun arbre d'abattu.

– Toi non plus. Ni qu'on extraie du charbon de ta montagne.»

Raylan vit Dewey hésiter, une grimace de douleur sur la figure. Il dit: «Quelle que soit la somme qu'ils me proposent.

– Monsieur Crowe, dit Carol, si je croyais une seule seconde que Dewey soit votre héritier, je ne serais pas venue vous faire une offre, vous ne croyez pas ?

– Dans la mesure où je la vendrai jamais, répondit Pervis, je pense que vous envisagez de m'appuyer le canon d'un pistolet sur la tempe et de me faire signer un acte de vente. Et après, vous direz au Kid de me descendre et vous inventerez une histoire pour expliquer comment c'est arrivé. »

Raylan vit le Kid ajuster à nouveau son chapeau comme s'il tirait sa révérence, il se comportait comme s'il jouait dans un film.

Ils se préparaient à passer à l'action, là.

Raylan s'adressa à Boyd : « T'as un pistolet, sous ta ceinture ? J'aimerais savoir qui est partie prenante là-dedans, et qui est spectateur. »

Ce fut le Kid, et non Boyd, qui répondit : « T'as une bonne façon de le savoir », en approchant la main de sa ceinture.

La réaction de Raylan fut de dégainer son Glock, de le relever et de catapulter le chapeau du Kid dans les airs. Il vit son expression de stupéfaction, vit le revolver chromé qu'il laissait tomber dans la poussière, la main qu'il portait au sommet de son crâne avant d'en examiner la paume pour savoir s'il y avait du sang tandis que lui, Raylan, doutait qu'il en découvre plus d'une goutte, alors que ses cheveux étaient séparés par une raie irréprochable. Wayne, arrivé à ce moment-là, s'efforçait d'extirper une arme de sa veste et il finit par en extraire un pistolet chromé lui aussi, au moment où Rita descendait de la véranda en sortant le calibre 38 du vieux Pervis de sous les pans de sa chemise pour en abattre le canon sur le crâne de Wayne. L'homme de main tituba, lâcha son arme et demeura debout devant la maison, l'air ahuri. Rita pointa alors le calibre 38 sur Carol en disant à Raylan: «Si vous voulez, je peux la tuer.

– Hé là, arrêtez, dit Carol. Moi, je viens parler affaires et Raylan braque son pistolet.

– Sur vos deux porte-flingues, dit Rita. Je pourrais vous tuer et glisser un pistolet dans votre main qui serait froide.

– On en a terminé», dit Raylan en se tournant à nouveau vers Boyd qui n'avait pas bougé. «Tu repenses à la fois où je t'ai tiré dessus et où t'as ressuscité du royaume des morts? Ça arrive qu'une fois, dans la vie d'un homme.» Il fit face à Carol qui dit:

«Vous visiez vraiment son chapeau?

– C'est ce que j'ai touché, non?»

Il regarda les deux tueurs à gages qui étaient maintenant assis par terre, pris de tremblements.

«Vous allez les remmener avec vous?

– Ils sont virés.» Elle observa un moment de silence avant d'ajouter: «Vous savez que j'ai grandi dans les campements de mineurs…

– Vous arrêtez pas de nous le rappeler.

– Pour souligner ce fait: je sais que les habitants des collines sont des gens à part, que les étrangers ont du mal à les comprendre. Mais des comme vous, je n'en avais encore jamais vu.

– S'il arrive quoi que ce soit à Pervis, je viendrai vous rendre visite.

– C'est une promesse?»

Elle s'éloigna, sans un regard pour Boyd, s'approcha de la limousine, y monta, exécuta un demi-tour devant la maison, frôla le pick-up et l'Audi, et disparut.

Raylan dit à Boyd : « Faut croire que tu fais plus partie de la compagnie, toi non plus.

– Tu m'as posé une question : dans quel camp j'étais. Qu'est-ce que j'ai répondu ? Rien. C'est ce minable qu'a répondu, pas moi. Tu sais pas ce que j'allais dire, hein ?

– Ça a pas d'importance. Si t'avais dégainé, je t'aurais abattu. Je pense que tu le savais, alors t'as décidé de pas t'en mêler.

– Raylan... je nourris aucune rancune à ton égard, même pas pour m'avoir tiré dessus, dans le temps. Je reconnais que j'avais l'intention de te tuer, mais seulement si j'étais obligé d'en arriver là.

– Boyd, cette fois-là, tu m'as dit que t'en avais bien l'intention. Je t'ai laissé rester spectateur aujourd'hui, alors maintenant on est quittes, d'accord ? Si t'as besoin d'un véhicule pour rentrer, flanque-les dans leur pick-up, le Kid et l'autre, et rembarque-les chez eux.

– Raylan... ?

– Assez parlé pour le moment. » Il s'approcha de la véranda, regarda Pervis. « Si jamais vous revoyez Carol, prévenez-moi, je lui mettrai les marshals aux trousses.

– Je suis pas du tout inquiet à cause d'elle, répondit Pervis. J'ai Dewey qu'est là pour me défendre.

– Je vais y consacrer ma vie », assura Dewey.

Rita était remontée sur la véranda. « J'ai dit à Pervis qu'il devrait avoir honte que Dewey soit obligé d'attendre qu'il trépasse. Et si elle vaut rien du tout, sa montagne, si le charbon que Dewey attend depuis des années a déjà été extrait?

– Toute ma vie, j'ai toujours essayé d'être optimiste », dit Pervis.

Dewey les regardait à tour de rôle.

« Mais tout le monde dit qu'elle est riche en charbon. C'est pas vrai?

– Tout le monde prie pour avoir du travail, répondit Rita. Espère avoir du travail. » Elle se tourna vers Pervis. « Je trouve pas que ça soit juste, de laisser une montagne morte au seul parent proche que t'aies.

– Ben, je pourrais lui donner une livre de mon herbe de qualité supérieure, ça devrait lui durer un moment. »

Rita hochait la tête. « Deux livres, ça serait plus généreux de ta part. Deux livres de "Spéciale Daddy". Dewey pourrait la fumer ou la revendre, dans un cas comme dans l'autre, ça ferait son bonheur.

– Ça ferait combien, au tarif de la rue? demanda Dewey. Si je devais en vendre une livre? »

*

Raylan dit à Art Mullen: « Alors Rita lui dit, à Dewey, que s'il veut, il peut fixer le prix à dix mille vu que c'est son herbe de qualité supérieure, à Pervis. Moi, ça m'a semblé un peu cher, mais les yeux de Dewey ont brillé et l'affaire a été conclue. »

Ils étaient à Harlan, dans le bureau d'Art Mullen, devant sa table où s'amoncelaient papiers et avis de recherche de fugitifs. Art dit: « Une jeune fille de vingt-trois ans qui est en dernière année d'université à Butler a été arrêtée dans un raid visant une partie de poker. »

Raylan commença à sourire : « Les flics ont déboulé dans le dortoir et ils les ont surprises en train de miser des allumettes ?

– Espèce de petit malin, la police d'Indianapolis a fait irruption dans une partie où les mises étaient très élevées et où cette fille perdait vingt mille dollars. Ils l'ont embarquée et placée en détention. Elle devait passer la nuit en prison avant d'être présentée au juge dans la matinée.

– Où elle les avait trouvés, ses vingt mille dollars ?

– Oh, j'ai réussi à éveiller ton attention ? Elle les a gagnés en pariant pour Duke contre Butler, dans le championnat NCAA[1]. Son père, Reno, en réalité c'est son beau-père, il est à la tête d'une officine de paris sportifs, à Indy. Il a élevé sa gamine en lui apprenant à jouer au poker et à parier sur les rencontres sportives.

– Perdre tout son argent et se faire jeter en prison, c'était pas sa nuit de chance, hein ? Et après, elle a dû payer une amende ?

– Elle leur a faussé compagnie, dit Art, elle est sortie et elle ne s'est pas présentée à l'audience.

– T'as une bonne raison de me raconter ça, non ?

– Cette fille est une étudiante émérite à Butler, et à ce qu'on nous dit, elle dévalise des banques du Kentucky et se retrouve dans notre juridiction. Elle s'appelle Rachel, elle est avec deux autres jeunes femmes. La manière qu'elles ont de faire de grands sourires aux caissières nous incite à penser qu'elles

1. Association organisant les championnats universitaires, ici celui de basket-ball, dont le siège est situé à Indianapolis.

sont défoncées. Trois filles prises d'une envie de s'attaquer à des banques, provoquée par l'usage de narcotiques. Les policiers d'Indy ont étudié les enregistrements des caméras de surveillance et ils croient que Rachel est l'une des trois.

– Ils en sont absolument sûrs ou ils l'espèrent juste parce qu'elle leur a faussé compagnie ?

– Pourquoi tu n'y vas pas pour t'en assurer ? Tu seras à nouveau basé à l'agence de Lexington. Mets la main sur cette fille puisque tu n'as rien d'autre à faire, et arrange-toi pour qu'on n'ait plus les flics d'Indy sur le dos.

– C'est quoi, son nom, Rachel… ?

– Rachel Nevada.

– Tu veux rire.

– Et son beau-père s'appelle Reno Nevada, c'est son vrai nom. Commence par aller voir les flics d'Indy et, après, descends à Lexington.

– Il faut que je voie une photo de cette Rachel Nevada.

– Mets-toi à penser à elle sous le nom de Jackie Nevada. C'est comme ça que Reno et tout le monde l'appellent. »

23

Jackie Nevada était sortie du poste de police en se disant que sa meilleure chance consistait à quitter la ville. Emprunter un sac à dos et le bourrer de T-shirts et de shorts ; dormir quelques heures, enfiler un jean et faire du stop pour aller à Shelbyville : elle commencerait par le casino indien en jouant au Texas hold'em[1] avec des fermiers et des chauffeurs routiers qui, n'ayant pas fermé l'œil de la nuit, lui permettraient de reconstituer ses réserves. Les vingt mille dollars, elle les avait perdus, assise dans la fumée des cigares, pendant que les cinq gentlemen en vestes de costume qui pratiquaient mises et relances libres l'observaient sans prononcer un mot. Elle s'était couchée, avait lâché son as et son cinq contrairement à ce que lui soufflait son intuition. Elle aurait renchéri si ces types avaient porté des habits de travailleurs.

1. Variante du poker. Deux cartes cachées, suivies de trois cartes communes exposées aux regards (le flop), d'une quatrième (le tournant) et, pour finir, d'une cinquième (la rivière). Chez les joueurs encore présents dans la partie, la meilleure combinaison de cinq cartes parmi les sept distribuées (deux cachées et cinq visibles) remporte la mise. En *no limit*, les mises pratiquées sont libres.

Elle aurait vu un as sortir dans les trois premières cartes communes et aurait gagné avec sa paire d'as. Ça lui aurait prouvé qu'il était possible de les battre, ces types : au moins de leur en donner l'impression. « Oh, vous m'attendez ? » et elle aurait relancé avec l'as et le cinq. Mais elle s'était couchée. Elle s'était convaincue que les stats lui conseillaient de le faire. Pourquoi ne s'était-elle pas dit d'arrêter ses conneries ? Après, elle s'était laissé ratisser et, quand les flics avaient débarqué, il ne lui restait plus que trois cents dollars cachés dans ses chaussures de jogging.

Le lendemain matin, Buddy, qui l'avait conduite jusqu'à l'autoroute 74 où elle allait mettre pied à terre pour parcourir en auto-stop les quarante-cinq kilomètres qui la séparaient de Shelbyville, avait dit : « C'est pas mon sac à dos, que t'as là ? »

Elle lui avait répondu qu'il le lui avait prêté la veille au soir, et il avait dit : « Moi ?

– Je démarre avec trois cents dollars. Je vais gagner assez, aujourd'hui, pour me payer un billet de car et je n'en descendrai que pour jouer au poker jusqu'à ce que j'arrive à Tunica, au Mississippi, ma dernière étape avant Las Vegas et le championnat du monde. Ce qu'il faut que j'amasse, c'est la somme nécessaire pour pouvoir m'inscrire, gagner le tournoi, rembourser Reno et revenir à Butler à temps pour la remise des diplômes. Qu'est-ce que t'en penses ? »

Avec la gueule de bois qu'il se traînait, il répondit : « Hé, pourquoi pas ? »

Il n'avait pas assez d'essence pour la conduire jusqu'au casino et en revenir. Elle lui avait dit de ne pas s'en faire pour ça, l'avait embrassé sur la bouche en retenant sa respiration, avait dit : « À bientôt », et avait marché jusqu'à l'autoroute, le sac à dos sur l'épaule, pendant qu'il la regardait. Elle n'avait même pas levé le pouce, les conducteurs ralentissaient déjà le temps de la mater. Buddy pensa : Dans moins de deux minutes, elle sera plus là.

Il vit une voiture se décaler sur le bas-côté, la dépasser en roulant au ralenti pour bien la voir, et Buddy s'aperçut, bordel de merde, que cette bagnole, elle devait bien avoir cinquante ans, mais qu'est-ce que ça pouvait faire ? C'était une Rolls Royce Phantom dont la carrosserie avait été repeinte de la couleur verte d'origine, et elle avait l'air flambant neuve.

Un Noir en livrée de chauffeur en descendit pour aller ouvrir la portière arrière et libéra Jackie du sac à dos. Buddy la vit lui adresser un signe de la main et monter dans la Rolls.

*

Le chauffeur, qui tenait toujours la portière ouverte, annonça : « Le gentleman qui accepte de vous prendre est Mr Harry Burgoyne, de Lexington et des élevages de chevaux Burgoyne. »

Harry la regarda monter et prévint : « Ne me dites pas que vous vous êtes enfuie de chez vous. Si nous franchissons la frontière de l'État, je pourrais finir en prison. » Il ajouta : « Non, vous êtes étudiante, n'est-ce pas ? Pas à Butler, j'espère. J'ai dû lui concéder un handicap de cinq points, à cette université, l'autre jour, pour pouvoir parier sur Duke, et j'ai perdu dix mille dollars.

– Je m'appelle Jackie Nevada, et ouais, j'étudie à Butler. J'ai misé sur Duke à un contre un et j'ai gagné vingt mille dollars. »

Harry, qui portait une veste sport à carreaux écossais, affichait à présent un sourire derrière ses lunettes de soleil. « Vous me faites marcher. Vous pariez à l'université ?

– La plupart du temps. » Elle était maintenant assise à côté de lui, chacun avait la tête tournée vers l'autre et la Rolls avait pris sa vitesse de croisière sur l'autoroute. « Le temps qu'on se mette à jouer Duke, tout le monde croyait tellement à Butler que les paris se sont équilibrés. J'ai quand même concédé un point à Butler, pour certains des clients de mon père. Duke a gagné de deux points alors je l'ai quand même emporté sur tout le monde. » Elle se tut et ajouta : « En fait, Reno Nevada est mon beau-père.

– Pourquoi on l'appelle Reno ?

– C'est son nom. Il voulait m'appeler Sierra, avant ma naissance. Sierra Nevada, ç'aurait été sympa, mais il m'a finalement donné le prénom de ma mère. Elle nous a laissés avant que j'aie pu garder le moindre souvenir d'elle. Ils ne se sont jamais mariés et Reno n'était même pas mon père. J'ai quand même vu des photos de maman posant nue dans le jardin de derrière, Reno les avait laissées sur la commode, une fois, et j'ai donc pu avoir d'elle une vision intime. Je trouve qu'elle était un peu mieux que moi, mais elle avait davantage le côté déluré que je l'aurai jamais. »

Harry l'étudiait en fronçant les sourcils. « Vous n'avez jamais vu votre propre mère ?

– Il y a des tas de gens qui n'ont jamais vu leur mère. Ou leur père.

– Qu'est-ce que vous faites, là? Où allez-vous?

– À Shelbyville, le casino qui s'appelle Indiana Live, vous savez? Je vais y passer le reste de la journée à jouer au poker.

– J'envisageais de m'y arrêter. Ouais, je pourrais vous regarder perdre vos vingt mille dollars.» Il avait un grand sourire pour montrer qu'il plaisantait peut-être.

«Si je les avais encore, dit-elle, je ratisserais ces petits joueurs en à peu près une heure. Pas plus tard qu'hier soir, chez Elaine, je me suis fait rétamer, j'ai perdu avec as-roi en misant tout avant le flop, et j'ai été battue par une paire de sept. Reno pensait que j'allais perdre plusieurs centaines et partir, que ça me donnerait un peu d'expérience des grandes parties. Mais j'avais tout l'argent que j'avais gagné grâce à Duke, jusqu'à ce que ces fumeurs de cigare m'en délestent.

– Ma petite, vous n'êtes pas de taille dès l'instant où vous mettez le pied chez Elaine. Je ne parviens pas à croire qu'elle vous ait autorisée à jouer.

– Elle m'a regardée, répondit Jackie. Je crois qu'elle s'est reconnue, enfin, quand elle était beaucoup plus jeune. Les joueurs étaient corrects. Ils fumaient, ils parlaient d'acheter des pur-sang et de les faire courir à Keeneland.

– Bon sang, c'est à Lexington. J'y ai remporté le trophée Maker's Mark avec un cheval nommé Black Boy et mon chauffeur de couleur m'a quitté. Il s'est associé à une drôle d'arnaque avec une infirmière en chirurgie qui volait des reins et il s'est fait descendre. Je parie que je les connais, les gars avec qui vous avez joué. Comment ils s'appelaient?

– Le seul dont le nom m'est resté, c'est Lou. "Je m'appelle Lou, ma jolie", il m'a dit. Mais ils ne parlaient pas beaucoup en jouant.

– Le chauffeur que j'avais et qui a été tué s'appelait Cuba mais il prétendait qu'il venait d'Afrique. J'ai cru que c'était un gars travailleur jusqu'à ce qu'il me quitte et que j'engage Avery. »

Jackie vit Avery qui les regardait dans le rétroviseur et elle croisa un instant ses yeux sérieux. Elle dit : « J'ai joué comme une fille qui aurait mémorisé le genre de cartes cachées auxquelles il suffit de jeter un seul coup d'œil pour se coucher. Là, je joue *no limit* avec cinq gentlemen qui fument le cigare, me fixent du regard, et j'ai paumé vingt mille dollars, tout ce que j'avais à l'exception des trois cents cachés dans mes chaussures.

– Vous les avez laissé vous faire perdre vos moyens.

– Ils m'ont fichue en rogne et je savais qu'il ne fallait pas. Il ne faut jamais jouer quand on est en colère ou qu'on n'est pas en forme.

– C'est exact, il faut prendre la porte.

– J'avais envie de dire : "Oh, c'est mon tour ?" Un truc de gamine pour les déstabiliser. Mais je n'ai jamais eu le sentiment d'avoir toute ma tête.

– Ils vous faisaient peur.

– Il y a eu une donne, j'ai touché as-cinq et j'ai sauté en marche.

– C'est ce qui se passe quand on joue au hold'em, dit Harry. On se couche, on ne se laisse pas obnubiler par un seul as.

– Oui, mais l'as s'est transformé en paire avec la rivière et c'est une combinaison roi-valet qui a remporté le pot.

– Ce sont des choses qui arrivent.

– Mais si j'avais suivi, j'aurais ramassé douze mille dollars. J'aurais eu le sentiment que je pouvais battre ces types qui jouent *no limit*, je me serais accrochée et j'aurais joué la gagne. Ç'a été une des très rares fois où je n'ai pas suivi sur un as.

– Combien de fois vous avez gagné, avec un as caché ?

– Combien de fois on en touche un ?

– Vous êtes en train de me dire que vous avez de la chance. Mais on ne gagne pas au poker en s'en remettant à la chance.

– Je gagne parce que je connais le jeu, dit Jackie. Si je n'ai pas l'intuition que je peux gagner avec mes cartes cachées, je me couche.

– Vous êtes partie de chez Elaine avec trois cents dollars ?

– Dans mes chaussures. J'ai oublié de vous dire, la police est arrivée.

– Une descente de police chez Elaine ?

– Elle a dit que ça arrive de temps en temps. Les risques du métier.

– Ils vous ont jetée en prison ?

– Ils ont procédé aux formalités d'usage, mais je me suis éclipsée à un moment où personne ne regardait. Il me reste quand même assez pour démarrer à une table où la mise est de 5 à 10 dollars avant de passer à une de 10 à 20 dollars.

– Mais ma petite, vous vous êtes enfuie. Vous allez être recherchée.

– Je mettrai des lunettes de soleil. »

Ils observèrent tous deux un moment de silence dans la Rolls qui poursuivait sa route.

Dix secondes peut-être avant que Harry commence une phrase : « Si je ne savais pas dans quel embarras vous êtes… ».

Il marqua une pause et Jackie dit :

« Un soir, j'attendais le bus avec une demi-douzaine de maquettes publicitaires dans des cadres, j'essayais de les tenir toutes en même temps et je les ai laissé tomber dans la rue. Un homme s'est arrêté pendant que je les ramassais. Il m'a dit : “Je n'ai pu que remarquer l'embarras qui est le vôtre.”

– C'est vrai ?

– C'est seulement la deuxième fois que j'entends quelqu'un utiliser ce mot. »

À présent, il fronçait les sourcils. Elle précisa :

« Vous avez dit : “Si je ne savais pas dans quel embarras vous êtes…” Comment ça ? Vous ne croyez pas que ça marchera, les lunettes de soleil ? »

Elle voyait bien qu'elle avait éveillé son intérêt.

« Je me disais : Et si je vous avançais la mise de départ ? »

Jackie observa un temps de silence. « À quelle hauteur ?

– Celle dont vous auriez besoin pour participer à une partie. Dix mille ?

– Vous plaisantez.

– Ma petite, j'élève des pur-sang, je les aligne sur les hippodromes de tout le pays. Je n'ai pas de raison de plaisanter sur l'argent. Je débourse un million de dollars pour m'acheter une jument et je l'aime comme si c'était ma chair et mon sang.

– Jusqu'à ce qu'elle courre.

– Enfin, si elle ne gagne pas assez souvent.

– Vous tombez amoureux d'une autre jument. »

Elle vit qu'il souriait.

«Exactement, mais la quantité d'affection que je lui témoigne peut la transformer en gagnante.

– Comment se matérialiseraient-ils avec moi, ces témoignages d'affection?

– Ma petite, j'ai soixante-quinze ans. Nous boirons des verres ensemble, je vous ferai rire et je vous embrasserai sur la joue. Vous conserverez vos gains. Je serai le plus heureux des hommes si vous me donnez une petite tape sur la tête de temps en temps.

– Et si je participais à une partie, mais qu'il ne me restait presque plus de jetons?

– Si je vois que vous pouvez gagner, je vous viendrai en aide.

– Et si je perds ma mise de départ?

– Si on en arrive là, je vous déposerai où vous me le demanderez.»

Jackie se pencha pour déposer un baiser sur sa joue de vieil homme et lui dire: «Harry, vous venez de faire de moi la fille la plus heureuse du monde.»

*

Cet après-midi-là, à Shelbyville, il lui avait fallu quatre heures et dix minutes pour gagner dix-huit mille dollars à deux tables différentes de *no limit*. Elle avait joué contre des gens qui engageaient des chauffeurs de camion, ils pariaient sur le grain à terme que produisaient des cultivateurs qu'ils ne connaissaient pas et n'avaient pas envie de connaître.

Elle buvait une bouteille de bière et Harry Burgoyne un double scotch.

« Tout ce qu'ils faisaient, disait-elle, c'était essayer de bluffer.

– Et vous le voyiez.

– Ils n'étaient pas doués, pour ça.

– Les gars avec qui je joue à Keeneland, je crois qu'ils essayent tout le temps de me bluffer. Je le sais, alors je m'entête, je demande à voir, mais chaque fois il y en a un qui me bat.

– Il faudrait que j'observe votre façon de jouer, que je voie ce que vous pourriez modifier.

– C'est ce que je me disais. Ou que je les persuade de jouer au hold'em avec vous. Ce sont des éleveurs, ils ont presque autant d'argent que moi. Je leur dirai que vous êtes ma nièce étudiante qui me rend une petite visite. Qu'elle adore jouer au poker et se croit sacrément forte. Je leur dirai : "Vous êtes d'accord pour jouer avec elle, si je lui avance sa mise ?" Tu parles. S'ils gagnent, ils considéreront que c'est mon argent qu'ils empochent. »

Harry but une gorgée et reprit : « À Keeneland, avant, j'avais un petit sketch que je jouais avec mon chauffeur, le gars de couleur africain. Je le réprimandais parce qu'il portait des vêtements aux couleurs de mon écurie. Il répondait : "Mais, patron, c'est vot' femme qui m'habille." En vous regardant jouer, je me dis que je pourrais me servir de vous pour un numéro humoristique, un sketch qu'on inventerait.

– Vous plaisantez, hein ? » dit Jackie.

24

Un ancien détenu nommé Delroy Lewis tirait les ficelles : il avait enrôlé Floy, un gosse des rues âgé de dix-huit ans qui piquait des bagnoles avant de les revendre pour être désossées, des belles voitures qui coûtaient cher, des Mercedes et des BMW de préférence, il les volait surtout sur les vastes parkings des galeries commerciales, vingt secondes pour forcer la serrure, trente pour démarrer. Parfois, il se contentait d'une Chrysler ou d'une Buick, de la grosse Honda récemment, une voiture spacieuse qui offrait de la place aux filles pour se détendre et fumer un joint sur le chemin du boulot.

Floy se gara dans la rue, il entra dans l'immeuble d'habitation qui avait une échelle à incendie en zigzag sur la façade, et il appuya sur un numéro.

La voix de Cassie : « C'est quoi, comme modèle ?

– BM grise. Je suis passé au lavage, spécialement pour vous.

– On descend dans cinq minutes. »

Delroy lui avait dit : « Si elles sont pas en bas dans la demi-heure, tu pars. Je leur dirai ma façon de penser. »

Elles finirent par réussir à se préparer et vinrent vers la voiture avec un air de clochardes tendance dans les vêtements qu'elles s'étaient dégotés dans les chaînes de magasins d'occasion, jeans moulants taille basse sous les imperméables, petits chapeaux de plage branchés au bord rabattu, casquette de base-ball des Tigres de Detroit pour Janie; toutes les trois avaient des sacs de courses brillants provenant de boutiques pour femmes.

Elles montèrent dans la voiture et Kim dit à Cassie: «Tu sais que t'as mis tes super hauts talons sexy.

– J'adore le bruit qu'ils font sur les sols en marbre.

– Et si on est obligées de courir jusqu'à la voiture?

– J'aurais des chaussures de jogging, on serait quand même baisées. T'imagines que Floy nous attendrait?

– On m'a prévenu, dit Floy en s'adressant au rétroviseur, que si vous mettez plus de six minutes avant de ressortir, je dois me tirer. Delroy m'a dit de m'occuper uniquement de protéger mon petit cul.» Il se retourna sur le siège pour les regarder bien en face. «Personne dit que c'est facile, ce que vous faites, mais bon, vous entrez tranquillement et vous ressortez avec vos sacs de courses remplis de billets verts. Delroy, il me l'a dit lui-même, vous êtes les meilleures nanas braqueuses de banques qu'il ait jamais eues. Il vous adore.

– C'est pour ça qu'il nous cogne dessus? demanda Janie.

– Si vous l'écoutez pas, qu'est-ce que vous croyez? Hé, mais quand vous rentrez, il vous donne toute l'oxi[1] que vous voulez, non? Vous êtes des rentières, entre deux braquages, hein?

– Si on se fait prendre, dit Cassie, tu sais qui va plonger avec nous.

1. Mélange de cocaïne, de kérosène et de chaux vive.

– Hé, moi je suis que le conducteur.

– Pas toi, Delroy. Il s'en approche jamais, de la banque.

– Il nous dit comment c'est à l'intérieur, dit Kim, et quand y a pas beaucoup de monde.

– Floy, reprit Cassie, combien ça te rapporte ?

– Une petite tape d'encouragement sur la tête, il est assez grand pour y arriver. Ça peut aller jusqu'à cinquante. Ses dollars, il les lâche pas, il vous fait bosser, pour l'herbe et les cachets.

– Et pour quelques centaines, chaque fois, dit Kim.

– Il vous laisse sortir pour les dépenser ?

– Une fois de temps en temps.

– Vous êtes ses esclaves qu'il envoie pomper l'argent des banques.

– Si je reprends comme strip-teaseuse, je redeviendrai une esclave qui pompe les bites. Là, c'est pas si mal, si on se fait jamais arrêter.

– Si on rate un braquage, dit Cassie, faut qu'on en fasse un toute seule.

– Si vous en aviez fait un sans être défoncées, vous en feriez plus. »

Il se gara à une cinquantaine de mètres de la banque et attendit pendant qu'elles tiraient une taffe, mettaient leurs lunettes de soleil, abaissaient chapeaux et casquette sur leurs yeux et sortaient de la voiture, le sac de courses à la main.

« Je vous donne dix minutes complètes. Ça vous va ? Restez cool et à tout à l'heure. »

Elles ne l'écoutaient pas.

Il les regarda descendre et s'éloigner dans la rue en direction de la banque.

*

Elles s'arrêtèrent au milieu du hall, devant une table au plateau en verre, et utilisèrent le dos de formulaires bancaires pour rédiger les messages qu'elles allaient tendre aux caissières. Cassie dit: «Moi, j'aime bien: "Donne-moi cinq mille dollars ou je te tue."» Elle relut son message et ajouta un mot.

Kim: «Comment ça s'écrit, retrait, avec un s ou un t»?

Janie: «Je demande tout en billets de cent, alors elle me dit qu'il faut qu'elle aille les chercher et moi, je dis: "D'accord, cent billets de cinquante." À l'arrivée, je prends ce qu'elle me donne.»

Cassie: «Merde, dis-lui combien tu veux.»

Kim: «Pourquoi on écrit pas trois fois la même chose?»

Cassie lui montra son message. «Tiens, écris-le pareil, tout en majuscules d'imprimerie. "DONNE-MOI CINQ MILLE DOLLARS OU JE TE TUE PUTAIN", avec trois points d'exclamation pour qu'elle comprenne que tu le penses vraiment.»

Kim écrivit les messages et elles se dirigèrent vers trois guichets différents.

Quelques minutes plus tard, Janie fit demi-tour avec son sac plein de billets. Elle avait épouvantablement mal au ventre. S'il fallait qu'elles en braquent vite une autre, elle resterait au lit.

Cassie la rejoignit.

«Ça marche, hein? Où elle est, Kim?»

Elle était toujours à un guichet.

«La voilà», dit Janie.

Les braqueuses de banques sortirent dans la rue et remontèrent dans la BMW.

*

Sur le trajet du retour, Floy écouta les filles qui avaient recommencé à fumer de l'herbe et avaient repris leurs bavardages, soulagées d'être sorties de la banque.

Cassie: «On l'avait pas déjà faite, celle-là?»

Kim: «Les banques, pour moi, elles se ressemblent toutes.»

Cassie: «La caissière, elle me dit: "C'est mon deuxième braquage du mois." Calme et tout. Je lui demande si c'était nous. Non, c'était un type, l'autre fois. Je lui demande combien il a emporté. Elle me répond, seulement quelques centaines et il a foutu le camp. Il est sorti en courant.

– La mienne, dit Kim, elle a jeté un coup d'œil sur le message et elle a flippé. Elle arrêtait pas de me répéter qu'elle avait un gosse à la maison. J'ai demandé si elle voulait bien se donner la peine de vider son tiroir. C'était pas son fric, j'ai ajouté.

– La mienne, dit Cassie, je lui ai dit de garder deux cents dollars pour elle. Comment elle peut le savoir, la banque, qu'on les a pas piqués? Vous savez ce qu'elle m'a répondu? "C'est vrai…?" Je parie qu'elle l'a fait, en plus.»

Floy regarda dans le rétroviseur et dit: «Vous vous en êtes très bien tirées toutes les trois, hein?» Sans quitter du regard Cassie qui comptait le butin.

«Pas mal», dit-elle en touchant l'épaule de Floy avec deux billets de cent qu'elle tenait dans sa main.

Il les prit: «Hé, les filles, je vous chauffe une bagnole quand vous voulez. Mais comment ça se fait que les flics, ils soient pas encore à vos trousses? Déjà quatre banques, en ville ou dans les environs.

– Ils croient qu'on est des ouvrières qui s'éclatent pendant leur pause de midi», répondit Kim.

Floy se dit qu'elles avaient l'air de gonzesses bizarres, à rentrer dans la banque en imperméable alors qu'il y avait du soleil dehors. Comment ça se faisait que personne semblait les remarquer?

«Ça va, ma loute? dit-il à Janie. Tu dis rien.

– Elle est pas vraiment en forme pour braquer une banque, dit Cassie. Elle a ses trucs.»

*

Raylan pensait que les marshals étaient plus proches des policiers des grandes villes que ne l'étaient la majorité des agents fédéraux. Voilà pourquoi il pénétra au siège de la police métropolitaine d'Indianapolis en sachant qu'il allait s'y sentir chez lui.

La rencontre se déroula dans une des pièces où les enquêteurs locaux apprirent à le connaître, lui posèrent des questions sur l'assistante en chirurgie qui volait des reins et avait essayé de le tuer. Il leur parla de la femme de la compagnie minière qui avait fait abattre un homme de sang-froid, leur dit qu'il pensait toujours à elle. «Si je devais travailler ici, son nom figurerait au sommet de votre tableau, là, Carol Conlan, il serait pas encore rayé.» Il expliqua aux policiers assis autour d'une longue table qu'il espérait rester le mois entier, avoir l'occasion de voir jouer Peyton Manning et les Colts[1] à domicile. Il serait capable d'oublier ce bookmaker qu'il recherchait. « Reno Nevada ? »

Buzz Hicks, l'enquêteur principal présent dans la pièce, dit : « Nous y voilà, hein ? T'es à la recherche de sa gamine, c'est ça ? Jackie Nevada.

– Reno est pas son beau-père ?

– Si. Le nom, sur son certificat de naissance, c'est Rachel Nevada, mais Reno a commencé à l'appeler Jackie quand elle était toute petite. »

Un des enquêteurs assis plus loin ajouta : « Sa maman s'appelait Jackie. Elle s'est fait mettre en cloque par un raté qu'était de passage et elle s'est mise avec Reno. Elle a donné naissance à sa fille et elle a tenu son rôle de mère jusqu'à ce qu'elle en ait assez de la vie de famille et qu'elle reprenne la route. C'est Reno qui l'avait appelée Rachel, le prénom de sa mère à lui, mais très vite il s'est mis à l'appeler Jackie. Il a gardé un faible pour la nana qui l'avait plaqué.

– Lloyd, dit Hicks, comment t'as appris tout ça ?

– En parlant avec elle pendant qu'on l'avait en détention.

– Et donc, reprit Hicks, elle a été élevée par Reno, ce type de couleur, à ce qu'on croit, qui se fait passer pour un Latino et qu'a une officine de bookmaker.

– C'est qu'ils devaient bien s'entendre.

– Ben, ils vivaient dans la même maison avant qu'elle parte à Butler. Et écoute un peu ça, avant

1. Les Colts (les poulains) d'Indianapolis, équipe de football américain locale.

qu'elle finance ses études en jouant au poker la nuit. La seule fille à vivre dans la maison, avec sept garçons, tous étudiants. Tu sais comment ils l'appelaient ? "Maman". Elle avait une table de poker, des cartes et des piles de jetons. Si tu voulais jouer, fallait que t'apportes ta chaise ou que t'en empruntes une. On y est allés et on a discuté avec eux. Ils nous ont dit qu'il fallait la voir battre les cartes.

– Il paraît, dit Raylan, qu'elle a gagné vingt mille dollars en jouant Duke gagnant contre son université ?

– C'est vrai, mais Reno dit qu'il l'avait couverte à hauteur de dix mille au cas où Butler réussirait à l'emporter. On a posé la question à Jackie… » Hicks se tourna vers le bout de la table. « Lloyd, qu'est-ce qu'elle nous a répondu ?

– Sur cette partie, Reno, il a avancé *nada*. Bien trop occupé à perdre en misant sur le handicap en points. Elle nous a dit que c'étaient les étudiants qu'avaient misé vingt mille et que c'est ce qu'elle a ramassé.

– Vous avez cherché à en savoir plus, là-dessus ?

– Qu'est-ce qu'on est ? La brigade des jeux ? Le handicap que *BetUs Sportsbook* affichait en ligne, c'était Duke avec un handicap de sept points et Reno a bu la tasse.

– Comment elle a pris ça, Jackie, de se faire arrêter ?

– Elle a pas fait de foin. À mon avis, elle pensait au pétrin dans lequel elle se retrouvait, elle était raide. Une étudiante brillante qui joue au poker pour gagner sa vie, tu pourrais dire. J'ai posé la question à la femme qui tient la partie de poker où on a fait cette descente. "Elaine ? je lui ai dit. Tu devais le savoir, que ces types allaient la bouffer crue.” Elle m’a répondu : “Elle a perdu son sang-froid. Mais ça se voyait que cette fille, c’est une vraie joueuse de poker.” Jackie, on l’a fait attendre dans un coin pendant qu’on se livrait à un bras de fer avec tous ces avocats aux tarifs exorbitants, et elle a fichu le camp.

– Elle ne s’est pas présentée à l’audience, dit Raylan.

– Elle nous a faussé compagnie. Reno jure qu’il a pas de nouvelles d’elle. Qu’est-ce que tu penses qu’elle fait, maintenant ?

– Ben, à ce qu’il paraît, elle braquerait des banques pour retomber sur ses pattes. Vous avez des enregistrements où on la voit ?

– Jackie et deux autres filles, dit Hicks. On les a dans différentes banques de Lexington. Tiens, regarde un peu ce qu’elle fait. » Hicks se tourna vers le bout de la table. Un des enquêteurs (c’était Lloyd), lui passa le tas de clichés de surveillance qu’il transmit à Raylan en disant : « On les a montrés à Reno. Il nous a répondu que sa gamine, elle braque pas les banques. Que ça, c’est des filles qui se sont égarées en chemin. Il a dit : “Mais elles sont désinhibées, elles sont camées à je sais pas quoi.” Il a dit : “Ma gamine, elle se drogue pas non plus. Elle reste concentrée sur le poker.” »

Raylan visionna les clichés, il vit les filles avec leurs sacs de courses, à des caisses différentes.

« Observe bien les deux qui partent, elles regardent celle qu’est encore au guichet. Elles planent. Elles ont dû se piquer avant de partir dévaliser la banque.

– J’ai entendu dire qu’avant d’y rentrer, dans les banques, y en a qui doivent se défoncer, dit Raylan.

Ces filles-là, on dirait qu'elles viennent d'encaisser leur salaire.

– En quoi on leur paye, en yens? Elles sont obligées de venir avec des sacs de courses pour tout emporter?

– Je veux dire qu'on en voit pas beaucoup, des femmes qui braquent les banques. Je crois qu'y en a à peu près cinq ou six pour cent. Là, vous en avez trois d'un coup. Laquelle c'est, Jackie, à votre avis?

– Celle qu'a la casquette de base-ball abaissée sur les yeux. Sur d'autres images que tu verras, elle lève la tête.» Il se hissa hors de sa chaise en observant Raylan qui étudiait les clichés.

«Buzz, dit Lloyd, tu te souviens qu'on a eu deux filles qui braquaient des banques ensemble?

– Pas ici.

– C'était au sud, vers la frontière de l'État, y a sept ou huit ans. Elles s'attaquaient à une banque dans une petite ville, pas loin de la 64, et après elles franchissaient la frontière à Louisville. Y avait un type avec elles, il leur apprenait à dévaliser les banques.

– Comment tu te souviens de ça? demanda Hicks.

– C'est resté gravé dans ma mémoire. Je me souviens qu'un informateur les a dénoncées, mais elles ont été relâchées faute de preuves.

– Tu te rappelles ce qu'il est devenu, le mouchard?»

Lloyd plissait les yeux, il essayait de se souvenir, puis il hocha la tête. «Un type lui a arraché le bras droit avec un fusil de chasse.

– Delroy Lewis? demanda Raylan.

– C'est lui, c'est le gars qu'a été interrogé pour ces braquages de banques.

– Ça vous ennuierait, intervint Hicks, si on se concentrait sur ce qui nous occupe dans l'immédiat?»

Il s'adressa à Raylan : « Celle-là, l'image où elle lève la tête. À l'exception de Lloyd, on a tous dit que c'était Jackie Nevada ou sa sœur jumelle.

– Ça se pourrait, dit Raylan. Je me suis arrêté à Butler et j'ai jeté un coup d'œil à sa photo. Je me représente pas la fille qu'est sur le registre des étudiants cabotiner devant une caméra de surveillance.

– On aime bien son mobile, dit Hicks. Elle a besoin de fric. »

Raylan secouait la tête. « Les deux qui s'approchent, elles ont la figure tournée droit vers la caméra.

– Droguées jusqu'aux yeux, elles s'imaginent que c'est une partie de rigolade. C'est tes copains de Lexington qui nous les ont envoyées, toutes les photos. Ils ont identifié Jackie et ils nous ont demandé de confirmer.

– Elles sont presque pareilles, toutes les trois, dit Raylan. Jeunes, même taille. Trois jeunes femmes qui s'amusent.

– À braquer des banques, ajouta Hicks.

– Votre fuyarde, reprit Raylan, je comprends pourquoi vous voulez que ça soit Jackie. J'espère que vous avez raison et que je me trompe complètement. Mais je parviens pas à m'imaginer trois filles qui décident de braquer des banques. Ce que je m'imagine bien, c'est un type qui les oblige à le faire. Il les fait sniffer et il les dépose juste devant. J'ai rien qui le prouve, mais on va trouver, hein ?

– On respecte ton avis, dit Buzz Hicks, mais cette fois, on espère que tu te trompes. On suit tes exploits depuis le jour où t'as défié ce Zip, Tommy Bucks, à Miami ? Tu lui as donné vingt-quatre heures pour quitter la ville. Il a dégainé son arme et tu l'as descendu.

– Et j'ai été muté dans le comté de Harlan, Kentucky.

– Mais après, tu t'es battu en duel avec l'assistante en chirurgie.

– Je vous amuse, hein?

– Ben, tu fais ton travail comme on aime qu'il soit fait.»

*

Pendant tout le trajet pour se rendre à l'officine de paris de Reno, Raylan pensa à la Jackie qu'il avait vue dans le registre annuel de l'université, dont il avait fait une photocopie. Elle pourrait devenir Miss Nevada, mais elle préférait jouer au poker.

Il arriva à la boutique du coiffeur, à quelques rues du stade Lucas Oil, entra chez le barbier et passa devant trois fauteuils inoccupés avant d'atteindre une porte qui devait être celle du bureau de Reno. Il frappa deux fois et annonça: «Raylan Givens. Je vous ai téléphoné il y a une vingtaine de minutes...?» La porte s'ouvrit automatiquement et il entra.

*

Raylan trouva que Reno avait l'air cubain, derrière sa table où téléphones portables et ordinateur, piles de feuilles de paris imprimées et de notes manuscrites, étaient éclairés par une lampe.

Lions et 49ers: vingt fois reverse[1]. *Bears, cinq, Nouvelle-Angleterre, dix.*

« Il faut connaître le jargon pour déposer un pari ? demanda Raylan.

– Mes clients réguliers, ouais, ils le connaissent. Un client appelle, il me dit qu'il veut les Saints moins sept trente fois. Qu'est-ce qu'il a parié ?

– Ça me dépasse. Mais qu'est-ce qui arrive si le gars perd et prétend qu'il a jamais déposé de pari ?

– Je l'enregistre. J'ai des kilomètres de bandes. Je lui demande, au gars, s'il veut s'entendre parier.

– Vous dites que vous avez avancé de l'argent à Jackie pour qu'elle joue. Elle dit que c'est pas vrai.

– Arrêtez... personne la couvrirait ? Si elle a pas assez pour payer un gagnant, elle m'appelle. Ceux qui parient avec elle savent qu'elle est du métier ; si elle perd, elle paie. Ils me connaissent, moi. Écoutez ce que je vous dis, d'accord ? Jackie, elle gagne pas les vingt mille dollars avant de partir avec. Elle m'emprunte mes quatre-vingts pour cent pour jouer gros et elle les perd. Elle se fait ramasser dans une descente de police et elle disparaît. Un truc qu'elle aurait pas dû faire. Maintenant, elle essaye de se refaire pour pouvoir me rembourser, et c'est tout ce que je sais.

– Elle apure ses comptes avec vous, et après elle fait quoi ? Elle se constitue prisonnière ?

---

1. Pari portant sur deux équipes qui sont alignées dans deux matchs différents. Si le pari sur l'équipe A est gagnant, il s'étend à l'équipe B. Si celui-ci est également gagnant, on renverse l'ordre des paris (d'abord B gagnant, puis A gagnant) et le gain est automatiquement doublé.

– Elle se fera ramasser d'ici peu, bien avant d'arriver à Vegas. Comprenez bien, Jackie veut gagner sa place aux championnats du monde de poker en jouant le long du trajet. Mais quand on l'aperçoit à une table de poker, n'importe où, on y regarde à deux fois. Vous pourriez même la regarder jouer un bon moment en vous demandant qui c'est. Jackie, elle arrivera même pas à s'en approcher, de Vegas.

– Elle fait pas partie des trois filles qu'on voit sur les enregistrements des banques, ça, je le sais.

– Je parie que ces filles-là, elles peuvent pas payer leur loyer, elles sont prêtes à crever pour fumer de l'herbe. Je pense qu'y a un type qui s'en sert à des fins personnelles. C'est pas des filles qu'iraient penser à des banques, elles planent trop. C'est qu'une question d'heure, maintenant, elles vont sortir d'une banque et des flics avec des flingues les attendront derrière leurs bagnoles. Vous comprenez, pas une de ces filles a la façon de bouger de Jackie. Les flics découvriront qu'elle est pas dans le coup et ils auront l'air surpris. “Ben ça, on peut dire qu'elle lui ressemble drôlement.” Et tout ce temps-là, Jackie est assise quelque part à une table et elle jette un coup d'œil sur ses cartes cachées.

– Vous pensez pas qu'elle se rendra.

– Elle sera pas obligée, on l'arrêtera en vertu du mandat lancé contre elle et on la ramènera ici. Si je contacte un de mes copains avocats, je doute qu'elle fasse de la prison. Jackie, elle a pas de casier, d'aucune sorte, elle a de l'éducation.

– Personne est acquitté quand y a délit de fuite. Ce truc, ça vous colle à la peau. Ce qu'il faut que vous fassiez, c'est trouver où elle est, la persuader de se constituer prisonnière avant qu'on l'arrête. Elle raconte son histoire et peut-être qu'elle écopera que d'un an, un truc comme ça, avec sursis.

– Si vous vouliez, vous pourriez m'aider. C'est vous qui savez les dénicher, les fugitifs.

– Je vais vous faire une fleur. Si je la trouve avant vous, elle est en état d'arrestation. »

25

Harry emmena Jackie aux courses de Keeneland et s'assit à sa table dans la salle Blue Grass : Jackie face à des pattes de crabes et une Guinness, Harry devant deux queues de homard et un double whiskey collins[1], tandis qu'ils assistaient aux courses par une journée pluvieuse, les yeux rivés sur l'écran géant. Harry avait gagné près de cinq mille dollars en misant dans presque toutes les courses sur le favori, gagnant et placé. Jackie, ça ne la passionnait pas particulièrement. Elle pariait comme lui, de son côté, et gardait la moitié des gains. Il lui dit : « Je commence à me faire une idée de la façon dont tu gagnes au poker. Tu ne joues pas ta main, tu paries sur les chances que les joueurs sérieux présents autour de la table se couchent.

– Quelle différence cela fait-il ? »

Elle regardait derrière lui, observait une femme aux cheveux blonds crêpés, très cool avec ses lunettes de soleil de créateur de vêtements sport, et un homme vêtu d'un costume marron clair qui ressemblait à un uniforme. Il la suivait à travers la salle en essayant

1. Whisky, eau gazeuse, jus de citron, cerises entières, deux zestes de citron, sucre en poudre.

de ne pas se laisser distancer. La femme s'approcha, regarda Jackie, sans sourire, avant de se tourner vers Harry : « Je suis Carol Conlan », dit-elle en posant une main sur son épaule. Un large bracelet de porcelaine glissa le long de son poignet. « Comment allez-vous, Harry ? »

Son verre à la main, il s'octroya le temps de la regarder tandis qu'elle poursuivait : « La dernière fois que je vous ai vu, c'est le jour où vous avez remporté le Maker's Mark. Vous vous souvenez ?

– J'avais engagé Black Boy, j'ai gagné trois cent mille dollars, grâce à cet étalon.

– Ce que je me demandais, reprit Carol dont la voix semblait un peu dépitée, c'est si vous vous souvenez que j'étais là ? » Elle souriait pour montrer qu'elle n'était dépitée que par manière de plaisanterie.

« Ouais, Cuba et moi avions fait notre numéro habituel et j'étais assis à votre table. Mais attendez, je veux vous présenter Jackie Nevada, mon invitée. »

Jackie vit Carol lever les sourcils et dire : « Vraiment ? » Momentanément surprise.

« Je veux que vous sachiez que je place de grands espoirs dans cette jeune personne.

– Vous ne devez pas vous ennuyer, dit Carol.

– Devinez ce qu'elle fait. »

Carol prit le temps de réfléchir. « Elle est jockey ?

– Vous n'y êtes pas du tout.

– Mais elle a quelque chose à voir avec les chevaux. Elle leur murmure à l'oreille et ils hochent la tête ?

– Elle n'a rien à voir avec les chevaux. Jackie vit dans le monde réel, elle fréquente des êtres humains.

– Danseuse nue », dit Carol.

Jackie sourit et se tourna vers l'homme en costume marron clair, quasiment certaine que c'était un uniforme. Elle lui dit : « Et vous, vous pensez que je fais quoi ?

– Quelque chose qui, à mon avis, doit attirer les foules.

– Ça m'arrive de temps à autre.

– Boyd connaît des gens de toutes sortes, bien et moins bien. C'est pour ça que je le garde à portée de main. Harry, vous savez que je lui dois la vie. »

Harry avait toujours son verre à la main. « C'était dans des circonstances tragiques, lui répondit-il. Je suppose que votre boy n'avait pas d'autre solution que de tuer ce mineur. Comment s'appelait-il, Otis quelque chose ?

– J'étais incapable de faire un geste, continua Carol. Boyd s'est placé devant moi en dégainant son revolver…

– J'ai lu dans le journal que c'était un automatique, intervint Jackie, un Glock, non ? Si vous voulez savoir ce que je fais, je joue au poker. Harry m'a avancé des fonds quand j'étais très bas, pratiquement lessivée, et il m'emmène à des parties de poker.

– J'ai avancé dix mille dollars. Elle en avait perdu vingt mille face à des gars que je connais, il se trouve. J'étais curieux et je sentais qu'il y avait quelque chose en elle, dans sa façon de parler du poker, elle donnait l'impression d'en avoir une connaissance intime et j'ai pensé : Pourquoi pas ? Je lui ai avancé dix mille dollars et j'ai dit : "Si vous les perdez, je vous dépose au premier carrefour." Eh bien, cette jeune personne est dans une période de chance, plusieurs clubs dans l'Indiana, deux journées complètes à Louisville à jouer contre des gars qui n'ont pas encore compris ce qui s'est passé. » Il se tourna vers Jackie : « Dis à Carol de combien tu es gagnante.

– Tu sais que tu ne m'as jamais aidée à compter mes gains ?

– Pauvre petite. » Il s'adressa à Carol : « À Louisville, Jackie a déposé une liasse de billets à la banque et elle a pris une carte bancaire. Vous voulez savoir combien elle a ? Demandez-lui, moi, elle ne veut pas me le dire.

– Eh bien, commença Carol, si elle affrontait des gros joueurs, comme vous affirmez qu'elle est dans une période faste, je dirais... » Elle se tut, regarda Jackie : « Vous ne dites rien, hein ? Si vous parliez, je pourrais croire que vous vous vantez, alors vous gardez ça pour vous. Une retenue remarquable chez une jeune femme de... vingt et un ans ? Vous avez joué toute votre vie, n'est-ce pas ?

– Ça fait environ sept ans.

– Vous avez commencé à l'âge de...

– Seize ans, compléta Jackie, je jouais sur internet.

– C'est presque toute votre vie. Vous jouez toujours pour de l'argent ? À quoi ça rime autrement, hein ? À l'université, je suppose.

– À Butler. Je jouais toutes les nuits.

– Vous trichez ?

– Non.

– Ce qui veut dire que vous n'en avez pas besoin. Vous lisez dans les pensées des gens.

– C'est inévitable. On repère leurs tics pendant qu'on estime les chances qu'on a de gagner...

– C'est aussi simple que ça, dit Carol. Nous devrions nous voir, jouer une petite partie.

– Elle est occupée, intervint Harry.

– Quand elle ne le sera pas. Pour boire un verre et discuter.

– En réalité, j'ai vingt-trois ans. »

Carol lui adressa un joli sourire. Elle dit : « Quelle importance ? »

*

Désormais assis à la table de Carol, au milieu de la salle Blue Grass, Boyd ne disait rien, les mains croisées sur ses cuisses. Leurs consommations arrivèrent, vin blanc pour elle, bouteille de Rolling Rock pour lui. Elle ne le laissait pas boire d'alcool fort quand il la conduisait dans Lexington. Il versa sa bière, leva son verre pour avaler une gorgée, le reposa sur la table.

« Je sais ce qui s'est passé, dit Carol. C'est parce qu'il vous a traité de boy. "Votre boy n'a pas pu faire autrement que de tuer Otis Culpepper." Quand ils ont moins de cinquante ans, Harry appelle tous les hommes des boys. Pour Jackie, il dit : "Cette jeune personne". Vous l'avez entendu ? Elle a vingt-trois ans. Elle savait que je l'avais percée à jour, alors elle a pris les devants. Pour moi, ça n'a pas d'importance, l'âge qu'elle a. C'est une gamine, mais elle n'a pas froid aux yeux.

– C'est parce que vous me devez la vie que vous me gardez *à portée de la main* ? Au cas où vous voudriez que je vous conduise quelque part ou que je fasse une course pour vous ? Vous savez l'effet que ça fait, d'entendre les gens parler de soi pendant qu'on est là à ne rien dire ?

– Elle m'a reprise parce que j'ai dit que le Glock était un revolver. Mais je ne crois pas que c'était pour me corriger. Elle l'a fait pour attirer mon attention.

– C'était votre pistolet à vous. J'aurais pu le lui dire, ça.

– C'est comme de jouer au poker. Son tour arrive, elle dit : "Je relance", elle a l'attention de tout le monde et elle annonce combien ça coûtera aux joueurs qui sont autour de la table s'ils veulent rester dans la partie. Je pense que son genre, à elle, serait davantage de ne pas forcer sur sa mise. J'adorerais savoir combien elle a gagné, en jouant avec l'argent de Harry.

– Je lui poserai la question si vous jurez que vous prononcerez plus jamais le nom d'Otis Culpepper en ma présence. »

Elle porta son verre à ses lèvres.

« Pourquoi cela vous rend-il nerveux ?

– Que tout le monde pense que c'est moi qui l'ai tué ? J'ai même plus de pistolet enregistré à mon nom.

– On leur a dit que le pistolet est associé à un port d'arme et que, ce soir-là, je vous l'ai donné, par mesure de précaution, quand nous avons su que Otis était armé. »

De l'autre côté de la table, Boyd la fixait du regard.

« On l'a dit à *qui*, qu'il est associé à un port d'arme ?

– Aux marshals. Il y en a un qui a encore appelé ce matin.

– Raylan ?

– Non, un certain Bill Nichols. Il rédige un rapport. Il veut être sûr qu'il a tout noté bien comme il faut.

– Ils ont le compte rendu du shérif, non ? Tout ce que vous leur avez déclaré ?

– Ils ne viennent pas nous arrêter. Il souhaiterait qu'on passe le voir et j'ai oublié. Il a appelé à nouveau ce matin et je lui ai dit qu'on viendrait demain.

– C'est cet enfoiré de Raylan », dit Boyd.

26

De retour dans le bureau de Lexington, Nichols disait à Raylan que Jackie Nevada n'était plus suspecte dans l'affaire des banques.

« Elle l'a jamais été, dit Raylan.

– Mais elle aurait pu. En considérant la perte de vingt mille dollars dans une partie de poker, déjà.

– C'était son mobile ? Quand on perd de l'argent, on braque une banque ?

– Les flics d'Indy disaient qu'elle se comportait comme quelqu'un qui a le dos au mur.

– Attends. *Qui c'est*, qui avait le dos au mur ?

– Pourquoi on se dispute ? demanda Nichols. On a arrêté une Blanche de vingt-cinq ans sur West Main, ça s'est passé ce matin, elle sortait d'une banque avec un peu plus de deux mille dollars et un paquet de colorant dans le butin. Il a explosé au moment où elle a poussé la porte et ça l'a peinturlurée du rouge de la culpabilité.

– C'est une des filles qui étaient sur les enregistrements de surveillance ?

– Celle dont la police d'Indy jurait qu'il s'agissait de Jackie Nevada. De sa cellule, elle nous fait savoir qu'elle est prête à parler. Comme si elle avait changé d'avis et décidé de rejeter toute la responsabilité sur le type qui l'a forcée à braquer les banques.

– Tu sais qui c'est, lui?

– On va bientôt le savoir, non?

– Comment elle s'appelle?

– Jane Jones, d'après son permis de conduire.

– T'as vérifié dans les archives?

– Deux condamnations pour prostitution. Jane Jones les deux fois. Le métier recensé est celui de danseuse nue.

– Une strip-teaseuse, dit Raylan, quand elle dévalise pas les banques.

– Jolie jeune femme, blonde. Ça me déplairait pas de la voir danser.»

*

On amena Jane et on la fit asseoir sur la chaise, devant le bureau de Nichols. Raylan était installé à côté d'elle. Il dit: «Jane...?» Elle se tourna vers lui, très lasse, le visage inexpressif. «Vous avez bonne mine pour quelqu'un qu'a été aspergé de colorant. Vous avez juste le visage un tout petit peu rose. Rien sur votre jean ni sur votre T-shirt.

– Vous devriez voir mon imperméable. Vous pouvez le flanquer à la poubelle. Je voulais me brosser les cheveux, mais vous aviez pas de brosse à me prêter.»

Raylan lui demanda où elle était née et elle répondit dans le Kentucky.

«Mais pas par ici, dit-il. J'ai l'impression d'entendre l'accent du comté de Letcher ou peut-être de Perry, dans votre voix. J'ai raison?

– Je suis née et j'ai vécu à Hazard jusqu'à ce que je rassemble assez de courage pour partir.»

Raylan grimaça un sourire: «J'y crois pas! Vous savez d'où je suis? Du comté de Harlan. J'ai réussi à en partir et je suis revenu en tant que marshal.»

Maintenant, elle souriait presque. «C'est dur de s'échapper. Faut décider dans sa tête où on va aller, hein? Et après, faut le faire, bon sang.

– Votre père était mineur de charbon, c'est ça?

– Jusqu'à ce que la mine lui explose à la figure.

– L'accident de 1996, conclut Raylan en secouant la tête, quand vous étiez toute petite. Je suis désolé d'avoir parlé de ça.

– C'est pas grave. Je suis partie de Hazard pour en faire quelque chose de mieux, de ma vie, et je me retrouve à danser nue et à dévaliser des banques.»

Raylan sourit.

«C'est pas drôle», dit Jane, mais elle souriait.

«C'est votre façon de le dire qui l'est, genre, dans dix ans, vous ferez hurler tout le monde de rire.

– C'est le temps que je vais passer en prison?

– Ce type qui vous a obligées à braquer les banques, il vous faisait pas planer d'abord pour que vous trouviez ça amusant? Je pense que vous avez de quoi le faire condamner. Comment il s'appelle?

– Si je l'ai pas dit avant c'est qu'il me fiche une trouille bleue.

– Il vous tabassait?

– Il me gîflait quand je protestais ou que je lui répondais pas tout de suite. Et après, il prenait sa voix douce: “Tu sais bien que j'aime pas te frapper, poupée.” Toujours la même chose. “Sil te plaît, poupée, me force pas à le faire.” Il nous a dit qu'il fallait qu'on ramène chacune cinq mille dollars ou c'était pas la peine qu'on revienne. Alors quand on entre dans une banque, c'est ce qu'on demande. Trois fois avec les filles et une fois seule, c'est là que cette saloperie de paquet de colorant a explosé.

– Combien vous avez le droit de garder, sur le butin ?

– Deux cents.

– Les filles, vous les connaissiez avant ?

– J'ai fait du strip-tease avec elles pendant un temps. Deux poupées Barbie qui se cament. Kim et Cassie.

– Il vous fournissait ?

– Il nous donnait une dose, il disait : "Quand vous avez terminé, les filles, vous rentrez directement, compris ?" Y avait un jeune qui nous conduisait à la banque et qui nous ramenait, mais je parierais n'importe quoi que Delroy était là à surveiller.

– C'est Delroy qui vous indiquait les banques à braquer ?

– J'ai dit son nom, hein ? C'est sorti tout seul. »

Jane le regardait maintenant en plissant les paupières. « Vous le connaissez, Delroy Lewis ? »

*

Raylan se souvint : il avait dû attendre que Lewis lâche le fusil et lève les mains en l'air. « Je l'ai arrêté une fois. On s'est pas dit grand-chose.

– En Floride, intervint Nichols. Un grand type maigre ? Reconnu coupable de violences volontaires aggravées. Il a arraché le bras d'un homme en lui tirant dessus avec un fusil de chasse au moment où l'autre dégainait son pistolet.

– Essayait de le sortir de sous sa ceinture. Le type a réclamé un million de dollars pour la perte de son bras. Le seul mouchard à ma connaissance qu'ait jamais eu un flingue sur lui. Delroy a écopé d'une peine allant de sept à dix ans pour tentative de meurtre.

– Combien il a gagné sur votre dos, les filles? demanda Nichols à Jane. Dans les quarante, cinquante mille dollars? Cette fois, nous allons le faire tomber pour vol de banque par complicité.

– Je lui ai parlé au téléphone, dit Jane.

– Vous l'avez appelé d'ici?» Raylan lui posa la question en adressant une prière à saint Christophe: il ne fallait surtout pas qu'elle lui ait parlé de sa mise en détention.

«Je lui ai dit que j'avais été arrêtée, couverte de peinture rouge. Vous savez ce qu'il m'a répondu? Aucune trace de douceur dans la voix, cette fois. Il a dit: "Qui est à l'appareil, je vous prie?" En essayant de prendre l'air innocent. La première fois de sa vie qu'il ait jamais dit "je vous prie". Il sait bien que les flics vont le réécouter, mon appel, plus tard. Alors moi je dis un truc du genre: "Arrête de déconner, merde, je suis en *taule*." Delroy, il prend une voix de Blanc: "Qui est à l'appareil, je vous prie?" Moi, je hurle: "C'est *Janie*. J'ai été arrêtée." Sa voix de Blanc m'arrive à nouveau dans le téléphone: "Je ne connais personne qui porte le nom de Jane", et il éteint son portable. J'ai braqué des banques pour cet enfant de salaud. Maintenant il me connaît même pas.»

Raylan comprit qu'il devait accélérer le mouvement.

Le téléphone de Nichols sonna.

Il décrocha. « Dites à Ms Conlan que nous serons à elle dans deux minutes à peine », et il raccrocha.

Jane dit : « Delroy tournait aussi des films porno à l'arrière de son camion. Kim et Cassie jouaient dedans. Moi, j'ai toujours refusé.

– J'emmène miss Jones et je lance la procédure pendant que toi, t'interroges Ms Conlan, dit Nichols.

– Et Boyd ?

– Et Boyd.

– Je te remercie.

– Je l'ai dit au chef, pourquoi tu penses que c'est Boyd qu'a tué Otis.

– Je sais que c'est lui.

– Le chef a répondu qu'il aimerait que tu reviennes dans le comté de Harlan.

– C'était quoi, le ton de sa voix ? Tu sais même pas quand il te fait marcher ? Il t'a laissé organiser l'entrevue, hein ?

– Tu vas avoir une dette envers moi.

– Si j'arrive à faire en sorte que Boyd l'ouvre, je te paie un gin-vermouth à trois dollars.

– Delroy, il aurait vite fait de nous descendre, dit Jane. J'ai de quoi le faire condamner, dites ? Braqueuse de banques sous la contrainte ? Faut absolument que vous l'arrêtiez, maintenant, hein ? » Elle ajouta : « Oh mon Dieu, je viens de penser à un truc. Les filles le savent pas, que je suis en taule. Vous croyez que je pourrais les appeler ? Si je suis en prison, elles sauront que je l'ai donné. Faut que quelqu'un les prévienne. »

27

À une époque, Delroy Lewis avait appartenu à une bande de motards appelée les Piques, tous des Noirs, au moins cinquante en blouson de cuir, l'as de pique peint sur les casques jaunes. Une fois par mois, ils se rendaient dans une ville endormie au milieu de la campagne pour emmerder les gens dans la rue. Delroy avait participé à quatre de ces expéditions, et comme à chaque fois il était d'une saleté crasse après avoir roulé en queue de meute, il avait laissé tomber les Piques.

Il portait des chemises de sport à col haut pour que son cou paraisse moins long, tout en longueur qu'il était du haut jusqu'en bas de son mètre quatre-vingt-dix-huit, quatre-vingts kilos tout mouillé, un corps maigre perché sur des allumettes. Il avait une écharpe ample de couleur blanche autour du cou et des lunettes de soleil relevées sur la tête.

Ça, c'était avant de plonger pour avoir tiré sur le mouchard, avant que l'idée des filles qui volent les banques lui soit venue.

Il était propriétaire d'un bar à cocktails, sur New Center Road, qui s'appelait le Foune Club. On y voyait des filles nues se contorsionner autour d'une barre verticale implantée dans une étroite piste de danse, derrière le comptoir. Elles y montaient en talons hauts, le regard rêveur, vague, et les clients installés au bar échangeaient des paris sur celle qui allait se ramasser, si elle allait culbuter ou pas sur le barman qui servait les verres en jetant des regards derrière son dos. Quand l'idée lui en était venue, il avait transformé ces femmes nues en filles qui braquaient les banques et ça marchait très bien, pour lui, jusqu'à ce que Janie fasse exploser le paquet de colorant. Combien de fois il leur avait dit de vérifier, avant de sortir de la banque, qu'il n'y avait pas de liasses entourées d'une bande de papier, et de se le rappeler mutuellement. Jane était seule et elle n'avait pas vérifié.

Il appela les autres filles, Kim et Cassie, dut les réveiller en disant : « Prenez vos vêtements et vos objets de valeur, la drogue si vous en avez, rassemblez toutes vos affaires et soyez prêtes à partir quand j'arrive, dans dix minutes. Vous m'écoutez ? » Il ajouta : « Jane s'est fait poisser, elle va tous nous dénoncer. *Jane*, la fille avec qui vous braquez les banques. » Il allait falloir qu'il y aille, qu'il leur flanque quelques baffes et s'assure qu'elles prennent tout ce qui leur appartenait dans la maison. Finalement, elles étaient montées dans sa voiture et il avait pris la route du pays des élevages de chevaux.

Ils avaient longé des kilomètres de barrières blanches et de pur-sang qui levaient la tête pour voir passer la Mercedes.

Ils approchaient maintenant d'arbres et de buissons. Il freina pour s'arrêter au bord de la route.

« Descendez, les filles, on va aller se soulager ensemble. On aura plus l'occasion de faire pipi avant un bon moment. »

Kim dit qu'elle ne pouvait pas y arriver s'il la regardait.

«Les filles, je vous vois cul nu tous les jours, répondit-il. Sortez de la bagnole.»

Quand elles se furent éloignées pour chercher un endroit convenable où uriner, il tira son PPK de sous sa chemise et actionna la culasse. Le temps qu'il arrive dans le bouquet d'arbres, Cassie remontait son jean. Kim était encore accroupie. Il s'avança et abattit Cassie d'abord. Elle tomba sans un bruit. Mais Kim hurlait maintenant à s'en éclater les poumons. Delroy lui tira dessus et elle se tut. Il s'assura que ni l'une ni l'autre n'avait de pièce d'identité sur elle et traîna les corps dans les buissons.

*

Un marshal conduisit Carol et Boyd au bureau de Nichols. Il tapa à plusieurs reprises contre la partie vitrée de la porte, s'écarta, et Boyd vit Raylan, debout à côté de la table de travail, qui la contournait maintenant et qui regardait droit dans leur direction.

«Vous le saviez, que c'était lui qu'on venait voir, dit Boyd.

– Non, je vous le jure, répondit Carol. C'est quelqu'un d'autre qui a appelé, les deux fois.

– Je parle pas avec lui. J'ai rien à dire, sur le sujet, qui figure pas dans les dépositions. En ce qui me concerne, l'affaire est définitivement close.

– Essayez de garder le contrôle de vos nerfs, d'accord?» dit Carol.

La porte s'ouvrit et, aussitôt, elle s'adressa à Raylan : « Ça alors, pour une surprise, mon ancien garde du corps. »

*

« J'ai toujours aimé vous regarder, disait-elle. Même quand vous avez voulu épater la galerie en tirant sur un de mes employés… Ce n'était pas dans la tête mais dans *les cheveux* ? J'ai demandé à Boyd : "Il est assez précis pour l'avoir fait exprès ?" Et Boyd m'a répondu : "S'il avait voulu qu'ils soient morts, ils seraient morts." »

Ils s'installèrent sur les deux sièges placés en face du bureau, Boyd agrippant les accoudoirs du sien, les yeux fixés sur Raylan qui avait pris place derrière le meuble et discourait. Boyd comprit qu'il attendait avant d'essayer une nouvelle approche, et il dit : « Qu'est-ce que tu nous réserves encore, cette fois ?

– Dis-moi si j'ai bien compris comment ça s'est passé. T'as tué Otis au moment où il te tirait dessus avec un calibre 12. »

Boyd ne se précipita pas. Est-ce qu'il avait tué Otis ? *Non, bordel,* mais il dit : « Oui, c'est ça.

– Tu l'as touché et son coup est parti dans les airs.

– Je crois que c'est ça, oui.

– Combien de fois ?

– Il a tiré ? Je sais pas, deux fois.

– Il a activé la pompe et a tiré deux fois après que tu l'aies atteint à la poitrine alors que t'étais assez près. »

Boyd se tut un instant, il réfléchissait à la façon dont il avait raconté les choses aux hommes du shérif: «Tu comprends, Otis a tiré avant que je le touche. Après, je pense qu'il a dû encore tirer une fois.

– Tu croyais qu'il allait te descendre?

– Bon Dieu, ça t'est déjà arrivé qu'on te tire dessus? Je doute pas une seconde que tu saches qu'on prend pas le temps de réfléchir, on riposte.

– Tu l'as touché et son coup est parti dans les airs. Mais tu dis qu'il avait aussi tiré avant que tu l'abattes.

– Il avait commencé, dit Boyd.

– Mais il a pas atteint la maison mobile devant laquelle tu te tenais. Où il est parti, son coup de feu, à ton avis?

– Je sais pas. On était tous les deux à se tirer dessus... Mec, j'essaye de comprendre ce qui s'est passé, avec toutes ces détonations...

– Tu sais ce que je crois?» dit Raylan à Boyd qui se tenait droit dans son fauteuil. «Le vieux bonhomme est mort, son fusil chargé à la main. Il a pas fait feu une seule fois. Carol t'a dit de tirer avec le fusil de chasse et tu l'as déchargé dans les airs ou n'importe où dans l'obscurité. Mais pas en direction de la maison mobile.

– Nous ne sommes pas restés là à nous demander pourquoi Otis ne nous avait pas tués, dit Carol. Je ferme les yeux et je le vois qui se précipite, il avait sûrement peur, mais il ne pouvait plus reculer. Il a commencé à tirer...» Elle s'interrompit et dit: «L'évidente légitime défense mise à part, il n'y a aucun moyen, pour vous, d'établir un lien entre Boyd et la mort du vieil Otis. Il nous a tiré dessus avec un fusil de chasse et, pour je ne sais quelle raison, il nous a ratés, d'accord?

– C'est ce que vous avez raconté aux hommes du shérif et ils vous ont crus sur parole.

– Il me paraît évident que le vieux monsieur ne savait pas ce qu'il faisait.

– Sauf que des gars âgés avec qui j'ai parlé, qui chassaient avec lui, m'ont dit qu'il ratait jamais sa cible avec un fusil de chasse.

– Pourtant, c'est ce qui s'est passé cette nuit-là, dit Carol, qui ajouta: Personne n'est parfait, Raylan. Pas plus vous que Otis ou que ses copains. Otis est au paradis, avec ses vieux camarades mineurs de fond. Les mineurs vieillissent et meurent d'avoir été mineurs.

– Mais aussi longtemps qu'ils sont en vie, répondit Raylan, ils ont le droit de le rester.»

*

La seule phrase échangée dans l'ascenseur avait été celle de Boyd: «Il lâchera pas prise, ce flic, hein?»

Ils avaient quitté le bâtiment et marchaient en direction du parking avant que Carol parle: «Il n'a strictement aucun moyen de prouver que vous avez tué Otis.

– C'est pas moi qui l'ai tué, c'est vous.

– Quelle différence? Vous étiez là à regarder.»

Boyd paya le parking et se glissa derrière le volant, surpris de constater que Carol s'était installée à l'arrière. À l'aller, elle s'était assise près de lui, comme toujours sauf quand elle taillait un costume à quelqu'un dans son rôle de Miss M-T Mining, mais sans jamais élever la voix. Elle ne lui avait toujours rien donné à faire dans le cadre de ses nouvelles fonctions de chef du contentieux.

« Vous avez peur que j'aie attrapé la lèpre dans le bureau des marshals ? lui demanda-t-il.

– J'essaye de me souvenir. Quand je vous ai dit de vider le fusil, où est-ce que vous avez tiré ?

– En l'air. Vous m'avez vu. Je ne vous ai pas entendu me dire de viser la maison mobile. »

Elle ne pouvait le nier. Au bout d'un moment, elle déclara : « Je ne me rendrai pas à d'autres interrogatoires. Vous savez qu'on était enregistrés ? Non, vous ne le saviez pas. Ils ont tous vos bégaiements. Vous pouvez jouer la surprise et bégayer un peu, mais seulement quand vous savez ce que vous allez dire.

– Est-ce que vous avez remarqué que j'ai déposé les cartouches vides près d'Otis, par souci de réalisme ? »

Il la vit sourire dans le rétroviseur. Il pensait qu'elle appréciait cette attitude insouciante, à condition qu'il ne la pousse pas trop loin. Elle était presque agréable, quand les choses se déroulaient à sa convenance. Quand ce n'était pas le cas, il la voyait se foutre en rogne contre lui pour la moindre broutille et elle était à deux doigts de le flanquer à la porte. Il ne croyait pas qu'elle tenterait de rejeter la responsabilité sur lui, pour Otis, sachant qu'il tournerait casaque et l'impliquerait dans le meurtre. Elle se retrouverait aux prises avec le tribunal au lieu de se livrer à ses activités professionnelles, de rendre la vie invivable aux autres.

Ce qu'il cherchait, c'était une menace à faire peser sur sa tête. Pour l'empêcher de lui jouer un très sale tour.

Il se demandait : Est-ce qu'il serait possible de faire en sorte que, sans dénoncer Carol, Raylan se range de son côté ? De lui rappeler l'époque où ils tenaient des piquets de grève ensemble, où ils partageaient le même point de vue sur les compagnies minières qui entubaient les mineurs ? Lui dire que ça devenait difficile de travailler pour Carol. Merde, c'était comme de travailler à nouveau pour Duke Power. Tu te souviens comment on se serrait les coudes ? Il lui dirait que travailler pour Carol, ça lui déchirait les tripes. Quelque chose dans ce goût-là.

Il démarra et regarda le rétroviseur : « Où on va ?

– Au bureau. Vous avez le reste de la journée libre, à moins que j'aie besoin de vous.

– Par conséquent faut que j'attende dans la voiture.

– Il faut absolument que vous vous croyiez drôle, hein ? » Puis elle dit : « Toute la semaine, j'ai essayé de ne plus avoir Marion Culpepper, la veuve d'Otis, sur le dos. Puisque vous êtes le chef du service du contentieux, faites-lui signer notre compromis, aux termes duquel nous lui versons cinq cents dollars par mois. Dites-lui qu'on va lui obtenir une belle augmentation de sa pension, et apportez-lui l'acte d'achat de sa nouvelle caravane à Benham. Il y a même un ballon d'eau chaude.

– Il faut que j'aille jusqu'à Harlan ?

– Elle est ici, à Lexington, dans une maison de repos que nous payons à sa place. Pour que nous ne soyons pas obligés de conduire jusqu'à Sleepy

Hollow[1]. Faites-la signer et prévenez-la que je passerai demain lui dire quelques mots sympas et régler l'affaire une fois pour toutes.

– Du genre : "Je suis navrée d'avoir tué votre mari adoré ?"

– Vous voulez que je vous fiche à la porte ? Répétez ça, un peu. »

Ils se dévisagèrent. Boyd était à deux doigts de le faire. Ou de lui répondre qu'elle ne pouvait pas le licencier, qu'il démissionnait. Mais en fait, il dit : « Vous savez que vous venez de faire une faute de syntaxe ? Vous avez dit : "Dans une maison de repos que nous payons à sa place."

– Prise en flagrant délit de faute grammaticale, dit-elle sans quitter des yeux le visage sérieux de Boyd. J'aurais dû dire quoi ?

– Elle est ici, dans une maison de repos dont nous réglons la facture. »

---

1. Le nom du vallon (*hollow*) de l'État de New York où se situe *La Légende de Sleepy Hollow*, nouvelle de Washington Irving (1819). *Sleepy* : « endormi, assoupi ».

28

Nichols parvint à joindre Raylan et ils se rendirent sur place, au pays des chevaux : des pur-sang qui broutaient l'herbe des prairies tandis que les corps de deux jeunes femmes tuées par balle gisaient dans un bouquet d'arbres.

« Un gars qui passait sur la route a vu les corneilles agglutinées dans les arbres. Il a su tout de suite qu'il y avait un cadavre d'animal ou d'être humain, il s'est arrêté pour regarder et il a contacté les flics. Ça figurait sur les tablettes : rechercher Kim et Cassie qui s'étaient déjà éclipsées quand nous sommes passés les récupérer. Aussi vite que ça, alors que Jane est en sécurité en détention. »

Ils regardaient les corps (il y avait des policiers alentour), regardaient les vêtements arrachés en plusieurs endroits et les visages attaqués jusqu'à l'os à coups de becs par une nuée de corneilles. « Elles ont encore leurs dents, mais plus les yeux, dit Nichols. T'as remarqué ? Je parie qu'ils étaient foncés. Aucune pièce d'identité, ni sur l'une ni sur l'autre. »

Un membre de l'équipe technique qui les observait remarqua : « On a de la chance d'être arrivés avant les coyotes. Il resterait plus que les os. »

Raylan s'accroupit au-dessus d'une des filles et le technicien lui dit de ne pas toucher ses vêtements. «Le sang pourrait vous transmettre le sida, si vous vous en mettiez dessus.» Raylan souleva la main de la jeune femme: un numéro de téléphone avait été écrit au marqueur noir sur la paume avant d'être maculé de sang.

«Elle l'avait, ton numéro de téléphone, dit-il à Nichols.

– Elle nous a raccroché au nez. Je suis surpris qu'elle l'ait noté.

– Mais elle a pas eu l'idée de te rappeler. Si elle l'avait fait, elle serait peut-être encore en vie.» Il se redressa, remercia les policiers d'avoir sécurisé la scène de crime et leur annonça que les deux jeunes femmes étaient Kim et Cassie. «Je connais pas leurs noms de famille. Il est possible que vous les ayez toutes les deux dans vos dossiers, pour prostitution. Je crois qu'elles étaient danseuses nues avant de devenir braqueuses de banques. Je vous remercie de nous avoir autant aidés.»

Un des policiers dit: «Des enquêteurs de la police criminelle vont arriver de la ville. Vous les avez devancés. Vous voulez les attendre pour leur parler? C'est eux qui vont travailler sur ces meurtres.

– Je pense qu'il serait préférable d'appréhender le tueur, vous comprenez, avant qu'il sache qu'on est sur ses traces?

– Vous savez qui c'est? demanda le policier.

– Oui.» Et il le leur dit: «Delroy Lewis.

– Vous ne pouvez pas identifier les corps. Mais vous savez de qui il s'agit et vous savez qui les as tuées.

– On en a arrêté une autre, de ces filles qui volaient les banques. Elle nous a parlé de lui. Merci, les gars, je reste en contact.» Et il s'éloigna avec Nichols.

«Et si c'est pas Delroy mais un autre crétin, avança Nichols.

– C'est Delroy. Je le vois tout à fait diriger un gang de filles qui dévalisent des banques. Se faire de l'argent, peut-être étonné que ça marche. Ça étonne tout le monde.

– Qu'est-ce qu'il lui dit, son copain, à condition qu'il en ait un? "Si les filles plongent, tu plonges avec elles?"

– Et Delroy répond: "Quelles filles? J'en ai pas, des filles. Hé, mec, moi, je reste bien à l'écart. Peut-être que je vais leur trouver une limousine, pour les braquages."

– Il frime.

– Il montre qu'il est vraiment cool, dit Raylan. C'est tout lui. La limousine, tout le monde sait qu'elle lui appartient. Il prend quelques risques, mais je le vois pas sniffer des lignes dans la voiture. Ça, c'est Jane qui veut se la jouer cool. Je parie que ces filles, il s'en approche pas avant qu'il fasse nuit dehors.

– Si l'une d'elles est arrêtée, pourquoi elle le dénoncerait pas?

– C'est ce que Jane a fait, et au lieu de la calmer, il a déconné en faisant semblant d'être un Blanc. "T'en fais pas, ma belle, je vais te trouver un avocat, avec lui, ton affaire passera jamais au tribunal." Il part ailleurs, il se trouve trois autres filles, leur fournit des cachets, leur raconte ce qu'il veut et elles le croient. Il les tabasse pas, il leur flanque une gifle et, après, il les embobine. S'ils se font arrêter, il dit: "Kim et

Cassie ? Je crois que je me souviens d'elles, c'étaient mes danseuses nues, au club. Qu'est-ce qu'elles font maintenant ?"» Raylan ajouta : « On va d'abord aller voir au Foune Club avec des renforts.

– Je doute qu'il y soit.

– Je sais, mais il se pourrait qu'on apprenne deux ou trois choses. C'est un frimeur. Peut-être des choses qu'il aimerait qu'on sache.

– On le tient pour un double homicide. Qu'est-ce que tu veux de plus ?

– Je le saurai pas tant qu'on aura pas cherché. »

*

Le gérant du club, Kenneth, la quarantaine, perruque blonde, entendit des portières claquer et dit à Bobby, le petit jeune qui était au bar et qui sirotait un verre de vin blanc : « Ah, enfin. »

Bobby s'approcha de la vitrine dont l'extérieur était couvert de couches de peinture rose et où était inscrit, en lettres au néon bleues : *FOUNE CLUB*. En dessous, en lettres au néon rouge plus petites, on lisait : *VOUS Y ÊTES !* Le petit jeune mit l'œil à un endroit où la peinture était écaillée et annonça :

« Une Crown Vic et une Chevy. Des gars descendent de la voiture de flics, et les deux gars de la Chevy les arrêtent en leur parlant… sur leur veste, c'est écrit US Marshals… Hé, vous aviez raison. On dirait que c'est juste les deux qui sont en costumes, qui vont venir.

– Finis ton vin, Bobby, dit Kenneth, et fiche le camp dès le moment où ils demanderont à voir Delroy. »

*

Raylan entra, suivi de Nichols, il vit le gérant debout à côté du bar, un adolescent qui finissait son verre… Il dit: «Kenny?» Le gérant inclina sa perruque blonde en disant que c'était lui et Raylan demanda: «Ça fait combien de temps que vous vous appelez Kenny?

– Eh ben, dans la mesure où c'est comme qui dirait mon nom, toute ma vie. J'ai des amis qui m'appellent seulement Kenneth. Oh, et Delroy, vous savez comment il m'appelle? Kennet, sans le h. Vous voulez savoir s'il est là? Il est pas là. Je l'ai pas vu depuis, en tout cas depuis hier. Si vous me croyez pas, dites à vos gars qu'ils viennent fouiller.»

Le petit jeune se leva du bar en disant: «J'ai pas l'impression que ça me regarde.»

Ils le laissèrent sortir.

Raylan contempla ce club de strip-tease rose en pleine déchéance, le bar avec la barre verticale juste derrière. Il se représenta des filles nues qui utilisaient cette barre pour viser avec leur trou du cul les trous-du-cul assis le long du bar. Prenez place à une de ces tables, là-bas, et vous aurez droit à une danse nue rien que pour vous, gémissements compris.

Kenneth dit: «Oh», comme s'il venait de se souvenir de quelque chose. «Delroy vous a laissé un film où il tient le rôle principal. En réalité, y a que lui qui joue dedans.

– Il veut que je le voie? demanda Raylan.

– Si vous êtes Raylan.

– Un film avec seulement Delroy?

– Vous inquiétez pas, c'est pas trop long. Il s'arrange pour aller à l'essentiel après, euh, une sorte d'introduction.

– Qui l'a tourné ?

– Moi. Je tourne tous ses films. La plupart de ceux où il est tout seul, ils sont plutôt ennuyeux. Je trouve que ses films X sont meilleurs que la majorité qu'on peut voir.

– Delroy fait du porno ?

– Un peu. Ce film-là, qu'il a fait, faut que vous le visionniez pendant que vous êtes là. Levez la main et jurez que vous l'embarquerez pas en partant. C'est d'accord ? »

Raylan et Nichols levèrent la main sans se regarder.

« Il va passer sur l'écran plat. Kenneth le désigna de la tête, au-dessus du bar. « Pour le plaisir des yeux. Delroy m'a dit de vous servir ce que vous voudrez, c'est la maison qui paie. »

Raylan et Nichols continuèrent de ne pas se regarder.

« Si ça vous dit, je peux faire du pop-corn en moins de deux.

– Bon, Ken, une bière, ça serait pas de refus, et Nichols a dit qu'il en prendrait bien une aussi. »

*

L'homme qu'on voyait sur l'écran était en survêtement, un gars maigre d'un mètre quatre-vingt-dix-huit qui dribblait avec des gestes déliés, s'approchait du panier, s'arrêtait et lâchait un tir en suspension, le ballon ressortait et il le récupérait pour réaliser un *dunk*. Il s'approchait alors de la caméra, le ballon sous le bras. Il le levait devant lui et le faisait tournoyer sur le bout de son index. Il regardait la caméra et disait : « C'est comme ça que je vois le globe tourner sur lui-même, comme ce ballon de basket. »

Kenneth appuya sur la télécommande pour figer l'image sur Delroy.

« Il m'a dit que ça devait "pas être mystérieux, mais tout comme". J'ai dit : "Profond, mais obscur ?" Il m'a répondu : "Ouais, comme ça." Il a dit que nous jouons un jeu, sur terre. Nous jouons jusqu'à l'extrême limite et nous voyons comment ça se termine.

– Ce qu'il a fait, dit Raylan, ç'a été d'abattre deux filles pendant qu'elles pissaient. »

Kenneth appuya sur la télécommande pour montrer Delroy, sur l'écran, qui faisait tournoyer le ballon. Il le laissait tomber. Et à ce moment-là, il disait : « Je peux pas être avec toi, là. Il se trouve que devant une banque j'ai vu une fille que je connaissais, ça devait être Jane je sais plus comment, son nom. Elle avait de la teinture rouge partout sur son cache-poussière. »

« C'est moi qui lui ai soufflé le terme », dit Kenneth.

« Elle avait dû essayer de dévaliser la banque, poursuivit Delroy. J'ai bien vu qu'on la conduisait au poste de police, celui qu'est dans Barr Street. Un peu après, je t'ai vu y entrer. »

Autre plan de Delroy.

« Tu te souviens la fois où t'es venu m'arrêter et où on était face à face ? Je tenais le fusil de chasse le long de ma jambe. Tu m'as dit de le lâcher autrement t'allais dégainer et me descendre. T'avais pas de flingue à la main, mais tu m'as dit ça. Merde, j'ai eu sept ans pour y réfléchir. C'était des conneries ou quoi ? Du bluff ? J'ai compris, pendant que j'étais en cabane, que t'avais poussé les choses à l'extrême limite. »

« Parce que tu sais pas jusqu'où tu peux aller avant d'avoir essayé », dit Raylan en récitant mot pour mot, en même temps que Delroy, sur l'écran.

Raylan dit : « Une seconde, Ken, puisqu'on vous prend au mot pour votre offre. Vous croyez que vous pouvez nous préparer deux gins-vermouth ? Jusque-là, ça me plaît, même si Delroy se prend pas pour de la merde. »

*

Ils redémarrèrent sur Delroy qui disait : « Ce type sur qui j'ai tiré et qu'à cause de lui tu m'as expédié en taule ? Tu le sais que je le visais pas, son bras. J'ai tiré et le fusil a sauté entre mes mains. Tu comprends, je l'avais emprunté et cette saloperie, j'avais jamais tiré avec avant de lui arracher le bras, au gusse. »

« On l'a amputé à l'hôpital », dit Raylan. Il but une gorgée et leva son verre à la santé de Kenneth.

Sur l'écran, Delroy disait : « C'est pas comme si je l'avais tué. Tu comprends, j'entends dire que cet enfoiré de mouchard de détective privé, il allait vous raconter un truc sur moi qu'il avait inventé. Alors moi, je me retrouve dans une situation délicate et j'emprunte le fusil pour me protéger. Je l'affronte en duel mais je le rate. C'était la première fois que je me servais de cette arme. J'aurais pu lui exploser la tête mais je l'ai pas fait, hein ? Maintenant, ce mouchard a un avocat, il me dit qu'il veut cinq millions de dollars parce que j'en ai fait un manchot. L'avocat, j'y réponds que je gagne dix cents de l'heure à graver des plaques d'immatriculation, excepté les dimanches, à Noël, et quand je suis malade. J'en dépense un peu en dentifrice et en crème à raser, je m'achète un peu de gnôle, je parie un peu sur les sports. Je sors de taule avec quatre dollars et vingt cents. Comment il veut que je le paye, ce type ? »

Delroy marqua une pause et reprit : « Cette fille, Jane Jones ? Peut-être qu'elle t'a parlé, à l'heure qu'il est... tu crois que j'ai fréquenté un jour une gonzesse qui s'appelle Jane Jones ? Si elle t'a pas encore téléphoné, je crois qu'elle va pas tarder. Elle prétend qu'elle me connaît. Elle veut te raconter comment elle croit que je gagne ma vie. Si elle téléphone, à ta place, je perdrais pas mon temps à lui parler. »

« C'est déjà fait », dit Raylan.

Kenneth avait l'air satisfait. « Ça devient intéressant, hein ?

– Vous êtes dans le coup aussi. »

Kenneth mit l'image sur pause. « Je réalise ses films et je tiens son bar. Je sais rien de ses activités annexes.

– Vous connaissez les filles.

– Lesquelles ? Des filles, y en a toujours. Mais aucune à ma connaissance qui commette des crimes. »

Il remit le son sur Delroy, qui disait :

« Raylan, je crois que toi et moi, va falloir qu'on se retrouve face à face, un de ces jours. Pour l'instant, je peux pas dire quand. Va falloir que tu regardes derrière toi jusqu'à ce que j'aie décidé du cadre. Et là, on ira à l'extrême limite.»

L'image de Delroy, le visage grave, s'effaça dans un fondu au noir et le générique, défilant en sens inverse par rapport à d'habitude, annonça:

Une production Kenny Flix
Produit et réalisé par
Kenneth

Ils vidèrent leurs verres puis Raylan dit: «Ken, vous voulez bien nous donner l'enregistrement?»

Nulle mention faite du serment antérieur.

«Je suppose que c'est l'original que vous voulez.

– Tout ce que vous avez tourné», répondit Raylan.

*

Kenneth composa un numéro de portable et une voix dit: «Kenneth?

– T'avais raison. Il a débarqué avec des types du SWAT[1]. J'ai servi des gins-vermouth et on a regardé ton film.

– Il est venu avec une équipe du SWAT?

– Une pleine cargaison de marshals. T'as beaucoup d'amis.

– Kenneth, j'arrive pas à savoir où il crèche. J'aime pas l'idée d'essayer de le coincer au palais de justice.

1. L'équivalent de notre GIGN.

– Pourquoi tu me le disais pas ? Il est descendu aux Deux Clés. J'y suis passé, pour la Nuit du Délire, et il y était. Je te l'ai dit.

– Tu vas là-bas ?

– Delroy. Tu m'écoutes ou quoi ? Il y crèche... » Il laissa sa phrase en suspens avant d'ajouter : « Il fait le videur et, en échange, il a une chambre gratuite et des tortillas.

– Ce bar d'étudiants ?

– On s'amuse. Moi, j'adore. »

Delroy prit son temps pour dire : « Putain, régler ça dans un saloon.

– Il a déjà le chapeau de cow-boy sur la tête.

– Comme dans la grande scène d'un western.

– C'est exactement ce que je viens de dire.

– Ouais », fit Delroy qui hocha la tête en se représentant la scène. « Y aura plein de monde.

– Les spectateurs, j'aime ça », dit Kenneth.

29

« Ça fait une heure que je suis assis là à attendre, dit Boyd. Si elle appelle, faut que je fonce et que je passe la chercher. »

Raylan demanda : « Où est Nichols ? »

Ils étaient dans son bureau, au palais de justice.

« Parti à une réunion. Il m'a dit que je pouvais t'attendre du moment que je volais rien. Vous autres, vous êtes forts pour que les gens se sentent comme chez eux, hein ?

– Je devrais probablement y être, à cette réunion. » Raylan s'empara du téléphone posé sur le bureau.

Boyd dit : « Je veux juste te dire quelque chose pour que dans ton esprit, ça soit clair, ce qu'est arrivé à Otis. C'est pas moi qui l'ai tué. »

Raylan reposa le téléphone, s'assit en face de lui derrière le bureau et le dévisagea. « Tu me dis que c'est Carol qu'a tué Otis ?

– La seule femme que j'aie jamais rencontrée qui soit porte-flingue pour une compagnie minière. Je peux plus bosser pour elle.

– Maintenant qu'elle travaille à main armée ?

– Ce que je dis, c'est qu'elle a des manières de faire brutales, pour une femme, son comportement, le discours de la compagnie qu'elle prend à son compte.

– Boyd, si tu me dis que Carol a tué Otis, dis-le.

– Raylan, j'ai jamais dénoncé personne de ma vie. Je préférerais me couper la langue. Ce que je dis, c'est que j'ai pas tué Otis et j'en dirai pas plus.

– Si y avait que toi et Carol sur place... » Raylan s'interrompit puis dit : « Est-ce que Otis t'a tiré dessus avec le fusil ? »

Boyd hésita.

« Ou est-ce que tu l'as ramassé après sa mort pour le décharger en tirant en l'air ?

– Je refuse de parler de ce qui peut avoir un rapport avec Carol.

– Mais t'as maquillé les choses de façon à donner l'impression que tu l'as tué en état de légitime défense.

– Raylan, je te jure sur la sainte Bible que je l'ai pas tué.

– Toi et Carol étiez seuls sur les lieux, pas vrai ?

– Tires-en les conclusions que tu voudras, moi je te répète que je l'ai pas tué.

– Mais je peux pas l'arrêter pour le meurtre d'Otis sans l'accuser de l'avoir commis ?

– Je travaille plus pour elle et c'est tout ce que je peux te dire. Faut que j'aille la chercher, maintenant. »

Raylan le laissa partir. Il n'allait pas loin.

*

Carol sortit de l'immeuble de la compagnie minière avec deux enveloppes en papier kraft sous le bras et, cette fois, elle monta à l'avant avec Boyd.

« Qu'est-ce que vous avez fait, vous êtes allé dans un bar ? »

Boyd ne fit ni une, ni deux, il répondit : « En fait, je suis retourné voir mon vieux copain. »

Il sentait qu'elle le scrutait tandis qu'il observait son rétroviseur en attendant que des voitures passent.

« Dites-moi pourquoi.

– Je voulais qu'une chose soit claire dans son esprit. »

Elle tendit la main pour tourner la clé de contact et couper le moteur.

« Vous savez que je suis juriste. »

Il fit : « Ouais... ? » en ayant le sentiment d'être en position de force.

« Combien de fois je vous ai dit qu'il n'y a aucun risque que vous soyez condamné. Vous ne passerez même pas en jugement, même si je devais reconnaître que c'est vous qui l'avez tué. Je suis complice, c'est mon pistolet... celui de la compagnie, en réalité. Même si je dis que j'ai essayé de vous en empêcher. »

Boyd se retint de lui hurler à la figure, le plus fort qu'il pouvait : *C'est pas moi qui l'ai tué, c'est vous !*

Il se racla la gorge pour se préparer et déclara, d'une voix normale : « Raylan sait que je l'ai pas tué. Il me connaît depuis l'époque où j'étais dans le piquet de grève avec lui, deux mineurs de charbon en grève qu'espéraient que notre guide spirituel serait de notre côté et pas du côté de la compagnie.

– Vous lui avez dit que vous n'avez pas tué Otis.

– C'est exact, puisque je l'ai pas fait.

– Boyd... commença-t-elle.

– Si vous m'appelez par mon nom, c'est que vous allez me crier dessus pour une raison ou une autre.

– Quand m'est-il seulement arrivé d'élever la voix ?

– Je me suis dit que vous alliez me licencier de toute façon.

– Vous lui avez dit que c'est moi qui ai tué Otis ?

– Ce que je lui ai dit, c'est que c'est pas moi.

– Et vous croyez qu'il vous a cru.

– Oui.

– Pour moi, ça ne change rien. Que vous lui ayez dit que j'ai tué Otis ou pas. Il faudrait tout de même qu'il prouve que ce n'était pas de la légitime défense.

– Dites-moi qui est coupable, d'accord ? Comme ça, je saurai.

– Quelle différence ? Vous étiez là, vous n'avez rien fait pour m'en empêcher. Je vous ai dit de vider son fusil, et ça, c'est de la complicité active. Mais que vous fermiez votre grande gueule ou pas, maintenant que vous avez eu la révélation divine, vous voulez que je me dénonce pour que vous ne soyez pas obligé de jouer les mouchards. J'ai raison, hein ?

– Vous connaissez le dicton : *Que sera sera.*

– Seigneur. Vous êtes trop bête pour représenter une menace. »

Il tourna la clé de contact et commençait à s'écarter du trottoir, la mâchoire crispée, quand elle l'arrêta.

« Sortez de là, je vais la conduire. Prenez un taxi pour vous rendre à la maison de repos Sainte-Elizabeth, l'adresse est sur les enveloppes. » Elle les lui tendit. « Vous les faites signer par Marion, là où c'est indiqué, et vous lui dites que je viendrai demain.

– Quoi faire ?

– La remercier d'être aussi coopérative. Seigneur, lui parler au téléphone m'a demandé une force de caractère monstrueuse. Dites-lui, à cette vieille dame, qu'elle aura cinq billets par mois, point final. » Elle adopta un ton presque doux pour ajouter : « Boyd, pour ce qui est de réfléchir, laissez-moi faire, d'accord ? »

*

« Vous venez voir le papa ou la mama, dans la maison ? lui demanda le chauffeur du taxi.

– Ma vieille maman », répondit Boyd qui tenait les enveloppes sur ses cuisses. Celle qui contenait l'acte de propriété n'était pas aussi épaisse que l'autre, celle de la convention que la vieille dame devait signer en trois endroits.

« C'est bien que vous venez voir. Vous apportez friandises ?

– Quand elle en mange, ça lui donne des boutons.

– Ah ? Quel âge, la mama ?

– Je crois qu'elle va sur ses quatre-vingts ans.

– Elle a toujours les dents ?

– J'ai pas examiné sa bouche, mais je crois qu'elle les a plus depuis longtemps.

– Apportez friandises à sucer. »

Boyd était incapable de dire de quelle origine était le chauffeur, mais ce n'était pas du pays, et de loin. « Elle fait vieux à cause de la vie qu'elle a eue, mariée à un mineur de charbon.

– Lui est mort ?

– Oui. Par balle.

– Oh, vous savez qui tuer ?

– Ouais, mais je le dis à personne.

– Vous trouvez bien ? Vous allez pas tuer lui ? »

Boyd lui demanda : « C'est quoi, votre pays ?

– Je suis d'Albanie, mais pas musulman. Je dois tuer, je tue. »

Il s'engagea sur l'allée d'accès de Sainte-Elizabeth, la maison de repos. Boyd descendit et paya en disant : « Vous devriez apprendre à maîtriser vos sentiments, mon ami », puis il pénétra dans le bâtiment : deux niveaux de briques rouges, des encadrements de portes et de fenêtres blancs. Un lieu d'aspect agréable où finir ses jours. Mais à l'intérieur, ce n'était pas agréable du tout. Ça sentait les vieillards qui se pissent dessus à longueur de journée. Une femme le précéda dans un couloir, tourna et suivit un autre couloir jusqu'à la chambre de Marion Culpepper.

*

Elle était assise dans un fauteuil à bascule avec un dessus-de-lit qui lui couvrait les jambes et tombait jusqu'à terre, les cheveux mal peignés, plaqués sur le crâne, les yeux enfoncés dans les orbites, et elle ne montrait pas beaucoup de signes de vitalité. Elle avait dans le nez des tubes à oxygène qui disparaissaient sous la courtepointe pour courir sur le sol. Dans son rôle de représentant de la compagnie minière, Boyd déclara : « Madame Culpepper, vous voilà bien installée, dites donc. » Dans la pièce il y avait le fauteuil à bascule et une chaise, une commode, un lit qui pouvait changer de position en appuyant sur un bouton et, sur le mur, une image de Jésus qui présentait son Cœur Sacré.

Une chambre au bout du chemin.

« Hé, fit-il, vous avez votre salle de bains personnelle. »

Mme Culpepper dit : « Vous deviez pas m'amener un cruchon ? »

Boyd fronça les sourcils : « On m'a donné que ces papiers.

– J'ai dit à la sœur de se renseigner pour savoir quand quelqu'un allait venir.

– Elle m'a pas contacté.

– Ms Conlan, jamais elle m'en apporterait.

– Comme je viens de vous le dire, j'ai seulement apporté ces papiers pour vous les faire signer, l'acte pour la maison et la convention spécifiant la somme que vous acceptez de recevoir. Le montant indiqué est de cinq cents, rayez-le et marquez à la place combien vous voulez sans quoi vous refusez de signer. Vous pouvez en discuter avec Ms Conlan, c'est elle qui l'a rédigée. Ou alors vous pouvez signer et je leur ferai inscrire les modifications que vous voulez. » Il réfléchit un instant. « Vous savez quoi ? Si vous signez, je cours vous chercher un cruchon de whisky.

– Otis me manque, dit Marion.

– J'imagine, mais vous allez très vite le retrouver, hein ?

– Le docteur dit qu'y me reste des années à vivre. J'ai que soixante-neuf ans. Y me dit que j'en ai qu'un peu, de silicose, que si mes poumons sont noirs, c'est que j'ai fumé de l'herbe toute ma vie.

– Demandez de l'oxi à l'infirmière.

– Elle m'a dit que d'avoir mal, ça me ferait du bien. J'en veux plus, de l'insolence qu'elle fait preuve, cette femme de la compagnie. Elle est toujours malpolie avec moi. Je l'entends encore me hurler que j'aurai ce qu'elle me donnera ou rien du tout. J'ai répondu: "Où vous vous croyez encore, en 1940?" Tout ça, ça a commencé avec son fichu bassin, à Otis. Quand je menaçais de les faire cuire, ses poissons, il montait sur Old Black pour nous tuer des écureuils. Une fois, il nous a tué un petit cerf.»

Boyd lui dit: «Ms Conlan passera demain. Pourquoi vous exigez pas carrément ce que vous voulez?

– Six cents, si j'y reparle un jour. Je veux plus que cinq cents, j'arrête pas de lui dire. Hé, vous travaillez pour elle, hein?»

Boyd répondit: «Je suis chargé du…» Il faillit dire du contentieux, mais modifia sa phrase: «… de la conduire où elle m'ordonne.

– Vous y étiez, avec elle, hein? La nuit où Otis est venu vous trouver?»

Boyd se redressa et regarda la veuve: «Madame, j'ai pas tué votre mari.

– Je le sais, ça. Je l'ai entendue parler et maintenant je vous entends parler. Vous, vous me proposez d'aller me chercher un cruchon. S'il vous plaît, ramenez-en deux. Je suppose que vous avez pas beaucoup de patience, mais elle, elle en a pas *du tout*. Elle veut que les choses, elles soient réglées tout de suite. Quand elle viendra récupérer les papiers signés, vous savez ce que je vais faire?»

Boyd secoua la tête.

Elle repoussa le dessus-de-lit qui couvrait ses jambes. Elle braquait un fusil de chasse sur lui.

«Nom de Dieu, fit Boyd.

– Mon Seigneur et mon Sauveur, dit Mme Culpepper.

– Vous m'avez surpris, c'est tout.

– Je vais lui flanquer la trouille de sa vie. Elle va croire que je m'apprête à la tuer, mais y avait pas de cartouches avec le fusil. C'est celui d'Otis, c'est un policier de l'État qui me l'a apporté. J'ai demandé : "Et si je veux sortir me tirer un dindon sauvage pour le dîner ?" Il m'a répondu que non, il peut pas m'apporter de cartouches parce que je suis pensionnaire dans cette maison. Il pense que c'est contraire à la loi.

– Pourquoi vous voulez des cartouches ?

– Pour descendre la femme de la compagnie, demain, quand elle entrera ici.

– Nom de nom, fit Boyd. Vous savez vous en servir, de ce fusil ?

– Presque aussi bien que Otis. »

Il prit son temps avant de demander : « Combien il vous en faudrait, des cartouches ?

– Juste une. Elle aura son compte. Peut-être une de plus, pour être sûre. »

30

Liz Burgoyne quitta le patio et entra dans le solarium, où elle vit Jackie qui l'attendait. Elle se leva du canapé, et cela lui fit penser à Raylan, la fois où elle était entrée et où il lui avait posé des questions sur Cuba qui volait des reins. En jean et bottes de cow-boy, Liz traversa la pièce, tendit la main et dit : « Bonjour, Jackie Nevada. Harry m'a parlé de sa copine qui joue au poker. À l'entendre, on croirait qu'il parle d'une gamine, mais vous êtes bien autre chose, n'est-ce pas ? » Liz souriait maintenant. « Harry a mentionné que vous étiez recherchée par la police ?

– Pour un délit mineur. Je ne me suis pas présentée à une audition.

– Appréhendée au cours d'un raid. Harry m'en a parlé. Il m'a dit que vous aimez les Manhattan[1], c'est vrai ?

– Si c'est ce que vous nous servez. »

*

1. Vermouth doux, bourbon, angostura, petite cerise, zeste d'orange.

Elles étaient maintenant assises sur le canapé, la carafe à cocktails presque vide posée sur la table basse, et toutes deux fumaient des cigarettes.

« Ça vous arrive de tricher ? demanda Liz.

– Pourquoi n'y a-t-il que les femmes pour poser cette question ? Vous voulez dire, au poker ?

– Ou avec les garçons.

– Au poker, je n'en ai jamais eu besoin.

– Vous êtes si bonne que ça ?

– Il faut être en cheville avec un autre joueur. Vous n'avez pas vu *Les Joueurs*[1] ? Ils trichent en jouant avec des flics. Je n'ai jamais "triché" non plus quand j'étais avec un petit ami. Pour l'instant, je n'en ai pas, mais j'habite avec sept garçons. Vous savez ce qui les fait rire ? Péter.

– Pourquoi les hommes aiment-ils péter ?

– C'est leur façon de s'exprimer.

– Vous couchez avec un d'entre eux ?

– Non. On flirte un peu, il y a des filles qui viennent pour une fête où on se défonce, mais je ne me souviens pas qu'il se soit passé quelque chose de franchement outrancier. Peut-être qu'on entendra une fille dire à un gars d'arrêter de lui mettre la main au cul. On organise des superfêtes.

– Vous aimez sucer les types ?

– Pas *les types*, non. Mais ça m'arrive d'astiquer un jonc de temps en temps.

– Eh bien. Vous n'êtes pas bégueule, hein ?

– Vous connaissez le sujet, sans ça vous n'auriez pas posé la question.

---

1. Film de John Dahl (1998) avec Matt Damon, Edward Norton, John Malkovitch et John Turturro.

– Il faut que je vous présente à plusieurs de mes amis du temps jadis, ils vous trouveront géniale.

– Je ne suis pas une fille facile, dit Jackie. En quatre ans, je n'ai couché qu'avec trois garçons, des garçons avec qui, pour moi, c'était sérieux.

– Qu'est-ce qu'ils sont devenus?

– Ils ont eu leur diplôme.»

Liz versa le reste de Manhattan.

«Vous aimez faire ça debout?

– Je ne l'ai jamais fait. Dans les films on croirait qu'ils sonnent les cloches, mais je pense que ça ne doit pas être confortable.

– Je parie que je vois à quel film vous pensez. La fille entre dans le bar…

– C'est celui-là.

– Elle n'arrive pas à attirer l'attention du barman et elle crie: "Qui il faut sucer, ici, pour se faire servir à boire?"

– Elle ouvre la braguette du mec qui est mignon, dans le box.

– Après on les voit dans le fond, ils font ça debout.

– Vous l'avez déjà fait avec un Noir? demanda Liz.

– Non, et je ne suis pas raciste. Ou peut-être que je le suis et que je ne le sais pas. Je n'ai encore jamais ressenti un frisson de désir en rencontrant des Noirs, dans les fêtes. Je sais que vous, oui.

– Notre chauffeur, à l'époque, Harry croyait qu'il venait de l'ouest de l'Afrique, de telle sorte que Cuba était toujours obligé de prendre un accent, il le copiait sur celui des chauffeurs de taxi. Je ne m'imagine pas Harry tenter sa chance avec vous.

– Pourquoi ?

– Il est trop vieux. Il pourrait vous demander de vous déshabiller en vous promettant qu'il ne fera que regarder.

– Ça vous embêterait ?

– Pas le moins du monde, à condition qu'il y arrive.

– Ce qui est sûr, c'est qu'il va souvent aux toilettes.

– Ses reins, ils sont fatigués, dit Liz. Voilà votre copain. »

Harry apparut au bout du couloir et dit à Jackie : « J'ai trois gars, pour l'instant, qui veulent se mesurer à toi : mes amis les éleveurs de chevaux, Ike et Mike, et un pro des championnats du monde de poker qu'ils ont déniché, il s'appelle Dude Moody. »

Jackie hochait la tête :

« Il était assis à la table de la finale. Je crois qu'il en a gagné deux, des bracelets en or. On le surnomme Moody Blues, ou simplement Moody.

– Je leur ai dit, à Ike et Mike : "Mais bon sang, en quoi vous avez besoin de son aide ?" Et il y a un type en ville à qui j'ai demandé de passer. Tu l'as rencontré, Liz, Raylan Givens. Le marshal qui cherchait ce chauffeur qu'on avait. Il a appelé, je lui ai proposé de passer dire bonjour et boire un verre.

– Harry, dit Jackie, ne lui racontez pas que je joue au poker, d'accord ? »

*

Jackie regarda Raylan ôter son chapeau en serrant la main de Harry et parler plusieurs minutes avec lui. Maintenant, ils approchaient du canapé et Raylan disait : « Ne vous levez pas, mesdames, vous avez l'air bien installées.

– On en a bu deux ou trois, c'est vrai, dit Liz. Raylan, ça fait vraiment plaisir de vous voir. Il me semble que vous et moi on s'est assis là, un jour, à boire des gins-vermouth. Harry, où tu étais ?

– Je m'occupais de mes affaires. Je crois que j'aidais un poulain à venir au monde. Avec elle toutes les occasions sont bonnes. »

Jackie vit que Raylan la dévisageait pendant un certain temps avant de se tourner à nouveau vers Liz, qui dit : « Cette fois, mon invitée a bien voulu essayer un Manhattan. Ils semblent avoir eu l'effet escompté. » Jackie se demandait comment ils allaient la présenter. Mais ils se lançaient dans des conversations et oubliaient qu'elle était là.

Pas Raylan.

« À écouter Liz, dit Harry, on croirait qu'elle n'a jamais bu de Manhattan. »

Jackie vit Raylan sourire, un sourire de politesse, puis elle vit ses yeux se poser sur elle. À travers les brumes de l'alcool, elle dit : « Salut, je m'appelle Jackie. »

Raylan s'approcha pour lui serrer la main en lui disant de rester assise, mais elle se leva et planta solidement ses pieds sur le sol.

« La toute dernière associée de Harry », dit Liz.

Raylan échangea une vigoureuse poignée de main avec elle et demanda : « C'est vrai ? »

Jackie pensa qu'elle allait peut-être réussir à s'en sortir, mais ce n'était pas sûr. Elle dit : « Harry est mon banquier, il m'avance l'argent pour des parties de poker, mais il suit les choses d'un œil distrait.» Elle sourit alors pour montrer que ses paroles se voulaient drôles. «Qu'on gagne ou non, il n'en a pas la moindre idée.»

Personne ne rit. «Si cela fait une semaine entière que vous jouez *no limit*, dit Liz, c'est que vous gagnez, sinon Harry vous aurait déposée au bord de la route.

– À t'entendre, dit Harry, on croirait que je n'ai pas de cœur.

– Je suis prête à parier qu'elle est gagnante d'au moins cent mille dollars.

– C'est votre métier, de jouer au poker? demanda Raylan.

– Je n'en suis pas très sûre. J'y réfléchis.

– Vous étiez récemment dans une partie, à Indianapolis, où il y a eu une descente de police, n'est-ce pas?

– Vous savez combien j'ai perdu?

– Personne n'a envie d'être dans une partie quand les flics débarquent, dit Harry. Ils raflent tout l'argent et les jetons comme éléments de preuve. Qu'est-ce qu'il devient, le fric, après?» Il se tourna vers Raylan. «Vous pouvez peut-être me le dire?

– Ça fait pas partie de mon boulot.

– Je suis toujours prudent, quand je choisis les parties de Jackie. La façon dont je m'y prends, j'appelle le chef de la police, je m'identifie et j'explique que je veux jouer au poker sans me trouver dans un endroit où il va y avoir un raid. Je demande s'il y a une œuvre de la police à laquelle je pourrais contribuer.»

Liz demanda à Raylan s'il avait le temps de boire un verre. En consultant sa montre, il répondit qu'il ferait mieux de rentrer au bureau. « On essaye de déterminer où se trouve un type qui veut me tirer dessus à vue.

– À mon avis, dit Liz, il y en a un certain nombre qui doivent attendre leur tour.

– Oh, certains sont morts, répondit Raylan, qui s'adressa alors à Jackie. J'aimerais en apprendre davantage sur ce que vous faites. Je n'ai pas souvent joué au poker, mais à chaque fois, j'ai trouvé ça sympa. Est-ce que par hasard vous seriez logée ici ?

– Jusqu'à ce qu'on reprenne la piste du poker, répondit Harry. Jackie va affronter plusieurs gars, demain, dans une partie où les mises seront importantes. »

Raylan porta la main à la poche de sa veste, et dit : « Excusez-moi », en sortant son téléphone portable et en s'écartant.

Jackie le regardait en se disant que c'était pour une affaire qu'ils voulaient lui confier, il devrait partir tout de suite et il oublierait qu'elle s'était éclipsée du poste de police. Elle l'entendit dire : « Comment ça, vous voulez rire. » Il leur tourna alors le dos et s'éloigna pour écouter. *Allez, vous voulez rire*, en élevant la voix, mais pas beaucoup, fut tout ce qu'elle entendit. Elle le regarda fermer son portable et revenir se placer à côté d'elle pour annoncer à Liz et à Harry : « Je suis désolé, le boulot.

– À propos du type qui veut vous tuer ? demanda Liz.

– D'autre chose. » Il se tut, comme s'il en arrivait à ce qu'il voulait dire. « Si ça ne vous ennuie pas, j'aimerais échanger un mot avec Ms Nevada.

– J'espère que vous n'allez pas passer les menottes à notre invitée, dit Liz. Si?

– C'est pas pour l'arrêter. Il y a quelque chose dont je voudrais lui parler.»

Jackie adressa un haussement d'épaules à Liz et sortit dans le couloir avec Raylan.

«Où nous allons, si vous ne me livrez pas à la police?

– Je veux vous parler. La première fois que je suis venu ici, j'ai dit: "C'est un solarium, ça? J'aimerais voir ce qu'ils appellent la salle de séjour." Liz m'a répondu que c'était un solarium depuis quatre-vingt-cinq ans.»

Jackie fit halte. «Si vous ne m'arrêtez pas, où allons-nous?

– Oubliez Indy. J'interviendrai à votre audition et je raconterai à la cour que vous deviez de l'argent à un usurier et que vous espériez le payer avec les vingt mille dollars que vous avez paumés.» Il se tourna suffisamment pour voir les Burgoyne qui les regardaient et dit: «Venez.» Ils reprirent leur marche dans le couloir. «Je suis passé par Butler et j'ai vu votre photo dans le registre. Je me suis dit: Ce dont on l'accuse, elle l'a pas fait.

– Je ne comprends rien à ce qui se passe.

– Je veux vous inviter ce soir, si vous jouez pas. Si vous jouez, je viendrai vous voir.

– Un rendez-vous, c'est ça?» Elle réfléchit un moment et dit: «Les deux filles qui ont été assassinées, vous savez? J'adorerais voir où ça s'est passé.

– Y a plus rien à voir, là-bas, à part les bandes en plastique de la police.» Il se tut, avant d'ajouter:

« Hé, vous voulez venir avec moi ? Je vais vous montrer une scène de crime, vous aurez du mal à y croire. »

*

Dans la voiture, Jackie lui dit : « Ma première scène de crime. Je suis tout excitée.

– C'est pas encore considéré comme un homicide. Je vous préviens, vous approchez pas trop.

– Liz m'a dit de vous le rappeler : je ne suis qu'une pauvre étudiante qui essaye péniblement de joindre les deux bouts.

– En jouant au poker », compléta Raylan. Il avait le sentiment que ça la faisait rentrer dans le monde des adultes et qu'en conséquence, leur différence d'âge ne voulait plus rien dire.

« Chaque soir des enjeux importants, dit Jackie. Chaque donne devient une histoire qu'on continuera de raconter des semaines plus tard, à propos d'un gars qui tente de vous flanquer la trouille pour que vous vous couchiez, il relance, il relance encore, il essaye tout. Environ trente mille dollars dans le pot quand on arrive au flop. On sait qu'il va insister. Mais moi, je pense qu'il bluffe. J'ai deux paires, valets et dix. S'il y en a sort un troisième qui sort, j'ai un full. Il mise quinze mille dollars. Je vois ce qu'il est en train de faire et je relance de dix. Le pauvre gars, il joue contre une fille et brusquement, la vérité lui apparaît : il est sur le point de se faire lessiver. On a un avantage, à être la seule fille assise à la table. Ça incite les types à la jouer cool et à vouloir frimer. Le problème de Harry, c'est qu'il ne parvient pas à savoir quand ils bluffent. Moi, je pense qu'ils deviennent plus discrets, toujours, comme s'ils avaient un très beau jeu.

– C'est quoi, le flop ? demanda Raylan

– Vous n'avez pas beaucoup joué au hold'em, hein ? »

*

Il y avait des voitures de police rangées le long de l'allée, des policiers en uniforme dans le hall d'accueil de Sainte-Elizabeth, des pensionnaires qui regardaient, s'interrogeaient mutuellement sur ce qui pouvait bien se passer. Un enquêteur de la police criminelle de la ville qui attendait Raylan le conduisit à travers les couloirs jusqu'à la chambre de Mme Culpepper en lui disant : « Notre temps de réaction a été de moins de douze minutes. Quiconque se trouvait dans la chambre quand c'est arrivé y est encore. »

Raylan lui demanda : « C'est quoi, l'arme ? Je crois qu'on m'a parlé d'un fusil de chasse.

– Un Remington 870 à pompe, une seule cartouche tirée, une autre dans la chambre. Il appartenait à Otis, son défunt mari.

– On l'a laissée garder un fusil de chasse chargé dans sa chambre ?

– C'est la première question que nous avons posée. Si elle n'avait pas dissimulé les cartouches quelque part, quelqu'un est allé les lui chercher. Nous n'avons pas encore enquêté là-dessus.

– On m’a dit que Boyd Crowder était venu avec Ms Conlan.

– C’est exact. Il a apporté des documents qu’il voulait faire signer à la vieille dame.

– Et Carol, Ms Conlan ?

– Elle est toujours allongée à l’endroit où elle est tombée, je pense qu’elle a été projetée en arrière. La charge l’a atteinte à la poitrine, c’est pas joli à voir. On a pratiquement rien touché. Mr Crowder dit que la vieille dame a tiré, le fusil caché sous la courtepointe, qui a pris feu.

– Où il est, le fusil ?

– Nous vérifions s’il y a des empreintes latentes.

– Vous savez que les empreintes de Boyd sont archivées.

– Nous sommes en train de nous en occuper. »

Raylan se tourna vers Jackie et l’entraîna dans la chambre.

*

Boyd était à la fenêtre, de l’autre côté de Mme Culpepper, assise dans son fauteuil à bascule avec un nouveau dessus-de-lit posé sur les jambes, le regard abruti ou drogué.

Boyd se tourna vers Raylan : « Finalement… Écoute, c’est moi qui leur ai dit d’appeler les marshals et de te faire prévenir. Que toi, tu leur dirais : je tirerais jamais sur une femme avec un fusil de chasse. Vrai ou pas ?

– Pas en temps normal. Boyd, c’est pas toi qui l’as tuée, hein ?

– Tu me demandes ça en sachant, ou tu vas bientôt le savoir, que j'ai jamais touché cette arme ? Juste après, je lui ai fait avaler quelques-uns de ses médicaments, à Marion, bénie soit-elle. »

Raylan vit que Jackie commençait à baisser les yeux sur le corps de Carol, à côté du lit, et qu'elle détournait hâtivement le regard. Il la vit s'approcher de Mme Culpepper, lui prendre la main, s'accroupir pour lui parler, elle qui en savait plus sur la vie que n'importe quelle étudiante de vingt-trois ans, elle qui était exposée aux réalités du monde car elle avait Reno pour père. Ce qui semblait avoir eu un résultat très positif.

Boyd dit : « J'étais à la table à préparer les papiers pour que Marion les signe et *bam*, le dessus-de-lit prend feu et je vois Ms Conlan qui percute la table de nuit en renversant tous les objets, je crois que son âme a quitté son corps avant qu'elle touche le sol.

– Je parie que si je marchais dans tes traces d'hier soir, dit Raylan, je me trouverais dans un magasin d'armes à acheter des cartouches.

– Et moi, je te parie cent dollars que non.

– T'as demandé à un ivrogne de te les acheter ?

– Raylan, si tu laissais les choses comme elles sont, d'accord ? »

Le marshal fit signe à Jackie de le rejoindre :

« Elle vous a dit quoi ?

– Que si ça intéresse quelqu'un, Dieu l'a autorisée à lui souffler sa chandelle, à cette femme, exactement comme elle l'a fait pour Otis. Elle m'a dit qu'elle en a parlé à Dieu et que Dieu lui a dit d'oublier, qu'elle a fait ce qu'il fallait. »

Jackie haussa les épaules en regardant Raylan. Elle le suivit des yeux quand il s'approcha du corps de Carol qui gisait près du lit, couvert de sang du cou à la poitrine ; le vit se baisser, utiliser deux doigts pour lui fermer les paupières, puis s'accroupir pour la regarder.

Quand il se redressa, il lui fit signe et ils quittèrent la maison de repos. Il reparla quand même à l'enquêteur de la police locale, mais garda le silence dans la voiture en partant. Jackie attendit.

« Qu'est-ce qu'il y a qui ne va pas ? finit-elle par demander.

– Je la connaissais bien. Assez pour savoir que je l'appréciais pas beaucoup. Elle était la compagnie et elle faisait absolument ce qu'elle voulait.

– Mais la voir morte, c'est différent.

– Abattue avec un fusil de chasse.

– Par une vieille femme. Vous croyez qu'elle ira en prison ?

– Ça m'étonnerait. Mais on sait pas laquelle des deux il faut plaindre.

– Dans l'Indiana, ils parlent le jargon local. Ici, on est dans un autre pays.

– Le pays du charbon. Carol était de l'ouest de la Virginie, elle a pas dû être dépaysée.

– Mme Culpepper m'a dit que la femme de la compagnie est entrée, qu'elle lui a dit combien elle était heureuse de la revoir, et elle lui a tiré dessus.

– Elle affectait la cordialité au lieu de se demander si la couverture, bon sang, cachait pas quelque chose. Quand on vit par ici, on apprend à connaître la mentalité des gens. Vous avez entendu Boyd ? Il a dit : “J’ai jamais tiré sur une femme avec un fusil de chasse.” Carol, elle savait tout, sauf qui on est, ici. Elle était forte pour prendre l’accent de l’ouest de la Virginie quand elle voulait, mais je le redis, elle connaissait pas notre mentalité. » Il se tourna vers Jackie et dit : « Ça vous dirait, une bière ? Ça vous ferait sûrement du bien. »

31

La façon dont Harry avait organisé la partie de poker, après avoir conclu que Raylan et Boyd n'avaient pas l'argent nécessaire et que Carol Conlan n'était plus disponible, consistait à présenter les choses comme un duel masculin féminin et à l'enregistrer en vidéo haute définition, dans sa salle de poker personnelle, une production Burgoyne Farms, avec rafraîchissements.

« Vous voulez nous faire boire ?

– Parce que les joueurs de poker ne boivent pas quand ils ne sont pas en direct à la télé ? Je veux que l'atmosphère soit authentique. Les gars sont Kwami et Qasim Mu'tazz, ce sont des éleveurs saoudiens. Je sais qu'ils boivent. Il faudra que je fasse attention, dans le commentaire, de ne pas les appeler Ike et Mike. Et pour se joindre aux deux Saoudiens, il y aura Dude Moody, vainqueur de deux championnats du monde de poker. Si Dude veut fumer, il peut. On le voit dans *Poker After Dark*[1], il a un cigare éteint qu'il fait tourner dans sa bouche.

1. Série télévisée faisant intervenir de vrais joueurs de poker.

– Et les filles ?» demanda Jackie.

Harry lui faisait visiter les lieux : un bar copieusement garni, des rayonnages de livres et, sur les murs lambrissés, des clichés représentant des chevaux.

« Je te présenterai comme étant la championne de Butler.

– Il n'y a pas de tournoi, à Butler.

– Tu y as battu tout le monde, non ? Et nous avons deux des noms les plus prestigieux du club de poker local, Vanessa Russo et Leanne Lynn, des compétitrices dans l'âme.

– C'est tout ?

– On commence avec des mises de mille dollars maximum, on gardera les championnes locales avec nous un moment. Après, tu passeras en *no limit* avec les garçons.

– Tu fais ça pour avoir une vidéo que tu pourras montrer à Keeneland.

– Si elle est réussie. Tout ce que chacun dira y sera. Je crois que cet aspect-là sera plus intéressant que le poker. Mais il y a toujours du suspens quand on relance sur une enchère. Tout ce que tu as à faire, c'est t'asseoir avec les pros et voir si tu es vraiment bonne. »

Il paraissait sérieux. Jackie lui demanda : « Tu ne m'aimes plus ?

– Bien sûr que si. Je vérifie, je veux voir si tu es prête. Si tu gagnes, je suppose que tu voleras de tes propres ailes, désormais.

– Et si je perds tout ?

– On restera quand même amis, non ? »

*

Raylan et Boyd étaient assis au fond, près d'un écran sur lequel on suivrait le déroulement de la partie : une caméra suspendue au-dessus de la table, et un jeune homme équipé d'un caméscope Handycam Sony qu'il braquait sur les participants à mesure qu'ils entraient dans la salle. Harry, à côté du bar, présentait joueurs et joueuses.

Harry : « Dude Moody, double champion du monde de poker, venu spécialement de Cypress, au Texas, pour être des nôtres. »

Ils regardèrent Dude s'écarter du bar avec son Stetson blanc, un petit verre de Maker's Mark à la main. Il porta les doigts au bord de son chapeau pour saluer la caméra et prit un siège. Il faisait rouler un cigare dans sa bouche.

Boyd : « Il le fume, en plus. Il a pas le droit de le faire à la télé. Raylan, tu l'as bien observée, Ms Conlan ? »

Raylan : « Oui. J'ai remarqué qu'elle était morte. Comment ça se fait que tu sois là ? »

Boyd : « C'est elle qui m'avait invité. J'ai identifié le corps et la compagnie a chargé un salon mortuaire de venir le chercher. Elle était impatiente d'y assister, à cette partie. »

Harry présentait les frères Mu'tazz : « Mes excellents amis Kwame et Quasim, d'Arabie Saoudite, aussi talentueux au poker qu'ils le sont dans l'élevage des chevaux. »

Harry : « Et maintenant, les dames. Jackie Nevada, qui s'est dernièrement confrontée aux meilleurs joueurs et qui l'a emporté. Vanessa Russo et Leanne Lynn, championnes du club féminin de la ville.»

Vanessa levait le bras dans sa robe sans manches et elle adressait un grand geste à la caméra.

Elle arrivait à la table et les frères, chacun de son côté, lui faisaient le baisemain.

Boyd: «J'ai l'impression que Vanessa a oublié de s'épiler l'aisselle, ce matin. T'as pas remarqué un léger duvet?»

Raylan: «À une seule aisselle?

Boyd: «J'en ai vu qu'une. Celle de Ms Conlan, quand elle gisait par terre, morte, tu sais? Irréprochable. On voyait un de ses butoirs qu'était couvert de sang.»

Liz, au moment où elle les rejoignait: «Qu'est-ce qui était couvert de sang?»

Boyd: «La poitrine de Ms Conlan.»

Liz: «Je suis vraiment navrée qu'elle n'ait pas pu venir.»

Boyd: «Dans *Poker After Dark*, on voit leurs mains à l'écran, on sait ce qui se passe. Je crois que là, ça va être ennuyeux.»

*

Harry: «Vous voulez de la musique d'ambiance?»

Vanessa: «Tu as quelque chose qui inspire les joueurs de poker?»

Leanne: «Je préfère le silence pour pouvoir réfléchir.»

Vanessa: «Celle qui me branche vraiment, c'est Taylor Swift.»

Dude : « Cette gosse ? »

Vanessa : « Elle est capable de remplir un stade. »

Dude : « Je déteste pas Brad Paisley, s'il changeait de nom, il donnerait pas l'impression d'être pédé. Si lui et Kenny Chesney échangeaient leur nom, ils seraient à leur place. »

Vanessa : « De quoi vous parlez ? »

Dude : « La petite Zellweger l'a épousé et une semaine après elle est partie. »

Harry : « Pourquoi on ne mélange pas les cartes ? »

Boyd : « Kenny, il est pas à son goût, à Dude. La Vanessa, on dirait que Taylor Swift, elle se la goinfrerait bien. Quel âge tu lui donnes, entre vingt et trente ? »

Liz : « Elles sont toutes jeunes, les filles. Quelqu'un veut-il boire quelque chose ? »

Raylan : « Pas encore, merci. »

Boyd : « Vous savez faire les Sazerac[1] ? »

Liz : « Les yeux fermés. »

Boyd, à Raylan : « Ta petite amie, elle a pas dit un mot. »

Raylan : « Elle attend que tout le monde la ferme. »

Vanessa, à Dude, qui revient du bar avec un deuxième bourbon : « Vous allez passer la soirée à boire ? »

Dude : « Quand je joue contre des femmes, oui. »

Leanne : « Tous vos bavardages, ça m'empêche de me concentrer. »

Dude : « Chérie, on a encore rien dit. » À Harry : « C'est combien, les mises forcées ? »

Harry : « Si on disait quatre et six cents ? »

1. Whisky de seigle, sirop, bitter, absinthe, zeste de citron.

Dude : « On est pas dans une cour de récréation, là. Monte un peu. »

Vanessa : « Vous êtes plus bête que vous n'en avez l'air, assis comme ça avec votre chapeau de cow-boy sur le crâne. Je lis en vous comme dans un livre, bracelet de champion du monde ou pas. Qu'est-ce que vous allez faire après, regrouper le bétail ? Ah, les mecs, vous et vos chapeaux ! »

*

Boyd à Raylan : « Elle a pas encore vu le tien ? »

Raylan : « Je le cache. »

Liz : « Ils vont jouer ou pas ? »

Raylan : « Je vous parie un dollar qu'elles vont pas retourner une seule carte. »

*

Dude : « Quand un homme porte un chapeau, ça devient partie intégrante de sa personnalité. »

Vanessa : « Il cache votre crâne chauve, à moins que vous ayez une perruque. »

Dude retire son Stetson et lui montre son abondante chevelure foncée. Il se penche vers elle. « Il y a quelques mèches grises… mais allez-y, tirez dessus, collez votre nez dans mes cheveux pour vous assurer que ce sont bien les miens. » Il se redresse. « Je vois que vous en avez qui sont un peu rose, là. Il y a du rose ailleurs aussi, dans votre système pileux ? »

Vanessa : « Je ne peux pas rester assise là et continuer à supporter votre vue. Vous êtes tellement sur votre petite planète de merde. Vous gagnez parce que vous misez suffisamment haut pour que personne ne puisse suivre. C'est comme ça que vous l'avez remporté, votre bracelet en or ? »

Dude : « Pas un, deux. Chérie, les hommes contre qui je joue ont tous assez d'argent pour suivre sur mes relances. Donnez-moi un sept et un deux en cartes cachées et je vous battrai en misant ce que vous voulez. »

Vanessa : « Vous êtes une grande gueule égocentrique... »

Dude : « Ça m'arrive. »

Vanessa : « Vous pensez sûrement que Lady Gaga est une fille venue d'une autre galaxie. »

Dude : « Vous voulez dire que d'avoir de la viande crue sur le corps fait de vous une créature extraterrestre ? Je croyais que ça vous rendait seulement antihygiénique. »

Vanessa fixe sur lui un regard glacial : « Pourquoi vous ne jetez pas ce cigare qui pue avant de faire détartrer vos dents jaunes ? Je ne crois pas que je puisse supporter de vous voir plus longtemps. »

Dude : « Si on doit continuer à échanger des amabilités, pourquoi on laisse pas tomber la partie ? À moins que vous vouliez mettre tout l'argent que vous avez apporté sur une seule donne. » Il attend.

Il regarde Vanessa et Leanne qui s'approchent l'une de l'autre un court instant. Elles se lèvent et quittent la salle.

*

Boyd à Raylan, tous deux buvant des Sazerac : « Tu l'avais annoncé, collègue. Pas de poker ce soir pour les jeunes femmes. »

Liz : « Jackie est toujours assise à la table. »

Raylan : « Elle veut jouer, elle tripote ses jetons, mais elle dit pas un mot. »

Dude : « Vous savez quoi ? Essayons de voir si nous sommes capables de rester polis les uns avec les autres et de boucler l'affaire rapidement. » À Jackie : « C'est combien, le plus que vous ayez jamais perdu ? »

Jackie : « En une seule fois ? Vingt mille. »

Dude : « Vous avez tout bazardé d'un coup ? »

Jackie : « Je me suis mise en colère. »

Dude : « Vous aviez enfin rencontré des vrais joueurs, hein ? »

Jackie : « Des fumeurs de cigares. J'ai perdu mon sang-froid, mais je l'ai retrouvé depuis, au cas où vous vous poseriez la question. »

Dude, tendant le bras pour lui appliquer une tape d'encouragement sur l'épaule : « Voyons jusqu'où ça vous mènera, d'avoir du cran. »

Le donneur en gilet et nœud papillon dont on a loué les services s'assied enfin à la table et distribue deux cartes, face cachée, à chacun des joueurs.

Jackie glisse un regard sur les siennes : un as et un sept.

Dude : « Ouverture à cent mille », et il pousse des jetons sur la table. « Si ça convient à tout le monde. »

Les Saoudiens et Jackie couvrent la mise, les Saoudiens restent silencieux, ils n'ont pas l'air contents, ce soir.

Le donneur écarte la première carte du paquet, face cachée sur la table, et distribue les trois premières cartes communes exposées : un as, un cinq et un quatre.

Jackie a sa paire.

Dude pousse des jetons, il relance de cent mille dollars.

Les Saoudiens se couchent et quittent la table. Ils en ont assez de ces bêtises.

Jackie couvre la mise de Dude.

Donneur : « Le pot se monte à six cent quarante mille dollars. » Il donne la quatrième carte commune, le tournant, un huit de cœur, bien visible sur la table.

Dude : « Je vais laisser la main à miss J'ai-du-Cran. Voir où elle en est. »

Jackie : « Cent mille. »

Dude la scrute avant d'ajouter les jetons sur la pile.

Donneur : « Le pot se monte à huit cent quarante mille dollars. » Il distribue ensuite la cinquième carte, la rivière, exposée sur la table. « Un as de trèfle. »

Dude : « Eh bien, mais nous avons tous les deux notre paire d'as. Vous avez une carte majeure, là-dessous ? »

Jackie : « Misez, vous le saurez. »

Dude : « Si je le fais, je vois pas où vous auriez assez pour demander à voir ? Ma petite, je veux pas vous priver du reste de votre argent de poche. »

Jackie sort un carnet de chèques et un stylo de son jean : « Si vous voulez relancer, allez-y. »

Dude : « Un chèque, je vais en rester là. »

Jackie rédige un chèque au porteur et le laisse tomber sur le pot.

Jackie: «Quatre-vingt mille pour vous, monsieur Moody.»

Dude, après un temps: «Vous êtes une gamine sacrément coriace, hein?»

Donneur: «Quatre-vingt mille dollars pour Mr Moody.»

Dude: «Il y a combien, dans le pot?»

Donneur: «Un million quand vous aurez misé pour voir.»

Dude, le regard fixé sur Jackie: «Un grand moment dans votre vie, hein? Vous attendiez que la rivière complète votre main? Comme c'est pas le cas, vous devez faire comme si ça l'était. Je demande à voir, ma petite.» Il laisse tomber des jetons sur le pot et étale ses cartes. «Faut faire mieux que deux paires, as et valets.»

Jackie retourne l'as qui était caché: «Un brelan, monsieur Moody. Trois as.»

32

Si Raylan voulait dire quelque chose à Boyd et à Liz, il lui faudrait attendre qu'ils cessent de parler. Il regarda Jackie, à la table de poker, qui levait les yeux vers Dude Moody, écoutait et était bien près de lui sourire. Il tournait la tête pour dire quelque chose à Harry et l'intérêt disparaissait du visage de la jeune femme.

Boyd racontait la fin de Ms Conlan à Liz, qui ponctuait chaque mot d'un: «C'est vrai?» Pour Raylan, que Carol soit morte abattue d'un coup de fusil de chasse était excessif. Dix ans, ç'aurait été plus adapté. Et en ce qui concernait Boyd, il faudrait qu'il oublie le rôle qu'il avait tenu là-dedans, même si c'était lui qui avait procuré les cartouches à la vieille dame. Qu'est-ce que ça changerait?

Pour l'heure, il se sentait concerné, ou ne refuserait pas de l'être, par Jackie Nevada. La tête inclinée en arrière, elle levait les yeux vers Dude qui, penché au-dessus d'elle, l'embrassait sur le sommet du crâne, et elle donnait l'impression de rentrer les épaules. Puis Harry se mettait à parler avec Dude, et Jackie se levait pour venir droit sur Raylan.

Il lui dit: «Paraît que t'as battu le pro.

– Les trois. Tu sais combien j'ai gagné?»

Il fit non de la tête.

« Un million de dollars.

– Arrête…

– Deux cent vingt mille venant des Saoudiens et le reste de Dude. Un million de dollars, putain.

– Il t'a fallu qu'une seule donne ?

– Dude était fatigué, Dieu merci, sinon on aurait peut-être joué plus longtemps. Il m'a dit bravo, que je m'étais bien débrouillée, pour une fille, et il m'a embrassée sur la tête.

– Ça, j'ai vu.

– Harry va déposer leurs chèques sur mon compte.

– T'étais nerveuse ?

– Un peu. Mais je savais que j'allais gagner.

– Comment tu le savais ?

– Je m'étais dit que j'allais gagner avec la rivière, et voilà. »

Une autre fois, il lui demanderait ce que c'était que cette rivière.

Il dit : « Et donc t'auras pas besoin d'un garde du corps. J'étais impatient de le devenir.

– Je croyais que tu voulais me garder pour que je ne m'enfuie plus.

– Je pourrais nous attacher ensemble avec les menottes. »

Il vit qu'elle le regardait. « Et jeter la clé ?

– Faudra qu'on se sépare de temps en temps, pour aller aux toilettes. Mais être menottés ensemble, c'est un excellent test de compatibilité.

– Parce qu'on a besoin de tester pour voir si on va bien ensemble ?

– T'as raison. Dis-moi ce que tu voudrais faire. »

Elle continuait de le fixer du regard.

« Aller nous amuser quelque part. »

Il fallut un moment à Raylan pour se représenter avec elle à la taverne des Deux Clés, en train de monter dans sa cellule de moine du premier étage. Il dit : « Tu sais ce qu'y a, cette nuit, à l'endroit où je loge ? La Nuit du Délire. » Il ajouta : « T'aimes ça, délirer ?

– J'adore », répondit-elle.

*

Delroy parlait au téléphone : « Kenneth, personne l'a vu, à ce bar. Il y habite et ils le voient pas ?

– Tu crois que tes gars sont attentifs ?

– Je leur fournis ce qu'ils veulent pour tenir toute la nuit. Ils aiment être détendus.

– Pendant qu'ils piquent du nez, le Justicier solitaire[1] rentre et monte dans sa chambre. Delroy, tu continues à être ton plus grave problème. Oublie-le. Bon Dieu, il t'a arrêté, c'était y a sept ou huit ans de ça.

– J'ai pris ma décision. Je me suis trouvé un chapeau de cow-boy que j'ai plongé dans un seau d'eau pour pouvoir le tordre et lui donner la forme que je voulais, à cette saloperie. Raylan Givens, je vais l'affronter dans un duel au pistolet au saloon des Deux Clés.

– Tu vas demander à quelqu'un de compter jusqu'à trois et après vous dégainerez ? Delroy, tu gâches ta vie à t'exhiber dans des spectacles de rue.

1. *The Lone Ranger*, sorte de Robin des Bois de série télévisée évoluant dans les grands espaces de l'Ouest.

– Le mien, il est noir. Je le rabats sur mes yeux… Tu comprends, je veux pas qu'il sache tout de suite que c'est moi.

– Del, t'es grand, tu sais.

– Mais je veux qu'il sache que c'est moi à la seconde où il reconnaîtra ma stature, et là, je lui colle une balle dans la tête. La dernière pensée qu'il aura. Kennet, c'est quoi la dernière chose qui passe dans la tête d'un moucheron qui s'écrase sur un pare-brise ? Son cul. Après, je pars en Amérique du Sud ou je sais pas où. Dès que j'aurai braqué une banque pour avoir l'argent du voyage. Ou que j'aurai trouvé des filles pour le faire. Tu sais pourquoi ça a marché, avec les filles ? Parce que personne avait vu ça avant.

– Delroy, écoute-moi. Ça a pas marché. T'es recherché partout pour meurtre. Tu vas être arrêté et t'iras en prison. Ta prochaine peine, ça sera à perpète, au mieux, sans conditionnelle. Tu sais ce qui l'a rendu célèbre, Raylan Givens ?

– Boire de la gnôle ?

– Descendre des gens.

– Il les prend par surprise, comme il m'a fait à moi, ça lui donne l'avantage. Cette fois, tu vois, c'est moi qui dirige le spectacle. Je sais exactement ce que je dois faire pour lui mettre une balle dans la tête, à cet emmerdeur. Je salue la foule en inclinant mon chapeau et je sors du saloon.

– Et après tu vas en Amérique du Sud ou tu sais pas où.

– J'ai pensé à Haille Waille.

– Delroy, pendant la Nuit du Délire, aux Deux Clés, y a des étudiants qui font un peu les dingues et qui portent des costumes déments. Ou c'est des bandes d'étudiantes qui viennent déguisées en danseuses polynésiennes. Une fois, on m'a dit, en Playboy Bunnies[1].

– Moi, je vais porter mon chapeau.

– Débarrasse-t'en, de ce foutu chapeau. Faut que t'aies un déguisement, comme ça il te reconnaîtra pas.

– Tu me vois déguisé en Bunny ?

– Pas mal, dit Kenneth en touchant ses lèvres du bout de l'index. Pas en Bunny, mais en une espèce de... nana affreusement grande dans une robe sublime. Ou... je sais pas, moi, autre chose.

– Écoute, les nanas hypergrandes, elles viennent tout le temps se frotter contre moi. Elles savent que j'en cherche une qui disparaîtra pas en fumée quand je la serrerai dans mes bras.

– Je te vois en beauté sculpturale, en créature de rêve sortie de *La Cage aux folles*, bordel, une grande pute à la poitrine opulente.

– Tu me vois en robe ?

– Une sorte de robe vaporeuse.

– Qu'est-ce que je fais, pour les seins ?

– Amène-toi ici pendant que j'y réfléchis. »

Il prit conscience qu'il allait peut-être devoir lui raser tout le corps, à Delroy, mais il décida de ne pas lui en parler :

« Je suis en train de réfléchir à ce qu'on a ici, au Foune Club, à part des strings. Je vais regarder. Delroy ? Je vais demander à Bobby de venir te maquiller. Toutes les drag queens noires l'adorent. Bobby, il

---

1. Serveuses du club Playboy avec un ruban en formes d'oreilles de lapin (*bunny*) et une petite queue ronde en coton.

te fera des yeux charbonneux avec des longs cils, tu pourras les cligner en regardant Raylan.

– Qu'est-ce que je fais pour les seins ?

– Si Bobby veut que t'aies un décolleté, tu l'auras.

– Je me disais que je pourrais être une Arabe. M'envelopper dans un drap.

– Non, ce que tu veux, c'est le look RuPaul[1] exotique.

– Kenneth, où je cache mon attirail ? »

C'était toujours un problème, pour ce grand gaillard.

« C'est vrai, dit Kenneth, tu vas en avoir besoin, de ton flingue, hein ? »

*

Deux heures et demie plus tard, à compter du moment où Bobby était arrivé avec sa valise de produits de maquillage et des brassées de robes qu'il avait empruntées à des amis (« En réalité, les tenues de deux des plus populaires drag queens de la ville », avait-il précisé), Delroy se contemplait dans le miroir en pied de la chambre tandis que Bobby et Kenneth attendaient sa réaction.

« Il est quand même affreusement grand pour une fille, dit Kenneth, mais il est à croquer. J'adore ses lèvres sensuelles et boudeuses avec cette couleur de peau plus claire, ses cils... Delroy, bats des cils pour nous. Papillonne, qu'on voie. »

---

1. Drag queen née en 1960, chanteuse et actrice.

Dans un murmure, Bobby lui souffla : « Il sait pas de quoi tu parles. »

Delroy scrutait sa longue silhouette élancée dans le miroir, il tournait la tête d'un côté puis de l'autre pour évaluer le résultat.

Bobby, la main devant la bouche, cette fois, dit à Kenneth : « Il a pas dit un mot. Tu sais qu'il a une silhouette très sexy. J'avais peur qu'il soit tout en angles.

– Je me demande si une robe plus simple, sans les paillettes qu'attirent le regard, ça serait pas plus efficace. Celle-là est horriblement surchargée. Mais je dois avouer que je l'adore. Delroy *in the sky with diamonds*[1]. »

– Elle est courte, mais ses genoux sont pas mal du tout, hein ? Tu les aimes, les boucles d'oreilles ? J'adore la façon qu'elles ont d'osciller quand il tourne la tête. Pour les chaussures, je suis désolé de le dire, c'est la taille la plus grande que j'aie pu trouver avec les talons nus.

– Ses pieds donnent un peu l'air de vouloir s'échapper de partout, mais je vois pas ce qu'on pourrait faire d'autre. Il peut pas porter ses propres chaussures, et ses sandales sont beaucoup trop communes pour aller avec la robe. Mais qui va regarder ses pieds ? Delroy, qu'est-ce que t'en penses ?

– J'ai l'air d'un homosexuel.

– T'es un travesti, corrigea Kenneth. On a pas besoin d'être homo pour aimer s'habiller en femme. Ça dénote un certain goût. T'es pas comme Mr Tout-le-Monde.

---

1. Comme Lucy dans la chanson des Beatles.

– Vous trouvez que ça me va, c'est vrai ? Je suis pas trop excentrique ?

– T'es sublime.

– Mais où je cache mon attirail ? »

*

À 21 h 30, ils étaient dans la Chevy, en route pour les Deux Clés, dans South Limestone Street. Ils parlaient de Delroy Lewis, et Raylan regrettait d'avoir abordé le sujet. Jackie était captivée, elle lui posait des questions, allait maintenant jusqu'à :

« Tu crois qu'il va te guetter quelque part ?

– Il pourrait arriver derrière moi dans une rue pleine de monde et m'enfoncer son pistolet dans le dos. Ou alors il découvre que j'habite à l'étage d'un saloon.

– Comment il pourrait ?

– Je suis visible comme le nez au milieu de la figure, aux Deux Clés, à faire respecter la loi en échange du gîte. Un mouchard, il arrive à vivre de ce qu'il apprend et qu'il vend.

– Je crois que tu aimerais bien qu'il te trouve, comment il s'appelle, déjà, Delroy ?

– Il se pourrait que ce soit la seule manière d'en finir. Essayer de surveiller tous les visages au milieu de la foule, c'est épuisant.

– On n'est pas obligés d'aller aux Deux Clés. Harry m'a retenu une chambre, au Hilton, je ne l'ai toujours pas utilisée. On pourrait y rester un certain temps, demander qu'on nous monte ce qu'on veut, à ses frais, une bouteille de champagne pour fêter ça.

– Le champagne, ça peut faire mal à la tête.

– On n'est pas obligés de boire toute la bouteille.

– Ah bon?

– De tout, mais avec modération.

– Comme ça on a jamais d'ennuis?

– Je crois que si j'étais un homme, je te ressemblerais beaucoup, dit Jackie.

– Je parie que t'es comme Reno.

– Parce que je joue de l'argent? Je ne suis comme lui que dans une certaine mesure. Je suis plus intelligente, mais il connaît mieux les gens. Tu sais à qui j'essaye de ressembler? À moi, dans un bon jour. Je suis bien parce que je remporte des pots.

– Un, avec un million dedans. Tu devrais être la fille la plus heureuse de la ville.

– Je ne prends pas le temps de me demander: Est-ce que je suis heureuse? La plupart du temps, je le suis, je suppose. Mais ça va, ça vient.

– T'aimes ça, quand t'es sur un petit nuage. Je peux t'indiquer comment faire pour y rester.

– Ouais…?

– Deviens marshal des États-Unis.

– Tu es sérieux?

– Je sais pas, peut-être que oui.

– Pour moi, dit Jackie, gagner un million, ça me montre que je suis capable de le faire. J'ai su presque tout de suite que je pouvais le battre, comment il s'appelle? Moody.

– J'ai remarqué que t'avais sorti ton chéquier. Et si t'avais dû en remplir un, pour rester dans la partie? Ça a pas été le cas parce que Dude, avec cinq, peut-être six Maker's Mark dans le ventre, s'est dit que t'étais une fille…

– Que je *n'étais qu'une fille*. Mais une chouette fille.

– T'as pas été obligée de rédiger un chèque de soixante-dix mille dollars.

– Je l'aurais fait s'il m'y avait obligée. J'ai su que j'allais le battre dès que j'ai vu mon as dans les cartes cachées.

– T'as eu de bonnes cartes…

– J'ai eu de super bonnes cartes. Quand a-t-on vu trois as perdre ?

– … mais pas avant que l'as vienne flotter à la surface de l'eau. » Tous deux souriaient maintenant parce que d'être ensemble, ça leur en donnait envie.

Jackie dit : « Autant que je te l'avoue tout de suite, parce que je sais que je vais le faire plus tard. Je suis sérieusement amoureuse de toi. Ça m'excite que tu sois tout le temps aussi calme. Tu portes un pistolet et tu t'en es déjà servi.

– Oui.

– Mais tu ne fais pas un jogging tous les matins ni des trucs que tu n'aimes pas, et tu n'es pas marié.

– Et si je l'étais ?

– Je ne sais pas. Je voudrais quand même coucher avec toi.

– Ça veut dire que quand on commencera à s'agiter sous les couvertures, je t'y aurai pas forcée.

– En fait, si. On pourrait même prendre une douche ensemble, avant.

– Avant que mon cœur commence à battre à tout rompre et qu'on rentre dans le cul de la voiture qu'est devant nous…

– Tu veux t'arrêter aux Deux Clés.

– Pas plus d’une minute. Le temps d’y passer la tête.

– Tu penses qu’il y est.

– J’ai raison une fois sur deux, quand j’ai ce genre d’intuition. Attends dans la voiture, d’accord ? Je veux pas courir le risque de te perdre avant qu’on arrive à l’hôtel. »

Est-ce qu’elle riait ou quoi, en disant : « Dis-moi que toi non plus tu n’en peux plus d’attendre.

– Je te le jure », dit-il en se garant devant les Deux Clés. Il avait déjà envisagé de l’embrasser là, dans la voiture, mais peut-être que plus tard, il allait se dire que ça lui avait porté malheur, et par conséquent il ne l’embrassa pas. Il laissa le moteur tourner et dit, en descendant de la voiture : « J’en ai pour moins de cinq minutes. »

Jackie le regarda courber la tête pour passer sous la barrière, grimper sur la véranda et franchir le seuil. Elle retira les clés du contact, sortit et suivit son nouvel amoureux.

*

Delroy était assis à une table, le dos tourné au mur. Deux de ses complices du gang, des camés, surveillaient la salle pendant qu’il buvait son soda, levait le verre de la main gauche en gardant la main droite posée sur le sac d’épaule qui contenait le Smith 357.

Il leur avait déjà dit : « Tout ce que vous avez à faire, sombres crétins que vous êtes, c’est détourner son attention sur vous quand je porterai les doigts à ma chevelure blond platine. Elle vous plaît, les gars? Moi, je commence à bien l'aimer. Vous allez voir qu'il saura pas où porter le regard quand je vais entrer en scène. Quelle heure il est? Kenneth, il m'écrasait tellement les nénés que j'ai dit non, je vais être toute plate. N'empêche, une comme moi, personne en a jamais vu.» Ses copains, défoncés à l'herbe, avaient le même âge que la majorité des fêtards, mais à leurs attitudes, à leurs vêtements qui trahissaient la rue, ils étaient faciles à repérer dans la foule.

Quand Delroy était entré, on ne lui avait jeté qu'un coup d'œil avant de lui réserver un triomphe: Ça alors, t'as vu ce type? Une assemblée branchée de gens comme il les aimait. Grâce à eux, il se sentait bien, il avait le sentiment d'être à sa place.

Il les avait regardés tirer sur des poissons rouges avec des pistolets à eau. Il avait lu les panneaux sur les murs, combien il leur en coûterait de se soûler. Il était peut-être venu trop tôt, mais il allait rester une heure avant d'abandonner.

Le sombre crétin qui était resté avec lui s'était éloigné entre les tables en direction du bar. Il ne le voyait plus, il était trop petit, cet abruti. Ce qu'il vit, ce fut le chapeau, là-bas dans un groupe, le genre de chapeau de cow-boy qu'il attendait.

Maintenant le crétin revenait, les yeux ouverts pour changer, grands ouverts. Il resta debout devant la table le temps de hocher la tête, inexpressif. Tout de suite il repartit vers l'autre crétin, à l'écart.

Raylan était là-bas, au milieu des tables, il balayait la pièce du regard. Delroy observa les yeux du policier qui parcouraient les clients, finissaient par se poser sur lui, sur sa perruque blond platine, son superbe maquillage de drag queen, et s'y arrêter.

*

En entrant, Raylan s'était approché du bar pour boire un bourbon, tant qu'à être là. Il avait vu un jeune gars membre d'un gang de quartier. Pas du tout à sa place, mais qui l'avait fixé du regard avant de se détourner et de s'éloigner au milieu des fêtards. Raylan l'avait suivi entre les tables jusqu'à ce qu'il voie la drag queen, assise à une table contre le mur. Il continua d'avancer tandis que le jeune gangster s'écartait sur le côté, mais sans sortir de son champ de vision.

« Excusez-moi, dit Raylan, mais laide comme vous êtes, si vous êtes pas Delroy Lewis, vous devez être sa sœur jumelle. »

Surpris, Delroy se renfrogna.

« Comment t'as su que c'était moi ?

– Tu m'attendais, hein ? J'ai vu ton film, je sais quelles sont tes intentions. Je pourrais dégainer tout de suite et t'abattre. Avant que t'ouvres ton sac à main. »

Il regarda Delroy faire le geste de toucher sa perruque.

Et les deux jeunes membres du gang commencèrent à échanger des cris.

Raylan garda les yeux rivés sur Delroy. « Même si je regardais pour savoir ce qu'ils font, t'aurais pas le temps d'ouvrir ton sac. » Il ajouta : « Tu veux qu'on le fasse ici, avec tous ces gens qui regardent ?

– Ils me gênent pas du tout.

– Moi, si », dit Raylan qui sortit son Glock, le pointa à la verticale et tira une balle dans le plafond.

Plus un bruit dans le bar. Et tout à coup, il n'y eut plus que ça : des gens qui criaient, des chaises qui raclaient sur le sol, des verres qui se brisaient pendant que les clients entassés dans les Deux Clés se jetaient à terre et que certains sortaient en courant.

Raylan abaissa le pistolet le long de sa jambe.

« Comme la dernière fois », dit Delroy dont les doigts étaient maintenant à l'intérieur du sac posé devant lui sur la table.

« T'es pas habillé pareil.

– Tu tenais ton flingue comme ça, le long du corps.

– C'était le même, dit Raylan.

– Moi j'avais un fusil de chasse, et je me demandais si je pourrais le braquer avant que tu fasses feu.

– Le genre de situation que je rencontre dans mon travail. T'as décidé de te rendre et t'es toujours en vie. Mais pour combien de temps ? »

Il vit Delroy soulever avec sa main gauche le sac qui était pointé sur lui, et il tira, le pistolet à la hanche, il vit Delroy s'affaler en arrière contre sa chaise, le sac toujours pointé sur lui, et tira à nouveau.

Il prit son temps pour s'approcher de la table sur laquelle Delroy était effondré, le sac toujours au bout du bras, devant lui. Raylan tourna la tête vers les deux jeunes gangsters qui ne le quittaient pas du regard, il leur dit de se dépêcher de filer avant que la police arrive, et ils détalèrent. Il prit alors conscience d'un murmure dans le bar, posa les doigts sur le cou de Delroy pour chercher son pouls, mais ne le trouva pas. Il se retourna, composa le numéro des marshals sur son téléphone portable et vit Jackie Nevada, tout près, qui l'étudiait. Elle paraissait différente, elle le dévisageait sans savoir qui il était. Il s'approcha d'elle et s'immobilisa en disant : « Tu te souviens de moi ? » Elle leva les yeux et elle souriait, elle essayait, mais oui, elle l'entourait de ses bras, elle le serrait fort contre elle, et tout semblait aller très bien.

*

Raylan dit à Jackie : « Tu sais, quand j'ai tiré dans le plafond ? La balle aurait pu pénétrer dans ma chambre, à l'étage. Ça aurait pas causé de dégâts, à moins de faire un trou dans mon pantalon de rechange qu'était suspendu à un tuyau. »

Ils étaient dans la suite du Hilton que Harry avait retenue pour Jackie. Parfait. Personne ne savait qu'ils étaient là.

Le téléphone sonna.

Art Mullen dit : « Tu avais l'intention de me dire ce qui s'est passé, ou tu voulais le garder pour toi ? »

Raylan entendit l'eau de la douche qui commençait à couler.

« Je voulais pas te réveiller. » Il n'avait ni ses chaussures, ni son pantalon. « Comment tu m'as trouvé ?

– Par Bill Nichols. Il m'a dit que tu avais descendu Delroy et que tu étais au Hilton avec la fille que tu recherchais. C'est exact ?

– Je garde l'œil sur elle jusqu'à ce que je l'aie ramenée à Indy.

– Elle est assise à côté de toi, là ?

– Attends. Non, j'entends la douche qui coule. Art, c'est pas moi qui paye la chambre. C'est Mr Burgoyne qui l'a retenue pour Jackie. Je vais dormir sur le canapé.

– Ça sera la première fois de ta vie, pas vrai ?

– Art, je peux pas la ramener dans la chambre où j'étais. Cette fille, elle vient de gagner un million de dollars. Je vais pas rester assis sur un fauteuil dans le couloir.

– Tu l'as vue gagner un million de dollars ?

– Au hold'em, en une seule donne. Elle a vingt-trois ans, elle est sur le point d'obtenir son diplôme universitaire et, le poker, c'est toute sa vie. Elle s'y intéresse pas le moins du monde, à un vieux con comme moi.

– "Dit-il avec humilité", compléta Art. Je ne vais pas te dire comment tu dois la ramener ici. Du moment que vous ne vous enfuyez pas sur une île quelconque. Elle est déjà amoureuse de toi ? »

Il entendait la douche car la porte de la salle de bains était restée ouverte.

« Ms Nevada se consacre au poker à cent pour cent. Elle a assez de… compétences pour que ça marche.

– Tu allais dire assez de "couilles", je me trompe ?

– Art, je vais prendre une semaine de congé, une fois que je l'aurai ramenée sur les bancs de la fac. Elle a un .375 sur elle et c'est une fille bien. Art, dis-moi que t'as plus rien à me dire. »

*

Il raccrocha le téléphone, arracha le reste de ses vêtements et se précipita dans la salle de bains où il s'immobilisa, se prépara. Il ouvrit la porte de la douche en disant : « Bonjour, t'es présentable ? Oh dis donc, t'es bien plus que présentable. »

Elle montra ses mains en disant : « Je suis dessous depuis tellement longtemps que j'ai la peau qui commence à friper.

– Ça m'étonnerait, répondit-il en lui faisant sentir qu'il était bien là.

– C'est de parler à ton patron qui t'a excité comme ça ?

– C'est autre chose qu'est pas loin. Ça serait pas cette fille nue qu'est avec moi dans la douche ?

– Tu me surveilles pour que je ne prenne pas la fuite. Le dos, tu sais faire ?

– Le devant et les côtés aussi... Je vais te savonner.

– Non, laisse-moi m'occuper de toi. »

Pendant qu'elle le savonnait partout, il se demandait comment faire durer ce moment le plus longtemps possible.

Foncer dans la chambre, rapporter du champagne.

Dire : « C'est mon portable », et partir en courant.

Respirer à fond une ou deux fois et penser à nettoyer son engin. Son pistolet. Puis revenir. C'était pour rire.

Elle dit : « Si je signais chez les marshals, est-ce que je pourrais être ton équipière ?

– Je m'arrangerais pour que ça soit le cas », dit-il, et il fit à nouveau sentir à sa nouvelle équipière qu'il était bien là.

*

Elle dit: «Tu te souviens, dans *Frankenstein Junior*? Le monstre culbute… comment elle s'appelle, déjà? Et elle se met à chanter qu'elle vient de découvrir le doux mystère de la vie?

– Qu'est-ce qui te fait penser à ça?

– Je ne sais pas.»

Rivages/noir
Dernières parutions

Eric Ambler	*Docteur Frigo* (n° 771)
Raul Argemi	*Patagonia tchou-tchou* (n° 792)
	Ton avant-dernier nom de guerre (n° 929)
Ace Atkins	*Blues Bar* (n° 690)
William Bayer	*Punis-moi avec des baisers* (n° 849)
	Hors champ (n° 894)
Jérémy Behm	*Démolitions en tous genres* (n° 833)
M. Behm/J. Behm	*Le Hold-up des salopettes* (n° 856)
A.-H. Benotman	*Marche de nuit sans lune* (n° 676)
	Éboueur sur échafaud (n° 729)
Joseph Bialot	*L'Héritage de Guillemette Gatinel* (n° 821)
	Le puits de Moïse est achevé (n° 888)
James C. Blake	*Un monde de voleurs* (n° 743)
	Dans la peau (n° 869)
Robert Bloch	*Le Crépuscule des stars* (n° 841)
Lawrence Block	*Moisson noire* (n° 581)
Marc Boulet	*Contrebandiers* (n° 851)
	C'est arrivé en Chine (n° 955)
James Bradley	*Le Résurrectionniste* (n° 901)
Thomas Bronnec	*La Fille de Hanh Hoa* (n° 877)
K. Bruen/R.F. Coleman	
	Tower (n° 883)
Fredric Brown	*La Fille de nulle part* (n° 703)
Edward Bunker	*L'Éducation d'un malfrat* (n° 549)
	Stark (n° 766)
James Lee Burke	*L'Emblème du croisé* (n° 857)
	Jésus prend la mer (n° 858)
	Entre de bonnes mains (n° 911)
	La Descente de Pégase (n° 912)
	La Nuit la plus longue (n° 913)
	Swan Peak (n° 950)
	Texas Forever (n° 972)
Sean Burke	*Au bout des docks* (n° 782)
Giacomo Cacciatore	*L'Homme de dos* (n° 796)

James Cain	*Au bout de l'arc-en-ciel* (n° 550)
G. Carofiglio	*Les Yeux fermés* (n° 847)
	Le passé est une terre étrangère (n° 920)
Raymond Castells	*Hôpital psychiatrique* (n° 889)
Laurent Chalumeau	*Bonus* (n° 870)
Jerome Charyn	*El Bronx* (n° 852)
	Citizen Sidel (n° 973)
Daniel Chavarría	*La Sixième Île* (n° 896)
Elliott Chaze	*Noires sont les ailes de mon ange* (n° 814)
George Chesbro	*Le Rêve d'un aigle foudroyé* (n° 565)
	Le Seigneur des glaces et de la solitude (n° 604)
Luc Chomarat	*L'espion qui venait du livre* (n° 944)
Andrew Coburn	*La Voie du sang* (n° 953)
Piero Colaprico	*Derniers Coups de feu dans le Ticinese* (n° 722)
	La Mallette de l'usurier (n° 834)
Michael Connelly	*Moisson noire* (n° 625)
Christopher Cook	*Voleurs* (n° 501)
Robin Cook	*Quelque Chose de pourri au royaume d'Angleterre* (n° 574)
Peter Corris	*Signé Mountain* (n° 788)
Peter Craig	*Hot Plastic* (n° 618)
Thomas Cullinan	*Les Proies* (n° 948)
A. De Angelis	*Le Banquier assassiné* (n° 643)
M. De Giovanni	*L'Hiver du commissaire Ricciardi* (n° 831)
	Le Printemps du commissaire Ricciardi (n° 924)
	L'Été du commissaire Ricciardi (n° 961)
J.-P. Demure	*Cher payé* (n° 799)
	Le Chant des morts (n° 958)
J.-C. Derey	*Notre voisin de diable* (n° 951)
Pascal Dessaint	*Cruelles Natures* (n° 809)
	Les Derniers Jours d'un homme (n° 907)
	Tu ne verras plus (n° 908)
	Le Bal des frelons (n° 974)
Peter Dickinson	*Quelques Morts avant de mourir* (n° 537)
J. Dickson Carr	*Les Nouveaux Mystères d'Udolpho* (n° 758)
Sean Doolittle	*Savemore* (n° 773)
	Rain Dogs (n° 838)
Rolo Diez	*Les 2001 nuits* (n° 772)

Tim Dorsey	*Cadillac Beach* (n° 832)
	Orange Crush (n° 897)
L.L. Drumond	*Tout ce que vous direz pourra être retenu contre vous* (n° 717)
W. Ebersohn	*La Tuerie d'octobre* (n° 942)
James Ellroy	*American Death Trip* (n° 489)
	Tijuana mon amour (n° 750)
	Underworld USA (n° 840)
	La Malédiction Hilliker (n° 885)
V. Evangelisti	*Nous ne sommes rien, soyons tout !* (n° 774)
Dominique Forma	*Voyoucratie* (n° 881)
	Hollywood zero (n° 941)
David Fulmer	*Courir après le diable* (n° 780)
Kinky Friedman	*La Fille à la valise* (n° 956)
B. Garlaschelli	*Deux Sœurs* (n° 633)
Barry Gifford	*L'Imagination du cœur* (n° 731)
A. Gimenez Bartlett	*Un vide à la place du cœur* (n° 797)
	Le Silence des cloîtres (n° 945)
C. Goffard	*Profession balance* (n° 862)
F. Gonzales Ledesma	*La Vie de nos morts* (n° 835)
David Goodis	*Cassidy's Girl* (n° 938)
Joe Gores	*Privé* (n° 667)
James Grady	*Les Six Jours du condor* (n° 641)
	Mad Dogs (n° 895)
R. Greenan	*L'horreur au cœur de la nuit* (n° 932)
Davis Grubb	*Personne ne regarde* (n° 627)
Wolf Haas	*Quitter Zell* (n° 645)
Oakley Hall	*Warlock* (n° 839)
Éric Halphen	*La Piste du temps* (n° 957)
Jilali Hamham	*MachiAdam* (n° 846)
P. Hamilton	*Hangover Square* (n° 732)
Josephine Hammett	*Dashiell Hammett, mon père* (n° 736)
Joseph Hansen	*Gravedigger* (n° 757)
John Harvey	*Traquer les ombres* (n° 845)
	Cold in Hand (n° 892)
	Le Deuil et l'Oubli (n° 914)
Mark Haskell Smith	*Delicious* (n° 919)
	Salty (n° 964)
Russel Hill	*La Femme de Robbie* (n° 805)
Tony Hillerman	*L'Homme squelette* (n° 679)

	Le Chagrin entre les fils (n° 713)
Mike Hodges	*Quand tout se fait la malle* (n° 734)
Craig Holden	*La Fille de Narcisse* (n° 893)
Rupert Holmes	*Swing* (n° 853)
Philippe Huet	*L'Ivresse des falaises* (n° 751)
Lorent Idir	*Un nageur en plein ciel* (n° 767)
Shirley Jackson	*Nous avons toujours vécu au château* (n° 880)
Bill James	*À cheval sur une tombe* (n° 798)
	Question d'éthique (n° 837)
	L'Inspecteur est mort (n° 946)
Hervé Jaouen	*Les Moulins de Yalikavak* (n° 617)
Theodor Kallifatides	*Juste un crime* (n° 815)
Stuart Kaminsky	*Mildred percée* (n° 859)
Thomas Kelly	*Rackets* (n° 773)
	Les Bâtisseurs de l'Empire (n° 904)
Claude Klotz	*Darakan* (n° 730)
Jake Lamar	*Nous avions un rêve* (n° 748)
	Rendez-vous dans le 18e (n° 879)
Michael Larsen	*Le Cinquième Soleil* (n° 565)
Gérard Lecas	*Le Corps de la ville endormie* (n° 863)
Hervé Le Corre	*Derniers retranchements* (n° 825)
	Les Cœurs déchiquetés (n° 878)
Cornelius Lehane	*Les Fantômes du vieil hôtel* (n° 793)
Dennis Lehane	*Mystic River* (n° 515)
	Shutter Island (n° 587)
	Prières pour la pluie (n° 612)
	Un pays à l'aube (n° 800)
	Boston Noir (n° 906)
	Ils vivent la nuit (n° 960)
Elmore Leonard	*Cat Chaser* (n° 884)
	Permis de chasse (n° 917)
	Stick (n° 918)
	Hitler's Day (n° 963)
	Raylan (n° 977)
Eva-Marie Liffner	*Chambre noire* (n° 761)
Chuck Logan	*Brume de chaleur* (n° 762)
Ernesto Mallo	*Un voyou argentin* (n° 860)
	Les hommes t'ont fait du mal (n° 965)
J.-P. Manchette	*Cache ta joie* (n° 606)
D. Manotti	*Lorraine connection* (n° 683)

A. Mateo-Sagasta *Voleurs d'encre* (n° 836)
Ed McBain *Alice en danger* (n° 711)
Michaël Mention *Sale temps pour le pays* (n° 882)
Adieu demain (n° 954)
Stéphane Michaka *La Fille de Carnegie* (n° 700)
Max Milan *Le Visage de la folle* (n° 864)
Bill Moody *Bird est vivant !* (n° 768)
R. H. Morrieson *Rendez-vous avec un spectre* (n° 850)
Tobie Nathan *Serial Eater* (n° 718)
Les nuits de Patience (n° 978)
Stuart Neville *Les Fantômes de Belfast* (n° 928)
Jim Nisbet *Le Codex de Syracuse* (n° 753)
Alexis Nolent *La Nuit du vigile* (n° 824)
Jean-Paul Nozière *Dernier Tour de manège* (n° 818)
Le Chat aux aguets (n° 890)
Trabadja (n° 969)
Jack O'Connell *Dans les limbes* (n° 926)
Renato Olivieri *L'Enquête interrompue* (n° 620)
J.-H. Oppel *Barjot !* (n° 806)
Vostok (n° 900)
Réveillez le Président (Oppel) (n° 970)
Samuel Ornitz *Monsieur Gros-Bidon* (n° 716)
Abigail Padgett *Petite Tortue* (n° 621)
Hugues Pagan *Je suis un soir d'été* (n° 453)
Robert B. Parker *Une ombre qui passe* (n° 648)
David Peace *Tokyo année zéro* (n° 790)
Tokyo ville occupée (n° 855)
Ils vivent la nuit (n° 960)
Donn Pearce *Luke la main froide* (n° 903)
Anne Perry *Un plat qui se mange froid* (n° 425)
Leif GW Persson *Comme dans un rêve* (n° 842)
Entre le désir de l'été et le froid de l'hiver (n° 891)
Autre temps, autre vie (n° 939)
Gianni Pirozzi *Romicide* (n° 775)
Sara la Noire (n° 966)
Luca Podelmengo *Le Salaire de la haine* (n° 909)
Hubert Prolongeau *Méfaits divers* (n° 910)
Michel Quint *À l'encre rouge* (n° 427)
Anne Rambach *Ravages* (n° 975)
Richard Rayner *Le Vent du diable* (n° 927)

Christian Roux	*L'Homme à la bombe* (n° 866)
	Placards (n° 937)
Marc Ruscart	*Noir Désert* (n° 822)
Barouk Salamé	*Le Testament syriaque* (n° 816)
	Arabian thriller (n° 865)
James Sallis	*Drive* (n° 613)
	Driven (n° 930)
	Le tueur se meurt (n° 979)
Louis Sanders	*La Lecture du feu* (n° 808)
G. Scerbanenco	*Les Milanais tuent le samedi* (n° 844)
	Là où le soleil ne se lève jamais (n° 925)
John Shannon	*Le Rideau orange* (n° 602)
Soji Shimada	*Tokyo Zodiac Murders* (n° 905)
Pierre Siniac	*La Course du hanneton dans la ville détruite* (n° 586)
Maj Sjöwall/Per Wahlöö	
	L'Assassin de l'agent de police (n° 764)
	Les Terroristes (n° 765)
E. St. John Mandel	*Dernière nuit à Montréal* (n° 923)
Jerry Stahl	*Moi, Fatty* (n° 920)
	Anesthésie générale (n° 967)
Richard Stark	*Breakout* (n° 827)
	À bout de course (n° 934)
Jason Starr	*Loser* (n° 804)
	Harcelée (n° 876)
Rex Stout	*Le Secret de la bande élastique* (n° 545)
D. Swierczynski	*The Blonde* (n° 759)
	À toute allure (n° 810)
	Date limite (n° 940)
Paco I. Taibo II	*Adios Madrid* (n° 563)
	Défunts disparus (n° 871)
Paco I. Taibo II/Sous-Commandant Marcos	
	Des morts qui dérangent (n° 697)
Hake Talbot	*Le Bras droit du bourreau* (n° 556)
Peter Temple	*Un monde sous surveillance* (n° 867)
Whitney Terrell	*Le Chasseur solitaire* (n° 915)
Danielle Thiéry	*Crimes de Seine* (n° 916)
Jim Thompson	*L'Assassin qui est en moi* (n° 886)
	L'Échappée (n° 887)
	Une femme d'enfer (n° 935)
	Un meurtre et rien d'autre (n° 936)

Tito Topin	*Des rats et des hommes* (n° 813)
	Libyan Exodus (n° 922)
	Métamorphose des cendres (n° 959)
Nick Tosches	*Night Train* (n° 630)
Jack Trolley	*Ballet d'ombres à Balboa* (n° 555)
Cathi Unsworth	*Au risque de se perdre* (n° 691)
	Le Chanteur (n° 861)
	Bad Penny Blues (n° 952)
Willy Uribe	*Le Prix de mon père* (n° 874)
	Nous avons aimé (n° 931)
Jean Vautrin	*Canicule* (n° 819)
	Baby Boom (n° 854)
Marc Villard	*Un Ange passe à Memphis* (n° 872)
	Retour au Magenta (n° 949)
M. Villard/J.B. Pouy	*Zigzag* (n° 791)
J.-M. Villemot	*L'Évangile obscur* (n° 781)
M. Wachendorff	*L'Impossible Enfant* (n° 653)
Per Wahlöö	*Meurtre au 31e étage* (n° 801)
	Arche d'acier (n° 802)
	Le Camion (n° 868)
Jim Waltzer	*Keene en colère* (n° 740)
John Wessel	*Pretty Ballerina* (n° 578)
Donald Westlake	*Comment voler une banque* (n° 828)
	Voleurs à la douzaine (n° 829)
	Innocence perdue (n° 848)
	On aime et on meurt comme ça (n° 898)
	Surveille tes arrières (n° 899)
	Monstre sacré (n° 947)
	Envoyez les couleurs (n° 968)
	Mémoire morte (n° 971)
J. Van De Wetering	*Le Cadavre japonais* (n° 539)
	Le Juge Ti prend son luth (n° 830)
Charles Willeford	*La Machine du Pavillon 11* (n° 742)
	Je cherchais une rue (n° 826)
Charles Williams	*La Fille des marais* (n° 807)
John Williams	*Gueule de bois* (n° 444)
Timothy Williams	*Un autre soleil* (n° 817)
Colin Wilson	*Le Doute nécessaire* (n° 670)
Daniel Woodrell	*Un hiver de glace* (n° 803)
Dave Zeltserman	*Crimes sans importance* (n° 933)

Achevé d'imprimer en France en décembre 2014 par Normandie Roto Impression s.a.s., 61250 Lonrai (Orne)
pour le compte des Éditions Payot & Rivages, 106, bd Saint-Germain - 75006 Paris
Dépôt légal : décembre 2014 - N° d'imprimeur : 1404979